要对夜晚充满激情
程德培 著

——七〇话七〇

上海文艺出版社
Shanghai Literature & Art Publishing House

阐释者,解放者

吴亮

　　还没开始
　　已经开始了
　　在什么之上
　　道路两旁
　　远观不能眺望
　　没有轮廓
　　无形式,无中心
　　正在途中落下

　　只有德公,他把小说研究变成了舞台
　　梦的归还,图书馆,遗址,甚至沼泽
　　想象一个人
　　展示他

四十年了
还是不可能把握彼此
是,德公是个谜

他是什么时候开始的?
一个阐释者
变成了一个解放者

我第一次看到德公,用有表达力的声音
反复传递文学的信息
感伤,虚无,哀悼,遗忘,充满激情

八十年代初,三十出头的德培评论汪曾祺
四十年后,研究汪老已成显学
而德公却对弗洛伊德无法抗拒
无处不在
所谓文化间隙之初心距离遥远

作为局外人,在我看来
文学研究及文学史研究,只有两股被公认的权威力量
一个称之为实证主义,另外一个就是历史主义

那么，所谓的"文学批评"及"小说评论"呢，两者又有什么不同"定义"？

小说的起源是隐私的，秘密的，不公开的
是吗？
第一本小说的定义泄露，才是第二个定义的诞生："虚构"

说说我的一些想法吧
小说，究竟是干什么的
小说就是故事，当然，必须是"好故事"
好像本雅明对"故事"很看重，在我，本雅明这篇文章俗白得很
德国小说重在生命思考第一，要"好故事"，还是去读法国小说"罗曼蒂克"吧

是的，法国浪漫主义可不是德国浪漫主义啊
德公，你不觉得法国哲学家个个都是文学家吗？
两百多年了，法国哲学家们第一次干预了政治，第二次干预了艺术，结果全是灾难
但是，法国的小说是好的

文学，尤其小说，是一个对世界和真理及人类行动开放的领域吗？

自我构造，想象，重现，返回，记录，失去的时光，幻想，主观性，抵抗运动，为了爱，复仇，因为承受，传递未来信息，设想过去，疯狂……

第三天了，为德公写"序"，一字一句，我说，真是难题
这可不是写德公的故事
德公说，随便写，怎么写都行
当然，我的德培兄！

于是我就写了

目 录

阐释者，解放者（吴亮）......i

镜子并不因为擦亮而变得更清楚......001
——以李浩的长篇小说《镜子里的父亲》为例

你所在的地方也正是你所不在的地方......047
——弋舟的底牌及所有的故事

两面镜子......091
——评路内的长篇小说《雾行者》

"要对夜晚充满激情"......139
——张楚小说创作二十年论

眼睛却看不见自己的面孔......185
——东君《面孔》的身份问题

三扇门......215
——黄孝阳的十年六部长篇（2010—2019）

对视、对话以及热衷于拆解的对峙......263
——读李宏伟小说笔录

镜子并不因为擦亮而变得更清楚

——以李浩的长篇小说《镜子里的父亲》为例

> 我瞅着镜子里的那张脸,
> 不知道瞅着我的是谁的脸。
> ——博尔赫斯《失明的人》

> 徒然地,你的身影走向我
> 却不能走进我,唯一能显现它的我;
> 转向我,你便能发觉
> 在我的凝视之墙上,你那梦幻一般的阴影。
> 我如同那微不足道的镜子
> 能映射不能观看,
> 我的眼睛空洞如那镜子,如同它们一般
> 映射着你的缺席,以显示它的盲视。
> ——拉康在研讨班上几次引用了阿拉贡诗集
> 《疯子埃尔萨》中的短诗《对照》

一

对今天大多数同行来说，李浩的书写是偏执的。他自己也从不忌讳这一点，如同其长篇小说《如归旅店》的开首："我有自己的固执，一直这样。"对上世纪 80 年代后半期先锋思潮的文学诉求来说，李浩无疑是一位重要的后来者，一位特立独行且不知疲倦的实践者，一位我行我素的激进主义者。

对李浩来说，片面地强调"中国立场"是一种文学创作中的"画地为牢"，而普世性的文艺标准应是"创新意识"和个性特征。他警惕当下中国文学中那平庸而"过于顺畅"的叙事，"事件"背后的苍白以及集体性的不思考不冒险；痛心当下小说呈现出一种无新意无趣味的"空转"状态，从而丧失了叙事的多样性和丰富性。简单化的蛀虫已经洗劫了小说，摹仿抄袭之风使得我们大脑的发动机丧失了工作能力。"我们中国的作家，太注意和'现实'的关系，太注意讲好故事了，太注意发掘那些日常中的蝇营狗苟、钩心斗角了，缺乏超脱和大度……但，真正有形而上探寻的，太少了，太少了。""和许多作者不同，我迷恋于宇宙之谜，迷恋对人生存的种种质询，迷恋形而上学，而对生活中的一些日常发生却缺少敏感。"[1]

与其他同行略有不同，李浩不止是诗人、小说家，他本身还是一位批评家，他不仅写下了数量不菲的批评文字，还有一套自圆其说的理论主张。经常引用米兰·昆德拉的话语，推崇博尔赫斯、君特·格拉斯，四处推荐纳博科夫的《文学讲稿》，其引经据典绝不比其他批评家逊色。更为奇特的是，他不像一般作家那样，宣称自己如何写作，总是说些自己勉为其难之类的言辞。相反，他写什么、怎么样写总是有其明确的意志。"模糊叙事是我的有意"；"记不清反而更是小说的——我喜欢给予小说模糊、可能，这样，它会有更强的敞开感"；"我一直对文字的'经济'抱有强烈的好感"；"我是注意节奏的，但我故意黏滞、混浊、重复并在重复中渐进"[2]；"没有任何人的外貌描写。这是我有意的写作禁忌"；"原来，我还有一个禁忌，就是不在我的写作中出现性描写，那是因为它被阐释和书写得够多了，我没有更新的赋予"；"镜子在我的写作中的确是一个'核心意象'，它是我对文学的部分理解，我把文学看成是放置在我侧面的镜子，我愿意用一种夸张、幻想、彼岸、左右相反的方式将自我'照见'"[3]……李浩的偏执由此可见一斑。

李浩的自我设计，大都在其实践之中得以实施。尊重其创作的自主权并不等于没有商榷之处：说性描写成为禁忌，那是因为它被阐释和书写得够多了，那不应当成为理由。倘若如此类推，李浩小说中写了那么多的死亡，文学上不依然被无数次的书写所覆盖吗？禁忌是一种规约，故意地不写这不写那，并不证明你一定能写好或写不好。伟大的乔伊斯不再讲述故事，其不再讲述的唯一理由恰恰就是他不能讲述。正是不再讲述故事的理由可能让他幡然醒悟，意识到读者的功能，意识到读者能够从某些给定的限制因素自为地创造一个故事的功能。从此以后，伊塞尔的接受理论创造出"隐含读者"，并移植到乔伊斯的意图之中。这一概念标志着"创造主体"在接受方面的回归。同样，李浩心目中的"隐含读者"自有其"审美傲慢"。在一篇《写给无限的少数》的发言中一开始，他就强调："这句话，我已经重复过多次，太多次了，故而，在准备这篇文字的时候，它是第一个自行跳出的句子。写给无限的少数，也是一直以来我固执地坚持，并且肯定还会继续固执地坚持下去，直到我写不动为止。"[4]誓言诚可贵，但创作上过于明晰的主张是否一定要和顽固结盟呢？对此，我保留自己的疑惑。

　　与之相反，伟大作品的诞生恰恰来自于始料未及的转弯。在生命的最后日子里，罗兰·巴特又一次想到了马塞尔·普鲁斯特。他在文章中指出："毫无疑问，是母亲的死奠定了《追忆似水年华》的基础。"普鲁斯特在四年中犹豫着是写成论著还是小说。他是从论著《驳圣伯夫》开始的。1909年7月,他把书稿交付出版社;但是8月,手稿被拒绝了;9月,"他已开始进行他伟大作品的创作了。对于这一作品,他将付出他的全部,直至1922年去世"。罗兰·巴特指出,就在1909年9月,突然,"这一创作开始了"[5]。当然,举个例子并不能证明一切,我想说的是,一个作家给自己有意制定多少条禁忌并不是最重要的,哪怕他以后违背自己的禁忌也没什么,关键在于他写了什么,他又是怎么写的。

二

李浩书写的存在,自然让我想起1980年代先锋文学崛起和衰落,这几乎是已被人遗忘的存在。

记得1980年代末,吴亮在同样被人遗忘的《文学角》杂志上发表了一篇时评《真正的先锋一如既往》,不知是出于对文学时势的锐敏判断还是出于巧合。此时先锋文学的命运正在发生着不可逆转的变化,其境遇充满着戏剧性。并没有文学浪潮的交锋更迭,更无文艺思潮"宫廷政变"式的突发事件。作为标志性的事件只是诸如电视剧

《渴望》轻易地换取众人的泪雨如注，类似纪实性的刊物一时天下畅销。而作为先锋的文学则一蹶不振，其锋芒不复既往，偶像在影影绰绰之间失去了原先的光芒。在其后的二十余年中，作为文学实践的先锋运动不但偃旗息鼓，从此也就销声匿迹。若要重温的话，也只能在不多的几本文学简史中去窥视其曾经有过的身影。

几十年来，对先锋实验的敌意如潮涌动，这一方面证实了审美口味此一时彼一时的变幻无常；另一方面也证明了人们在急功近利的现实浪潮冲击之下的降服姿态。实在之物，永远只是幻觉的反面，或者说不再是幻觉的东西。如果必须用一种不同的语言来表达这种观点，那我们就必须说，仅仅是快乐原则看似安置了"灵与肉"的需求，实在原则大行其道。应当有理由相信，大多数作家都为顺应潮流而生，即使是先锋时代的宠儿也会与时俱进地修正自己的叙事策略，以回应时势的招手。当然也有不思悔改的，他们与新的潮流形同陌路，继续一意孤行的偏执，在沉默之中英雄渐渐落幕，比如残雪就是其中一例。

与1980年代文学先锋浪潮失之交臂的后来者，受不同语境的驱使，难免会津津乐道于一种轻蔑的事后评判。如果蔑视一种文学追求本身就能成就另一种文学，那么试图仅仅通过否定而跃入赤裸的实在则难免功败垂成。先锋文学以否定求得诞生，但也被另一次否定推向了衰亡。像历史上经常发生的突变一样，开始走向其灿烂辉煌时刻的先锋文学一旦与它诞生的时刻失去了联系，促使其诞生的环境便开始消失，文学的思潮遇上了急转弯，人们仿佛在一夜之间感到一切都变了。一切变化原则都如同经历了杀死自己的父亲并另外认一个父亲一样，其中应有另一番关于发展的乐趣。

从某种程度上说，先锋的实验，追逐想象陌生性的偏执让我们的视点同"现实"揖别，但它却给予镜像世界、符号天地得以绵延生存的空间，小说的艺术、文学的行径便明确了"超现实"自有其生存之道。艺术的走向并非只是条条大路通罗马，相反，它有时表现为离开罗马的道路有多少种可能性。离开我们赖以生存的熟悉之地，是先锋艺术须臾不可离开的生命线。尽管最终的"失败"和短暂的"高潮"是它们的宿命；尽管先锋的实践是以叛逆的姿态、无情的否定、不屑的眼神对传统发起冲击，但它最终还是以"自身死亡"的方式成为伟大传统的一部分。"罗马"不是我们的目的地，而是我们的出发点。文学不应是终极神话的单行道，它更多的时候是双向、迂回交叉乃至循环的。

我的视觉包含另一个视觉，更确切地说，我的视觉和另一个视觉一起活动,原则落在同一可见的物体上。同理,仅当存在着一种"自我丧失"的可能性,谈论"自我持存"才有意义。观念论哲学是一种沿着循环线路进行的哲学。绝对性不可能独立地维持,它必须凭借身外之物而通达自身。先锋文学之所以先锋,那是因为它必须冲破那日益成为惰性的传统之重围才能完成其先锋性,而某些先锋的程式一旦获得认可,随着时间的推移,其自身也就进入了传统的行列。今天看来,1980年代后半期的先锋文学,与其说表现出对日益僵化和程式化的规则充满敌意的冲击与破坏,还不如说表现了这种敌意是如何被削弱和制衡的。1990年代以后文学思潮的回流,远比我们想象得要复杂。历史上任何一次回流都不乏其先锋性,所谓"反先锋"的先锋也不啻是一种先锋。如果艺术始终是激进的,它也就始终是保守的,强化与支配精神相分离的幻觉,它在实践上的无效以及与没有减轻的灾难的同谋关系就显然是痛苦的。它在一个方向上获得,又在另一个方向上失去;如果艺术绕开贬黜历史的逻辑,那它必定要为这个自由付出高昂的代价,其中之一就是难以符合历史逻辑的再生产。为了兑现一个想法而不顾一切,这是何等危险!"危险"是一个意义模糊的概念,是可能发现的最不确定的一个词汇。

在市场经济加冕之时，可读性和大众愉悦自然粉墨登场，对市场份额、赢利模式趋之若鹜加速了先锋思潮的衰败。探索性的实验再也不能以潮流自居，而只能显现个体性的孤独之旅，好在创作并不排斥孤独而一味强求"团购"。李浩式的存在只能潜伏于灯红酒绿的喧哗之中，等待时间的流布和发酵，在逆境中享受生命。可以说，1980年代的先锋思潮的逝去就是今日李浩式存在的逆向性映象：当一种存在样式死于四面楚歌的绝境，那么它的死因就是意义。

三

二百年前，身在柏林的叔本华在笔记本中对费希特的讲演提出了这么一个反驳：当自我确确实实在沉思的时刻，它本身就绝对不可能成为沉思的对象。二百年后的今天，中国有这么一个叫李浩的作家，喜欢拿镜子说事，爱好"我"的叙述，他的文本充满自信，希望听者相信，渴望读者参与。他的短篇中篇和长篇，营造一个叙述者"我"和无数的父亲们，这个"我"与对象之间的关系是李浩文本的基本关系。"我"能不能同时既"表示"又"存在"呢？当李浩表明父亲们就是我的时候，叔本华的反驳是不是继续是个疑问呢？同样好拿镜子说事的拉康显然不同意这种同时性，为了说明这点，拉康甚至大胆地把笛卡尔的"我思故我在"重写成："我思处我不在，我不在处我思。"这差不多是追随了叔本华的反驳。窥视父亲们的同时是否又能观照自我，这似乎是一剑双刃，永远自相矛盾。那是因为"我"并不纯粹，我能看见我之外的东西，但无法看见我的眼睛本身，也无法看见我的自身，这是镜子的神话经久不衰的生命所在，这也是我试图观照自身的神话。根据拉康对世界的看法，人迷惑于镜像的时候，恰恰也是自我迷失于语言的时候，在这段时期里，"我在"与"你在"或"她／他在"正好相对。这等于是一个令人困惑的事实：自我从此得从他人那里获得界定。

回到李浩的小说，从发表的时间上看，前后长达十五年。从最初的《那支长枪》（2000年），"我家的那支双筒猎枪早在十年前就已经不知去向"开始，到《消失在镜子后面的妻子》（2015年），"我的妻子消失得毫无征兆，她消失在镜子的后面"止。丢失、不见、失踪始终是李浩不可或缺的叙述符号。前者叙述了丢失了长枪后的父亲一次又一次的自杀，因尊严、屈辱而真真假假的自杀，以至最终死亡降临也难辨真伪，读此小说使人自然会联想起那个"狼来了"的寓言。这个故事，在李浩的叙事几经出现和重演,直到镶嵌于长篇《镜子里的父亲》中,意蕴已今非昔比;后者是新近之作,镜子之于李浩的叙事,经历多年的磨炼,如今呈现出已经是它所无法预见的功能。《消失在镜子后面的妻子》讲述的是如同题目一样的事件,这又是一个没有结果的事件,也可以说"消失"就是它的结局。小说关心的并不是悬疑之功能,而是面对妻子消失于镜子中的惶恐、不安与思考。原本我的存在与妻子休戚相关,而今我的存在却产生了动摇和位移:无论是报警、撒谎以及最终将锤子甩向镜面出现的黑洞。究竟镜子能不能因裂缝而吞食妻子,这并不重要,重要的是消失了妻子的"我"的生存状况。"镜子"是个意象,它不仅能使我们看见,也能使我们看不见;"妻子"也可能是隐喻,她是"我"赖以生存的他者。在黑格尔看来,他者是必须被确定以便被克服的东西。对20世纪许多法国哲学家如列维纳斯、布朗肖和德里达来说,他者不是要克服和理解的东西,而是更为根本的东西。对许多后结构主义者来说,他者是异化了的或在理解之外的东西,超越了意义。

四

说到镜子与人的存在,自然使我们联想到萨特。其实他离我们并不是很远,去世的那年正好是1980年代的头一年。想想他1938年发表其《厌恶》的开头:又是一个与镜子有关的场景,又是一个人的脸孔被镜子照得变了形的情形,这张脸迎面对着镜子,靠近镜子,近得一直贴到了镜子,却与镜中的影像不一样,反而分解了,"一片巨大的淡淡的光晕在光线中消融"。在文学问题上,萨特一向对时间问题兴趣不减,而对诗歌绝少有问津。李浩则从诗歌起步,诗性和诗意讲究的重复、节奏、跳跃和象征寓意在他的小说中起着不可忽略的作用,他的小说更多讲究的是不同侧面的结构组合,多重视角的对话和众声喧哗的声部构成。需要说明的是,就个人而言,我特别喜欢李浩小说中可以归为另类的作品,它们分别是《谁生来是刺客》《六个国王和各自的疆土》《告密者》《等待莫根斯坦恩的遗产》《变形魔术师》和《一次计划中的月球旅行》。虽然这些作品并非本文论述的重点,但我依然认为此类作品可能更代表李浩的特色和个性,它们潜藏了一个作家应有的写作雄心和野心,这些文本的出现无疑也提升了小说写作的视野和难度。

回到"镜子中的父亲":主体是整个叙述的基本要素,它逃脱了表象的控制,独特地扮演着无言的顿悟或完全沉默的角色。如果对象世界是可认识的客观系统,那么认识这些客观的主体就不可能存在于这个世界。非主体只有通过主体经验这一媒介才能得以证实，而在经验中，非主体始终处于被转化为自我性的危险中。如果"父亲们"缩小为恭顺的自我镜像，这个主体的优越性又在哪里呢？父亲的镜像究竟是父亲的视野抑或是作为儿子"我"的视野，况且这里还掺杂着父亲眼中的父亲、母亲心目中的父亲，甚至包括着不同镜子们视觉中的父亲。作为长篇小说，《镜子里的父亲》的叙述者在叙事中左右摇晃、经常变化，甚至互相掣肘，这是李浩长篇叙事面临的难题。如何解决这个难题的忧喜参半是我们阅读中会经常感受到的。长篇叙事不是对中短篇叙事的数字延伸，一百米和一万米赛跑是完全不同的竞技运动，多跑一段路者会影响到体能整体的重新分配，这个结构主义关心的问题是值得我们重视的。

叙述者想在台前观赏大戏，可同时又置身于台上，他自任导演又想让自己的表演出彩。视角不能被看成感知主体的观察感知对象的一个角度，而是对象本身的性质：视角对我来说并不是对物的主观歪曲，相反，是它们本身的一个性质，或许是它们最根本的性质。正是由于它，被感知者才在它自身中拥有隐藏着的、不可穷尽的丰富性，它才是一个"物"。《镜子里的父亲》的叙述想做那些不可能的事情，通过现实超越现实，通过虚构修正虚构，代之以镜像般的双重存在。结果是：感受之感受、想法之想法、议论之议论、叙述之叙述。李浩的这部长篇是现实与幻想的某种混合体，他让那些碎片般的尊贵历史在一个圆滑的尖顶上跳舞，这些历史既有效又无效。

撰写《小说修辞学》的布斯的主要遗产是他对"可靠叙述者"与"不可靠叙述者"的区分。"可靠叙述者"往往是第三人称，接近"隐含的作者"的价值取向；"不可靠叙述者"往往是故事中的一个人物，偏离"隐含的作者"的价值取向。相对《如归旅店》，《镜子里的父亲》要松散开放得多。同样是"我"的叙述，后者显然有不可承受之重。于是，镜子出来担当重任，它是小说叙述的"防火墙"和"消防队"，李浩说它是支点，其实是解决一个"无名"的烦恼。说是"移动的镜子"，原本是为追随"现实"扯起"主义"的大旗，如今在李浩的笔下走向了反面，成了反现实主义的镜面，而且它是不断变化、挪移的镜面。于是，不同侧面的镜面、三棱镜甚至魔镜开始粉墨登场，李浩所希冀的变数的父亲与修辞的繁殖开始了其与众不同的跋涉。问题也许并不那么复杂。现象学的观点这么认为：我只能从某一点来看，但在我的存在中，我被来自四面八方的目光所打量。无限拓展镜子的功能只能是一种可能性，但它绝非万能，至少它无法观照自身与镜面的背后之事。翁贝托·艾柯曾提醒我们，镜子并不能反转或倒转它反射的影像。人们经常以正确的方式使用了镜子影像，但却以错误的方式谈论它，好像它做的是我们自己正在做的一样。王尔德曾说：19世纪对现实，犹如从镜子里照见自己面孔的凯列班（莎士比亚戏剧《暴风雨》中野性而丑怪的奴隶）的狂怒；19世纪对浪漫主义的憎恶，犹如从镜子里照不见自己面孔的凯列班的狂怒。我们不仅要关注镜子里有什么，更要关注的是镜子里没有什么。

五

　　一个人可以明白自己说的话，但是他对自己依然非常迷惑。"我"的含义被语言的重重浓雾包围着，使我们几乎无法有清晰的思想，认识到"我"不是我。借助"镜子"的功用，却往往有着相反的错觉，感觉镜中之"我"就是我。难怪弗洛伊德在其美国之行中，面对镜子里的"我"发问，这难道还是我吗？好在《镜子里的父亲》很少涉及父亲面对镜子的沉思，这究竟是有意避之还是一种巧合，难以下判断。主体只有通过自我反思才能了解作为一个客体的自己。镜中的父亲回避了自我反思，征途自然而然地落在了作为叙述者的"我"身上。以父亲的名义，实则又是作为儿子的"我"来实施，这里误认、误写必然连带着误读，不然，镜子的存在又作何解释呢！

父亲或父亲们，无论多么复杂和多样，无论是"孤独的父亲、饥饿的父亲、愤怒的和争吵的父亲、被火焰烧灼的父亲、落在水中的父亲、性欲强烈的父亲和热情高涨的父亲、错过历史火车的父亲、不甘于错过的父亲、蹲在鸡舍里的父亲、阴影背后的父亲、口是心非的父亲、关在笼子里的父亲、变成甲虫的父亲、被生活拖累和拖累了生活的父亲、豢养着魔鬼的父亲"……他/他们终究是来自于作为儿子的"我"的视角和记忆。镜子是死的，它只能因角度不同而反映出不同的侧面，儿子则是活的，他生来对父亲充满着期待和渴望，从孩子的角度来看，内心深处对父亲的期待得不到满足会产生痛苦，甚至会产生分裂和精神症状。作为集体记忆和原型，父亲也并不是个体的，父亲自有父亲的意象和意义，不然的话，中国传统的皇权也不会借助父亲的名义而高居其上。也许有人会问，那么如何解释什么都知道而又会说话的魔镜呢！理由也简单，魔镜也是想象的产物，它依然有着是否接近和偏离"隐含的作者"的问题。想象或许是现实存在的反面图像，一个被灵感震撼的世界，一种认识官能有机的相互作用，一种为意识与无意识相互渗透的解释图式，或是一种急于表达的被剥夺的方式。

一个天真的看法，属于孩子的看法，孩子会认为他周围的世界都是父母的。但叙述行为又不是孩子所能完成的，问题是想象与记忆的虚构能否部分地守护孩子的世界。为什么李浩笔下的父亲是这样而不是那样呢？叙述者是如何通过一系列言语的视觉假象，让符号的能指所指两方面显得不可分离。那反复自杀，总是失败，经常缺席的父亲，那经历了"水里煮火里烤"的父亲，那总是挫败而令人失望的父亲为什么在"我"的镜中出现，在"我"的笔端流泻，这始终是我在阅读中无法去除而又无法回答的问题。"图像俘虏了我们"，维特根斯坦在《逻辑哲学论》中如是说，"我无法逃脱它，因为它处于我们的语言中。而且语言似乎坚持不懈地向我们重复这幅图像"。那反对照片、照相而选择镜子的叙述者会同意这一说法吗？

赋予镜子以视角的功能，实际上也只是视觉之视觉。"我"的内在性是某种意义的"外在"，他人也一应如此，而一些外在的东西却又与"我"如影随形，成为"我"内在的一部分。"我"也感觉到"我"的内在生命是异己和疏离的，好像"我"的自我意识的一大块都被一种想象所掳获并使之具体化。这既是一种"我"与父亲们的特殊关联又是一种必然疏远。弗洛伊德在《科学心理学计划》中提到：或许大致思考一下个人的家庭成员组成就可知道，一个最亲近的人往往兼具我们的向往和敌视。弗洛伊德接着说，她的部分特征（比方说她的脸）可能是陌生且充满危险的，但是另外一些（比方说她的手势）又会唤起我们的亲近感，在此处"效法"一词兼具竞争与模仿、求同与超越的意义。"最大的竞争对手又是你最尊敬的人。"拉康是这么说的。这也是特里·伊格尔顿在其《镜像之魅》一文中重复引用的言辞，他甚至断言："镜像阶段，准确地讲绝非伊甸园的纯真状态。相反，它是一种在行为发生之际就携带的失乐园意识。一方面，自恋主义本身就包含了一种确切的自我憎恨与自我侵犯；另一方面，由相互融合带来的主体之间界限的消除，其实与相互竞争带来的一样多。这是一种我们可以在偏执病症那里看到的认同，即——对抗主义，这个受害者的形象包含了其自身和一个朦胧可爱的自我形象。"[6]

李浩是一位具有理论色彩的小说家，《镜子里的父亲》尤为突出。他博览群书，偏爱议论和自我阐释，追随"元小说"的书写，引文是他的拿手好戏，无论是公开与不公开的。但在这部"图书馆"式的小说里，是否缺了些我们绕不过去的东西？比如，迷恋"镜子"，却很少自我审视；

持续不断言说"父亲",却又很少谈及镜像。但愿这些东西都深藏于小说的沉默之中,是属于那种深藏不露的"水下之冰山"。因为没有沉默的言说不是真正的言说,没有阴影之身躯是无法站立行动的,没有黑暗的小说永远无法显现出闪耀的光亮。镜面擦得再亮有什么用,如果我们的目光是混浊的,映象依然是不清晰的。

六

人生来懦弱不堪的原因是,人感到他没权威,而他没有权威的原因恰恰存在于人这种动物的形成方式的本质中:我们的一切意义都是从外部、从与他者的交往中注入我们的内部的。这就是我们的"自我"和"超我"的根源。当大多数的叙事都在渲染自以为明白的善恶分明的道德,并涂抹上快乐和消费的色彩时,李浩却直指人生的痛苦、人性的灰暗、生活的无奈和与之相伴的阴影和挫败。如同"如归旅店",随着父亲的死亡轰然倒塌,子女们都踏上永不归的旅途,这不是小说的尾声,而是其开局中早已埋下的种子。与许多小说家不同,他叙述的不是失败的肯定,而是对失败的肯定。父亲们都是失败者,失败是一种死亡冲动,死亡是生命的欲望。它以一种反讽的传递方式给我们启迪。我们反抗迷失，然而却在迷失中得到了拯救；目视阴影，却在阴影中窥视了光照；叙述不断失败，也在失败中呈现出希望。这使我想起博尔赫斯的一次答问，当有人请博尔赫斯谈谈天堂的问题时，他回答说："我读过一位英国牧师写的一本书，书中讲天堂里有更多的愁苦。我相信这一点。"博尔赫斯想要表达的是永恒的快乐是无法想象的。同理，失败也是如此。当我们在《镜子里的父亲》中读到父亲出生时奶奶那令人击节的咒骂时，当我们在临近尾声中重读镶嵌于小说中的那篇令人动容的《父亲的沙漏》时，一定会相信父亲的失败并不是永恒的。

在这个充满不同视角的世界里，我们的人生，正如李浩小说笔下的不同侧面而又基本同类的父亲们未曾意识到的那样，他们的意志并非出于自身，而是依伴着时代之潮而形成的一张无缝之网，携裹着一种无名的力量向我们席卷而来：大跃进、大合唱、大炼钢铁、大饥荒、大串联、大武斗，一直到大革命，在历史的大语境之下个体的我变得越来越小以致消失，父亲们的欲望被自身环境提供的现实吞没，他们是无法冲出自身环境藩篱的非自我。这种力量的称呼均指向宿命、报应、异化或大写的他者。不是父亲错过了历史火车，而是两者都是历史的一部分，产生的意义如同诗人或小说家极力赋予它们的意义一样。就像原本疑云重重、神秘莫测的形象获得某些可认识的形式，而这些形式能够为人们所认识，是因为它被与人们熟悉的东西联系起来，仿佛从遗忘深处流溢出喧嚣的杂语和嘈杂的声音。言语如同历史符号的自我流溢和自我倾泻，因而它不仅是在一种意象中的自我呈现，同时也呈现了一个时代的氛围，那些口号、标语、日志般的大小事件，所谓英雄的名字和事件自然也回溯到特定时代的语境。回溯的路径不同，但不可思议的闪光点仍然闪现。

身处困境，活在阴影之中，与失败相伴，他们都通过迷惑而行动，"无望的希望"构成了父亲们的迷惑行为。为了回避那喀索斯的凄惨命运，即误以为水面的倒影就是真正的现实生命而纵身深渊自溺身亡，他就必须逃离阴影，却又不是不追求荫护。历史的时代与成长的秩序这种老掉牙的话题可能为李浩所不齿，但借用"镜子"的"支点"来去杠杆又谈何容易。对李浩的两部长篇，如果有人拿历史呈现和成长小说说事，我想这一定是李浩不喜欢看到的。但是，父亲们这样的日子，都将是昨日历史事件的残像余韵。我们都会带着各自的记忆在阅读中对此进行复盘。问题是，仅仅依靠回顾几十年前的历史，穿透时间的浅层，我们已无法让记忆解决想象的实至名归，而让事件作为独一无二的精神漫游之象征又勉为其难。一切都不是时间太短,而是变化太快,昨日的语境离我们已经渐行渐远,太多的阅读都必须以伟大的谦卑姿态放弃或遗忘。

李浩崇尚形而上的思考,并让其在小说产业中占有很大比例的股权,让构思立意、谋篇布局以及叙事传神这些古典技巧减持,这些富有想象力的创造统统转化为少数文人写作上的优势。面对当下的谄媚嘴脸,我们还是会板着脸,心中充满着粗暴的怀疑。难度在于思想与世界的交互存在着多种相斥的可能方式,而一种后现代的信仰又认为根本就没有什么特别的方式。一个伟大的富有创造性的小说面对的是:思想必须将陈述语气和虚拟语言联合起来,从而将冷漠而非神秘化的当下与热情而又充满想象的超越联系起来。它必须用一种姿态来表示对世界的尊重,同时又否定了世界。思想受到了号召,要成为镜子和灯光,忠实地反映它所处的环境,同时散发出具有改造能力的光芒。天马行空的幻想妨碍了我们对现实环境的直接观察,但却是激发我们对可能情况进行想象的关键。

花费了李浩不少心血的《镜子里的父亲》自2013年问世以来,关于写作难度的疑惑一直在我脑中盘旋。把什么东西都放在一个篮子里,这是一种结构的冒险。这里容器起着举足轻重的作用,用父亲老是在编织那永不成形的箩筐显然是不行的。我有时在想,那神奇的镜面应当是理想的容器,它能使很多东西"消失于镜子／又从镜子中出生",如同"父亲"的存在与消失。问题是倘若一部小说急于装下太多的东西,会让人想起一个不可思议的男子正在勇敢地追求一个衣衫艳丽、令人大惊失色的年轻女子。

七

刚才说到创作的难度,其实批评又何尝没有难度。批评的人生就像"父亲"那不断挫败的人生,有时更像那蹲在鸡舍里的"父亲"。不止小说的创新需要冒险,好的阅读也要冒巨大的风险。"它会使我们的身份、自我变得脆弱。"癫痫病人在早期阶段会做一个独特的梦,陀思妥耶夫斯基讲述:"一个人突然觉得脱离肉体而飞升,他回头看自己,顿时感到疯狂和恐惧,因为另一个人进了他的身体,他再也没有回去的路。灵魂感到这种恐惧之后,会茫然摸索,直到骤然苏醒。"[7]乔治·斯坦纳的话提醒,批评之难如同创作,也有好坏之分。

批评的失败经常来自于复核故事的尝试:复述要省却细节,而细节是进入文本的最富启示的切口之一。并非在于细节拓宽了故事,而在于细节掩盖起的压制性部分。重要的不是细节说了什么，而是它没说什么。现在的问题是，李浩的小说追求的是反故事甚至反小说。他尝试依赖强大的隐喻：在事件的母体中，每个隐喻都指向某些所指，同时推动叙述行为，更为重要的是，它追求全新的、不断延伸的思索过程。他有时受昆德拉影响，把隐喻当作转喻使用，从而使叙述过程带上了独特的后现代色彩；有时他借用加西亚·马尔克斯的手法并加以明确提示，结果为叙事增添了马尔克斯极为喜爱的错置和不协调；有时他随意引用维特根斯坦的话，并不说明这是前期或后期维特根斯坦的，结果导致"互文"和理解的迷惑；他追随博尔赫斯是众所周知的，这一方面是缘于诗歌的写作，另一方面则是对镜子的迷恋。[8] 实际上，博尔赫斯再伟大并非万能，尤其在长篇叙事艺术上过度博尔赫斯化，很可能适得其反。当然，这只是我个人的看法。总之，互文性并不是刻舟求剑般的制式，它像艺术作品一样，既是绝对的，也是任意的，既有法可依，亦无迹可寻。作者不能像僭主一般主宰读者，却丝毫不意味着他应给读者以愉悦。

《镜子里的父亲》看上去体量庞大，花样繁多，无数镜面令人眼花缭乱。制造业不断输出，令接受业忙乱应付。以至于赵月斌写的阐释文章，其副标题直指"若干读法"。李浩自恃为他所创造的事件之后的创造者，并且将那些造物转化为未来读者心中的填充题，而这些未来的读者只有心中也有"图书馆"中的部分书籍才能填充这些括弧里的空白。笔者花费了不少时间应对这场"考试"，只是临了读了赵月斌的文章才又放弃这些"互文"性的段落。值得一提的是，所谓"互文性"并不是下联对上联的文字游戏，而应是更大范围、更长历史的彼此对应和影响。

书中的主角无须自主地拓展空间，否认是源于欲望抑或是源自无聊，无论是抑制时间的掠夺还是抗拒世界的猥琐。这个自我实际上未"远航"，同样也没有"还原"。促动自我行动的核心原动力并不是属于历史的一部分，而是一张先于我们而存在，将人们缠绕的文本之网，它消减了自由与意志，而我们只有通过这张网才能言语或行动。这个文本或魔力之网不似敏锐的神经那样易于被感知，但却因历史的积淀而变得厚重，它是父亲及父亲的父亲们的又一种隐晦的跨界之物，它既非我也非你，既是主观也是客观，存活移动于两者之间。当李浩认定："文学，是我对世界的一个主观性发言"时，思考的"互文性"便消失了；而当李浩告诉我们："在我的小说中，父亲连接着我个人的血脉，他也是我，交集着我对自己的爱恨，对世界的爱恨。我不书写或者有意回避了'自我'，但这'自我'在父亲身上。"[9]这种"你我""我他"的交相穿梭，才呈现出"互文"之魅，说到底也是"父亲"之魅。父亲不仅仅是单纯的对象之物，我对他的认知一开始便具有反讽色彩，或者说他总是悲剧性地偏离原来的方向而返回自身。

不管作为意象性的符号，还是意蕴性的象征抑或是"人的存在"的隐喻，"父亲"终归是一个受苦受难、不断经受失败的成功形象。他因经受不同镜面的繁殖、不同侧面的审视而显现其丰富性和多样性，正因为如此，他才遭到人多数独"善"其身的道德主义者，以及很多蔑视"审丑"的当代人之诟病和一厢情愿的修正。他们都为"父亲"身上没有让"幸福生活"的结局落地感到遗憾。我不止一次在交谈中听到此类不屑，对此，我也只能表达遗憾之遗憾。

八

与博尔赫斯一样，弗洛伊德着迷于叔本华；和博尔赫斯又不太一样，弗洛伊德将所有人心中都有的怪兽，被叔本华称意志的东西改为欲望，其实就是非形而上学化的怪兽。这样一个深刻的、非人性化的过程却对意义听而不闻，它用自己特有的亲切方式对待我们，但私底下它其实只关心自己。欲望完全不涉及个人：它是一种痛苦的折磨，从一开始就埋伏在那里等着我们；它是一种堕落，在那里我们不知不觉地被拖入其中；它还是一种执拗的环境，我们一出生就沉浸于其中。本来，我们熟悉它们犹如怀揣着时隐时现的好奇心，簇拥着既熟悉又陌生的火，随即痛苦地意识到焚烧自己易如反掌。

去情欲书写并不等同于去欲望。欲望无处不在，即便是在你看不见它的时候，即便是镜中无欲望，它依然隐匿在镜子的背面，如同消失了妻子、丢失了"长枪"。小说不止产生于摹仿的欲望，它更得益于虚构的欲望，而欲望的虚构则是其不可或缺的组成部分。不妨假设一下，从生到死无疑是贯穿《镜子里的父亲》的一条红线，作者提升了写作的难度，试图将形而上和形而下都囊括于镜中。这可以看作李浩的书写欲望，但在实现这一欲望的过程中，他又经常无视对欲望的动态研究，忽视无意识的运作，特别是无意识在语言无法表达的地方是如何存在的。当然，在此讨论这个问题意义不大，因为归根结底这是个"欲望"之实践的问题。

说到实践，让我们再回到弗洛伊德：在弗洛伊德职业生涯早期做连载作家时，也就是说在他中年时代，弗洛伊德曾引用席勒的话讨论过文章的写作原则。席勒说，一切都要保持开放,让故事自己发展,只要让无意识表现一次,你的判断就有了发挥的舞台。或者如席勒浪漫主义诗歌的传人索尔·贝娄所说的那样:"大家都知道,压抑是没有什么准确性可言的。压住了一个,也就压住了周围的一片。"[10] 这个故事的引文来自马克·埃德蒙森撰写的《弗洛伊德的最后岁月》,我很喜欢这本书,每次重读都有料想不到的收获。记得十几年前还误读过他的另一本名为《文学对抗哲学》的著作。在写下上面那段话的时候,他正在提醒我们在阅读弗洛伊德最丰富却也最怪异的那些著作时,应当在弗洛伊德极具创造力的本我面前扮演一下自我的角色,换位思考,想一想哪些是可能的,哪些则是不可能的。

九

对李浩来说,镜子既是现实摹仿的赋形者,又是虚幻天赋的携带者,它既是主线叙述的始作俑者,又是中断叙述、插入镶嵌已有文本和其他文本的擅权者。除此之外,镜子在李浩的笔下还成了各个不同视角的修辞大师。"不过,你是否注意到他们之间的风格……我是说,文字上,叙述上的差别?"魔镜再次提醒——它违反我制定的禁令，竟然在柜子里面插嘴——"你是不是可以像之前做的那样，利用铅笔、橡皮、剪刀和胶水，进行一系列改写，将它统一到……《镜子里的父亲》有多个声部，它有众声喧哗式的混沌，而《父亲的沙漏》，和你之前的许多小说，都只使用一种乐器——大提琴，应当是。"借着魔镜的提醒，叙述者对《镜子里的父亲》来了一番自供状。

李浩所仰赖的，乃是这么一批读者，他们对其提及和引用的文本要了然于心，以至不费吹灰之力就可以辨识及赏析那些互为回转、启承转合、歪曲变形和旁逸斜出的精湛布局，领会其隐含之义和想象其留出的空白与沉默。不仅于此，他们甚至还要十分熟悉他以前的作品，以至当其中的一些篇什在《镜子里的父亲》中重又出现，镶嵌的镶嵌、插播的插播、增删的增删，只有仔细比较对比，才能体会此中滋味，以及细微之变化和位移。试问这样的阐释哪里去找。《镜子里的父亲》证实了一件事，那就是叙述者难以言说也不便明说，阐释者则在影影绰绰之间。

作者往镜子看，却只能看到写作的东西。这是一种隐喻，它似乎要打消写作想要描绘或反映不是它本身的那种东西的雄心。将镜子演变成目击者，这一隐喻可是威力巨大。因为作为目击者，镜子知道的远胜于"我"的视觉所见。作为目击者，镜子充当了那些幻象的隐喻，而读者是不可能通过写作来看那些幻象的。镜子的元叙事功能本质上是一种左右为难，它介乎于一切都会被显示出来的希望和写作才能将事物充分显示出来的恐惧之间，正像大多数引导我们深入事件的最为可靠的向导一样，它在亲见和写作两种方法之间犹豫不决。镜子身兼二职，它既是对象的呈现又是叙述的主体，此间的冲突不是一个身体所能承担的。这也是《镜子里的父亲》难以克服的内在裂痕，尽管其叙事技巧创新，手段繁多，手法圆熟，也是于事无补的。一部如此篇幅的长篇小说，结构生成上的缺陷，总体视角上的裂缝，不是局部意义上的整改所能解决的。

一个不断挫败的父亲在文学的意义上获得了成功。通过李浩，"父亲"一词获得一种巨大的容量，"父亲"犹如跳板的两头，当他处于翘起的那一头时，便延伸为他者的历史；而他处于落下的那一头时，便又沦为自身的阴影。他既是镜像之囚徒，又是反叛惯有文学秩序的反叛者。对父亲们而言，他们既是心理分析意义上的失败者，但其无数的侧面又是现象学意义的胜利。依附关系与弑父行为虽为对立，但互为转化的连接却是叙事的生命。当你把所有的蛋都放进了篮子，你就必须为了亲爱的生活而攥紧篮子。这就好像一个人想要获取整个世界，却用单一的对象和单一的恐惧来容纳，这也是为什么父亲需要繁殖为父亲们的理由。

父亲们如同一个个三棱镜，反映出不同的侧面，射出不同的光谱；好像不同的乐曲，但似乎又由一个声音演唱，即他们同时代的声音，镜中舞台道出的漫长一生的真相与谎言，揭示的是被遗忘所淹没的真情与假象。孤独生活的剖析，黑暗降临时的悲歌，稍纵即逝的映象，无法直面自身的遗漏，活着的死亡和记忆的残存，一切都在言语之中沉浮。父亲们无法看见自身，却要在与对象世界周旋中左右为难：一方面，与周围世界相融合，努力跟上"时代"的步伐，并过多地成为其中的一部分，因而丧失了对生活的需求。另一方面，他们把自己与周围世界分离，以便向世界提出他自己的要求，显现自身孤独的存在，并因而失去了按世界本身的要求生活和行动的动力。

"我"的内在某种意义上是父亲们的"外在"，他人也应如此，而一些外在性的东西却又与"我"如影随形，成为我内在的一部分。我也感到我的内在生命是异己和疏离的，好像我的自我意识的一大块被一种想象所掳获并使之具体化。这种既源于"我"又异于"我"的想象的双重性，体现了"我"与父亲们的特殊关联，也是李浩父亲叙事的隐秘之处。

十

说到底,镜子是物,是中介。镜中有人,那是因为我们的目光。镜子可以魔幻,可以说话,可以拟人,但那已非镜子的属性了。记得罗兰·巴特曾提出"可读"文本和"可写"文本这两个相对的概念。前者指顺从可理解性模式的作品,后者指实验性作品,我们不知道怎么去阅读这类作品,只能(实际上必须)在阅读的时候去写这些文本。"可写"文本的提出,和巴特支持罗伯—格里耶的新小说是分不开的。新小说的先锋实验因难以卒读闻名。"把一些令人困惑的描绘胡乱堆砌在一起,缺少可以辨识的情节,也没有引人瞩目的角色。"这些都是新小说备受指控的"恶行"。巴特反其道而行之,以称赞新小说一举成名,并且他还提出,正是这些向我们的预期发起挑战的"难以卒读"的作品最完美地体现了文学的目的。时至今日,巴特的文学地位不可撼动,但他的结论,"民调"的支持率还是相当低的。

可是,发生在罗兰·巴特身上的情况远比我们想象的要复杂且微妙得多。在生命的最后几年中,巴特为准备写小说投入了那么多的精力,因而在放弃的过程中,他似乎是"活着进入了死亡"。他补充说:"不过,通过最后的努力，我还是给出了理想中作品的一个轮廓。"这部作品应该是"简明的、有联系的、所希望的"。在他的思想中，简明，意味着容易读懂。他指出："今天，有一些文本很容易被认为是难以读懂的。"当然，尤其是他的那些文本。也许，他的主要失败正在于此：他无法摆脱由他晦涩的语言所构成的保护性外壳。这最后一堂课不无讽刺意味地说明了这一点。他高喊他有着最终被人理解的意志，但却比以往更为晦涩难懂，同时提出了实现可读性的两条规则："一种叙述构架即一种智力逻辑"和"一种并非叫人失望的补充系统"[11]。很明显，罗兰·巴特致力于"小说的准备"得出的结论推翻了他那先锋的文学主张。这种推翻并不是异想天开的突如其来，而是颇长时间的隐匿伏笔。从"新小说"到《新观察家》杂志，他的整个学术生涯都被置于新颖性符号之下，他被看作是时尚的裁判。安托万写道："他总是第一个，总是处在先锋位置上，人们不可能赶得上他。"但也正是这位安托万在二十年后，把巴特放在了"反现代性的人们"之列。甚至在当时，巴特的一位学生指出，他很少阅读现代作品，而只满足于看一看他所收到的书籍的封面。晚上，在入睡之前，他重新阅读夏多布里昂、托尔斯泰、普鲁斯特等人的作品。这位学生的议论一时引起轰动，令众人大跌眼镜。

另外一件事就是，与罗伯—格里耶这一先锋同盟发生的不快。在1977年上半年的一次罗兰·巴特的研讨会上，罗伯—格里耶在谈罗兰·巴特时颇有微词："你会让人觉得从来没有冒过险，而且你会将他们引向离出发点相当遥远的地方。这种旋转的方法就在于使人反感，这是一种不一样的方法，和这种虚伪的方法相比，没有任何理由让谨慎优先。我们也可以说你虚伪（笑）……"也就是在这次谈话中，巴特承认自己"的确很少写关于'现代'的东西。关于现代我能做的，只是策略性的操作。"[12]罗兰·巴特人生最后的一篇文章是关于司汤达的。司汤达最初未能成功地通过他的旅行日记来告诉人们他对意大利的喜爱。可是，二十年后，他却在《巴马修道院》一书中对这个半岛写下了"辉煌的文字"，那些文字极大地鼓舞了读者。从日记到小说出现的这种颠覆引起了巴特的思索，在最后的文章中，巴特努力理解司汤达的奇迹。得出的结论是因为小说的写作，倘若没有小说这种载体，他感觉自己就是"一个缺少言语的孩子"。

之所以在这里写下这一节的文字，那是因为，首先，今年是罗兰·巴特诞辰一百周年，也算是个纪念吧。另外，这个例子同时也提醒我们，所谓先锋也并非铁板一块，你中有我、我中有你的事多着呢！拿《镜子里的父亲》来说，其中那些多少有点老套陈旧的段落也未必全是先锋所能概括的，比如与现代性全然无关的农村叙事，过于常态的细节，那些插入的诗歌与散文等等。

十一

李浩扭转了我们对"父之名"的信托，我们对权威和力量迷恋和追逐、对无法回避的世界的依赖都被失败的阴影所笼罩。他还告诉我们，这一主题并不是写实主义的专属，而在象征寓言，荒诞变形的转义之中依然存在。这个主题还包括了因权威所激发的敬畏和恐惧，包括了神魂颠倒的盲目顺从和欲望焦虑。《镜子里的父亲》不仅是权力政治，父权暴力的沉思，还是对支撑权力的神话和幻觉的沉思，即使这些神话和幻觉使对之坚信不疑的人丧失人性，并将他们吞噬。对"父亲"的迷恋来自终有一日取而代之的欲望，这欲望无法泯灭，无穷的延续亦是无边的黑暗，是生命也是死亡。这是心灵打造的镣铐，是锁在保险箱中的"魔鬼"。所以，李浩总结说："我，我的父亲、姥爷、爷爷，何尝不是丢了王位和国土后惨遭放逐的国王。我们在一个坚硬世界上一层层丧失，受挫，而自我建立起来的避难也经不起来自现实的一击。这里，也许是'父亲'们的集体命运。"[13]这样的儿子的父亲构造便成了父亲的儿子构造，这个颠倒了的修辞验证了文学创造的追求。从修辞上说，正是这么一个逻辑，让他者成为自圆其说的形式，而让自我的原型成了他者的替身。

在关于"父亲"的叙事中，有着太多的象征意味和想象空间，虽然他向我们讲述了一个个父亲的单一行动，但事事都有双重解读，内里保留着歧义，并处处留下了沉默。它让我们明白，一部作品自有一种"潜意识"，不受其创作者控制，在某种意义上说，小说的接受者也是作品的共同创造者。当我们发现，我们理想中的父亲并不是这样的，我们的抵触情绪就会出现，它甚至会影响我们的阅读和判断。当然，我们也会失望，期待的失落并不是对作品的否定性判断，弄不好它是审美的一部分，甚至是不可或缺的组成。痛苦总是会消失在"更痛苦"里，这是痛苦供需关系；人们等待的时间愈长，他们将要等待的时间可能也更长，这几乎就是历史之中时间分配的原则；一个人可以明白自己说的话，但是对他自己却依然非常迷惑；认同是一个不停地转动的轮子，它使我们永远无法摆脱神经质的痛苦。这些或许就是我们的失望，失望之余，人的"存在"便提到议事日程上来了。

"父亲"的事业是一个失败的事业。失败不是可怕的东西，渴望的无法实现正是人类与世界打交道的特征。如果没有来自补救我们的条件的努力，历史也许会滑向中止。李浩笔下的"父亲"之魅源是一种"挫败"的美，它使人们看到，昔日的确定性的颠倒，以及世界一致性幻想的覆灭。哪怕这个父亲的人生是在不断编筐，而且越编越难看；哪怕这个父亲是变成傻子只会蹲在鸡舍的父亲；哪怕这个父亲用一生精力去经营那最终不归的"如归旅店"……

对人的存在和本性的思考，李浩的小说有着自身目眩神迷也令人目眩神迷的暗示。说话者越是努力用言词表达自己，他也就越是使自己无法被理解。澄明的真理只有在它自我解构的微光闪耀时才能呈现出来。虽然文学探索中离经叛道的冒险在他的书写中被记录下来，但结果总是诉说的生活试图记录无处诉说的生活，它们只是黑暗的一部分，是秘密被摹仿的动作，渴望的是符号之真实的人。齐美尔曾指出：对记忆来说，冒险轻易就获得了做梦的细微之处。人人都知道我们多么快地遗忘做过的梦，因为那些梦也是发生在生活总体性的有意义的情景之外。我们所说的"像梦一样的东西"，不过是一个回忆，与其他统一而持续的生活过程的体验相比，它联系的线索要少得多。冒险越是"充满危险"，即它越完美地符合这一概念，它就越"像梦一样"。从这个意义上说,"镜子里的父亲"就是"像梦一样"。

冒险的写作挑战的是日常秩序的严肃性,当你写书时,你总是写错书,写错的书可能正是该写下的书。就算失败也有不同的类型。有些失败很容易,比如由于我们的懒惰,有些则很难,比如做根本不可能的事情的结果。言辞是一个伟大的搅局者,它总是以确凿的雄辩让我们信以为真,让我们在沉默之处津津乐道,在无法言处面面俱到。语言就像黑洞,本身无法看见,只有通过其对周围天体产生的影响作用,人们才能感觉到它的存在,它吞噬进入引力范围的一切东西。存在倒塌了,被吸入其中,黑暗无底,又辉煌神奇。语言既是不能承受之轻,又是存在的不可能之重,它总是既让人生畏又让人着迷。从这个意义上说,小说是失败者的天堂。这让我想起在窝棚里爷爷与杨世由的默默对坐,三个小时没有一句话,魔镜看不到他们的内心,而叙述者"我"则放弃了进入内心的想象,叙事留下空白,至少有四百七十三个字的位置。此情此景,小说终于在语言栖身的场所上演了言辞出走的一幕,这是言辞的失败,也是言辞对自我的胜利。

十二

文本既由作者的个人经验构成,也由其他文本构成,当代稍有艺术抱负的小说家,不管多么谦逊,也不可能不感受到伟大的现代小说革新家的影响,尽管这种影响也许是间接的。"互文性"也许只有从这个角度来理解,才可能具有普遍性。李浩的特殊性不过在于用一种直白的方式、插入的形式成为其叙述的一部分。

一个叙述者总是隐秘的,换句话说,这种隐秘性既包括"通往一点点地提示真相来讲故事"的观念,也有我们不知道并且永远不会知道这个叙述者是谁的观念。李浩小说的叙述者似乎两者都不像,有些小说说的是父亲,自然叙述者的身份一开始就明确;而关于"刺客"和"国王"一类的小说的叙述者则有点模糊。《镜子里的父亲》情况更为复杂,由于作品的体量过大和叙述过长,小说在运用第一人称的叙述时又有变化。我们知道,被称为具体叙述者的第一人称,存在着叙述动机直接和他实际经历联系在一起的问题,此种叙述方法具有强制性的局限性,这一点我们在读《如归旅店》时就会感受到。李浩不缺叙事经验,用不断变化的镜子来化解此种强制性的困扰自然也是不得已而为之的精心布局。并且我们可以进一步推断,化解的手段还不止模糊叙述者的身份，甚至还包括先锋派惯用的诸多写作策略，诸如蒙太奇和拼贴、梦的记录、现实与虚构界限的游移，侧面、非叙事的连接，反叙事的恣意妄为，不同文本的混搭，文本与超文本的组合等等。

作为作家，李浩深知假冒与伪造是不同的：假冒即模拟，伪造则是照搬。模拟具有取代某物而制造该物的效果，照搬则是非原创性的呈现。李浩又是一个注重距离，甚至是决裂的作家，需知距离是不可逾越的，而决裂则是极端缓慢的。他善于制造障碍使人难以理解其义，这是一种意义的谋略。隐喻与反讽经常出没于他的文本，那是因为：隐喻像裹着糖衣的苦药，需要对方消化才能体味。反讽的锋芒既可以讨人欢喜，也可以令人胆怯；可以用来强调，也可用来削弱；它使人们聚集在一起，也令人们四分五裂。反讽的话语能够使人明白，人们需要注意的不仅仅是一个现实、一个真理，世界上有各自相互冲突的力量，而对同一种经验有相互冲突的解释。

比如目光。不要以为镜子的地位很重要，实际上目光才是最重要的。"除了一个目光、不再有别的有可注视的东西，看的人和被看到的东西是可替代的，两个目光相互凝视，无任何东西能使之分开，能区分它们，因为物体已经被取消，因为每一个目光只能与它的类似物发生关系。在反省看来，仍然只有无共同尺度的两个'观点'，两个我思，每一个我思可能自以为是比赛的胜者，因为如果我思考另一个人在思考我，这毕竟只不过是我的思想之一。"[14]现象学哲学家梅洛—庞蒂在其名著《符号》一书前言为目光的冲突写下的话值得深思。我们最终要明白的是，使出浑身解数来获取真相的是目光的欲望而非镜子。

对象的某种事实状况被给予我们，因此我们在定义对象时，必须把这个事实状况包括在内。正如去度假地的旅途是度假的一部分一样，通往对象的道路也是对象的一部分。这就是现象学的基本原理。同样，镜中之物在成为我们的对象时，我们必须同时考虑，它是如何进入镜中和我们的目光是怎样抵达镜中的。问题在于，认识对象的清楚和明白并不取决于镜面的干净与否，而取决于那有点说不清道不明的目光，视差之见会导致镜中之物呈现的结果是不一样的。

再比如传统与先锋。反传统总是先锋的旗帜，实则先锋反对的只是一个时期或部分的传统。任何先锋都无法摆脱追溯本源的命运。现代主义对现在感到不安，他们力图拒绝距现在最近的过去，以及导向这个过去的线性时间，他们喜欢把遥远的过去作为模仿和论据。就像马尔克斯经常模仿某种怀旧，目的是为了去除这种怀旧。李浩喜欢提魔术师一词,而写下《沉默之子》的迈克尔·伍德则断言,纳博科夫是使用面目全非的陈词滥调的魔术师,像恶魔一样挖出所有我们以为妥善埋好了的陈词滥调。拿传统说事,借力打力是先锋运动的叙事策略。历史上伟大的启蒙运动也不例外。启蒙既不想再度回归文艺复兴时代,也不认为必须最后裁定古今之事,因而它就像不宽容基督教神学的严酷教义一样不宽容神话的轻浮虚妄。它希望借前者之力来间接打击后者。

这也使我联想起李浩笔下的男人和女人。李浩是拒绝写女人还是不会写女人,以前这似乎一直是个疑问。而《镜子里的父亲》则打消了我们这个念头。奶奶的侧影和姑姑的阴影给我留下了如此深刻的印象,李浩写她们一点也不比写父亲们和兄弟们差。我甚至想说,李浩关于父亲们的文字写得太多了,而对"母亲们"的情感则隐匿得太深了。需知,"弑父"与"恋母"是如此须臾不可分割的一种结构性的东西。当然,扯上这几句闲话有点偏题,借用李浩的话来辩护,不妨也是一种镶嵌吧。

还是圣伯夫说得有理,伟大作家吸收的不只是一种传统,而是所有传统,而又没有停止成为一个现代人中的现代人。他观察着地平线上出现的每一只新帆船,但他是从高山上俯瞰的。他用宏大的背景和感觉来丰富和支持他的个人见解，并因此使现在成为它应有的样子——不是对过去奴颜婢膝的模仿，也不是绝对否定过去，而是对过去创造性的延续。

十三

我的文章试图思考和弄清以上的问题，但一不小心会遇上目光之目光，写着写着就会离题万里，评论不像评论。或许，我们的要求需要更高，像年轻的卡夫卡希望的那样，一本书必须是一把冰镐，砍碎我们内心的冰海。或许，我写下的评论和作品的意图是南辕北辙、同床异梦、各说各的，不是一回事。就像奥登感叹的那样：一个作家的着眼点与读者的着眼点永远是不同的，如果他们间或相一致，那是一件难得的幸事。应当明白，书写和阅读这两件事远远超出我们关于沟通的狭窄观念所允许的范围。

写了几十年具体的作家作品论，老实说，此次我想离开具体的东西远一点。我想享受一下"我思故我在"的悠闲自在和泰然自若，也想尝试一下"我视故我不在"的神秘与陌生。

2015 年 7 月 13 日于上海

注释

1. 姜广平,"作家应当是未知和隐秘的勘探者——与李浩对话",载《荒原》杂志,2010年第5、6期。
2. 姜广平,"作家应当是未知和隐秘的勘探者——与李浩对话",载《荒原》杂志,2010年第5、6期。
3. 舒晋瑜,"写作是一面放置在我身侧的镜子",载《中华读书报》,2014年12月3日。
4. 李浩,《阅读颂,虚构颂》,花山文艺出版社,2013年,第195页。
5. ［法］埃尔韦·阿尔加拉龙多著,怀宇译,《罗兰·巴尔特最后的日子》,中国人民大学出版社,2012年,第133页;第238—239页。
6. ［英］特里·伊格尔顿,王健、刘倩一译,"镜像之魅",载《上海文化》,2013年5月号。
7. ［美］乔治·斯坦纳著,李小均译,《语言与沉默》,上海人民出版社,2013年,第17页。
8. 博尔赫斯在1980年4月接受访谈时说:"面对镜子我始终心怀恐惧。在我儿时家里放着些讨厌的东西。有三面大镜子竖在我的房间里。还有那些光滑可鉴的红木家具,就像保罗书信中描写的晦暗的镜子。我害怕它们。"见［美］威利斯·巴思斯通编,西川译,《博尔赫斯谈话录》,广西师范大学出版社,2014年,第329页。
9. 舒晋瑜,"写作是一面放置在我身侧的镜子",载《中华读书报》,2014年12月3日。

10. ［美］马克·埃德蒙森著，王莉娜、杨万斌译，《弗洛伊德的最后岁月：他晚年的思绪》，华东师范大学出版社，2012年，第194页。
11. ［法］埃尔韦·阿尔加拉龙多著，怀宇译，《罗兰·巴尔特最后的日子》，中国人民大学出版社，2012年，第133页；第238—239页。
12. ［法］阿兰·罗伯—格里耶著，余中先等译，《旅行者》（上卷），湖南美术出版社，2012年，第187、190页。
13. 李浩，《现实与文学创造》，载《作家》杂志，2015年2月号。
14. ［法］梅洛—庞蒂著，姜志辉译，《符号》，商务印书馆，2003年，第19页。

你所在的地方也正是你所不在的地方

——弋舟的底牌及所有的故事

> 到达你所在的地方，
> 从一个你不在的地方启程，
> 你必须踏上那永远无法出离自身的旅途。
> 为了通达你尚且未知之路
> 你必须经历一条无知之路
> 为了得到你无法占有之物
> 你必须经由那被剥夺之路
> 为了成为你所不是的那个人
> 你必须经由一条不为你所是的路。
> 而你不知道的正是你唯一知道的
> 你所拥有的正是你并不拥有的
> 你所在的地方也正是你所不在的地方。
>
> ——T. S. 艾略特《为了到达那儿》

一

文本是文本，叙述者是叙述者，作者又另当别论。文本需要细读，叙述者是视角，哪怕再制造一个隐含的叙述者也是如此，而作者则早已死了。这些如今早已成为常识。谨记这类常识，我已付出了几十年的努力。而这回不行，一切努力将付之东流。阅读的底牌将被掀翻，批评的常识瞬间被怀疑而进入虚无的状态。

"作家论"为何物？释作品，论作家，孰轻孰重谁先谁后？实在难以界定。小说把我们引入一种自我的画面中，在这样的画面中，你披着他者的外衣，把自己撇在一边，当你的自身悄然离去的时候，那留在外衣下面的又是谁呢？是那个经常出现的刘晓东，那个既是当局者又是旁观者、既是对话人又是摄像机的刘晓东，我们的印象模糊而深刻。刘晓东是披着的外衣抑或是外衣下面的隐身者，是自我诊断的抑郁症患者，还是调查邢志平自杀之因的探员？面对这些苛刻的问题，我们无法用二者选其一的方法来判断。情况恰如《隐疾》中，"我"忽然醒悟道："在盘根错节处总有些我们无法控制也永远无法厘清的东西，世界的复杂性远远被我们低估。"

刘晓东肯定不是弋舟，但并不等于弋舟和刘晓东们没有这样或那样隐蔽的联系。读遍弋舟迄今为止发表的四部长篇，十五部中篇和三十个短篇，我们能经常感受到作者本人的童年烙印、成长记忆和性格投影，更不用说作者的自我反省和对时代社会的观察、体验与思考。同为"七〇后"的作家田耳是弋舟的好友，弋舟曾不止一次向我推荐并提醒我："田耳值得注意。"田耳在一篇关于弋舟的印象记中写道："他的小说，总给我不曾放开之感，过多的控制，过多的诚意，有时又难掩说教。"这几句话值得重视。尤其那句"过多的诚意"，不仅表明了田耳和弋舟在小说趣味上的差异，还真点出了弋舟的叙事特征。不是"诚意"如何不好，而是过多了容易"自我暴露"。借用作家刘恒经常运用的判断性话语：弋舟是个"把自己放进去"的作家。[1]

"作家论"无疑是多重矛盾与迷惑的产物。你要研究一个作家的个性特质，而这个个性特质又是其几十年创作演变、优劣掺杂的东西，这近乎是在排斥性中寻找非排斥的东西。"作家论"经常摹仿文学史所依赖的遗传学类型——新生、成长、衰亡的种种模式。问题是，一个作家的变化既刻意又无奈，白天的梦与黑夜的梦彼此纠葛，既必然又偶然；继承传统和语境影响互不相让，既有影响的焦虑又有抵御影响的创新冲动。

"作家论"研究的是一位作家在其创造的小说世界中的视野，而这个视野又诞生于一位批评家的视野之中。真可谓视野中的视野、局限中的局限。个人的视野总是有局限的，别的不说，弋舟的故事中经常有失踪，光一个父亲和狮子失踪的故事，2007 年写下了《谁是拉飞驰》，五年后又发表了《夭折的鹤唳》和《赖印》两个作品。同一个故事，一个涉及一家三口的故事，却诞生了三部作品，全因于三个不同的视角。

虚构既不完全是欺人之谈也不是可信之言。因为虚构性问题绝非真假性问题，而是关联性问题。它是一种表示假设的"仿佛"，不论这一虚构采取什么形式都难以隐藏这种假设的先决条件。这种"仿佛"的诞生决定了它总是要超越存在之物。出于这个原因，它就不得不拥有某种方法，某个视角，以踏上叙述的旅途。在康德的哲学中，"仿佛"说是作为一切可想象事物的精髓，因而虚构是不可替代的，这就是虚构可以在千姿百态的背景下出现的原因。"作家论"以研究一个作家的千姿百态为出发点，但他又要从这千姿百态中寻觅一个作家的身影。综合法和排除法并举，同时批评家又得陷入自身单一的视角陷阱而不能自拔。

虚构之物来源于作家但并不等同于作家，虚构是自我的外衣，外衣下的自我早已脱身，隐匿于外衣之下的是那些个若隐若现的影子部队。从这个意义上说，作家都是隐身人。"作家论"归根结底培育的只是批评家与影子周旋的功夫，与符号捉对厮杀的能力。此等功夫和能力很可能是一种病，是堂吉诃德式的战风车。就像弋舟小说《被赞美》中仝小乙的一根筋，剩下的唯有那枚碎瓷；就像《怀雨人》中的"雨人"潘候，走走路，就会撞上眼前之物。

二

从发表的文字来看，弋舟小说史最初的文类可归之为长篇与成长小说。一般说，以记忆中的成长和成长中的记忆步入写作之途是种常态，而一开始便以《跛足之年》和《蝌蚪》这样的长篇出现在世人眼前的并不多见。[2] 不多见也不是坏事，值得回味的是，弋舟近二十年的创作基本上是中短篇越写越好，而长篇则乏善可陈。两年前，作者再次尝试的长篇便是《我们的踟蹰》，严格地说，这也是一个拉长了的中篇，其后半部的勉为其难是显而易见的。

即便如此，《蝌蚪》的重要性是其他作品无法取代的。这是一部自我观照之书，成长是其横轴，父与子是其纵轴，纵横交错构成了十里店——兰城——岛国的三部结构。"岛国"如此虚幻，以致我们只能在意蕴上才能构筑其可能性。

"十里店"是以儿子郭卡的视角，落实的是父亲之名。十里店以野蛮自居，父亲郭有持以暴力无恐，以"镰刀"创造秩序，以"菜刀"对抗外来者用"腰包"制造的新秩序，郭卡的东张西望坐实了十里店的变迁。这既是时代的变化，又是成长的烦恼。郭卡的嘀咕勾画了父亲的形象，虽有夸张之嫌，但也不失妙趣。父亲是儿子的镜像，小说用一种比照的方法写出了我的恐惧与孤独，同时也泄露了我们谁也无法逃避的爱恨情仇。这种儿时的情感纠结也被称之为俄狄浦斯情结。

"兰城"是郭卡的成人叙事，视角兼职主角，"我"的叙述已今非昔比。经过一番与不同女性的周旋，希望伴随着失望，失望又生希望，我的青春我做不了主。文明之缺憾有时难敌野蛮之快意。兰城带来了生机，而父亲则如影随形，"我知道，我所有的怯懦根源，全部来自郭有持对我的成长构成了巨大的阴影。他这把镰刀不但统治了十里店，统治了我记忆中的每一个生活片断，而且还在我迷乱的青春期，凌驾于我所有向往的事物之上，他收割了我对这个世界的期望，收割着那些于我而言万分神秘的人……"与此同时，作为副线的陪衬，庞安与父亲庞律师的故事也随之浮出水面。一个是埋藏内心的怨恨，一个则是时时流露的冷漠。作为心理情结，它们都是殊途同归的。

"岛国"不知在何处，但它又不可或缺。现实无情，因为诸神并不在大地上生活。林楠确实虚幻，于是郭卡成了替身。郭卡想成为真实的自我，为了摆脱替身之累，于是管生成了另一种替身。一切皆源自超越尘世的欲望。作为隐喻的"蝌蚪"，作者寄予厚望，诸多评论也反复论证，其实充其量不过是摆脱尘世的一个象征性符号。况且在叙事的处理上，有着附加含义之嫌。不管怎么样，上述这些人与物都是彼岸之物，它们构成了隐喻的集束之光，也是弋舟一贯追求的未来意象。"未来意象的丧失，意味着对过去的阉割"，那位被加缪誉为"尼采以后欧洲最伟大的作家"的西班牙哲学家奥尔特加·伊·加塞特曾如此断言。

在移情论看来，成人内心深处就像一个孩子，为了减轻自己的孤弱和恐惧，他对环境加以扭曲，将自我视为他者，将可视之物视为镜中的自我。移情之中，暗藏着个人的"寄生现象"，人们有一种被催眠的渴望，这完全是因为他们希望回到魔法般的保护，回到全能的分享，回到父母的爱护所享受的"大海般的情感"中，回到母亲的子宫中去。恰如小说最后描述的那谵妄的构想中的庇护所，那个类似偷吃禁果前的乐园，摆脱一切困扰，逐渐丧失那无用的意识，我将雌雄同体，将命运交付虚无。

纯净之地固然美好，然而若没有尘世之浊也就无法想象至纯至净之物。不妨重温一下 T. S. 艾略特的诗句："为了得到你无法占有之物／你必须经受那被剥夺之路／为了成为你所不是的那个人／你必须经由一条不为你所是的路。／而你不知道的正是你唯一知道的／你所拥有的正是你并不拥有的／你所在的地方正是你所不在的地方。"我有一种感觉，那些纯净之地，诸如彼岸、乐园、天堂、岛国之类，都是我们需要避免直面详尽叙述的地方，犹如上帝是我们无法直面的一样。小说来自尘世，是人类偷吃禁果的产物。

意义的孕育抵制一切销蚀的作用，誓言和信念的要素之一就是抵制时间。但是，人们仍然疑虑，岁月蹉跎，青春难再，纯粹之情感在虚无缥缈之中，所以时间也同样能够孕育意义。所谓成长小说也就隐含着一个矛盾，至少可以说隐含着一种困难。成熟是一种品质，是一种人或神都无法强力赋予的品质，因为成熟仅仅是时间给予的尤物。现在，这种被称之为"成熟"的品质突然失踪，或者是它与我们的思考失之交臂。《蝌蚪》一类的故事就是矛盾的产物，它也是一种困难中的挣扎，也是无奈之后的一声叹息。作为隐喻的"岛国"固然重要，它的必需正是因为它的不在。

《蝌蚪》演绎了一系列矛盾的冲突：光明与黑暗，野蛮与文明，此岸与彼岸，尘世与净土，逃离与追寻，爱与被爱，"菜刀"与"腰包"，自欺与欺人，缺失与在场，沦落与救赎……这些东西都以碎块或变异的姿态在弋舟以后的作品中继续上演。

三

《战事》（2012年）依然无法摆脱成长故事的嫌疑，但主角从男性换成了女性。叙述结构也做了点文章：不时插入关于海湾战事的消息，不断补充作家丛好的写作自由和情感纠葛，组成了一台"合成歌剧"。《蝌蚪》和《战争》中的成长都和父亲相关，母亲同样缺失。不同的是前者父亲使用暴力，后者则是猥琐之相，他们就像一对施受虐的孪生兄弟，分别滋生了郭卡的依附感和丛好的挫败感。不断寻找母亲的温柔和不断寻找一个强大的父亲的替身则分别构成了两者忽隐忽显的心理地图。

心存恐惧和傲慢的鄙视呈现的都是一种缺陷模式，父母之爱无法两全的故事在弋舟小说中比比皆是。我们发现了我们的孤立性，同时也发现了我们的欲望并非总是会得到满足，我们都可能是一种缺失的存在。《蝌蚪》写的是从十里店到兰城，而《战事》写的是从兰城到柳市，进城的含义已不止是从农村出发，还意味着涌入更大的城市。这不止是时代变迁的进行曲，更是人性难测的变奏。对丛好来说，母爱缺失，卑微的父亲名存实亡，"强人"张树成了依附的对象。到了柳市之后，似乎在潘向宇身上又找到了服从感和归宿。随后的家庭破裂和张树的再次出现，小说仿若一次轮回，而此间的情感与欲望之搏杀犹如遥远的海湾战争，"强人"终被摧毁。三十岁的丛好留下的只是一张"备受摧残的面容"。丛好还能干什么？转向自身的爱恋。自我爱恋也许是一次回转，即从自我之外的现实之中转身而去，回避分裂招致的磨难以及生命所要求的能量。

成长的挫败和进城的失落是弋舟小说的时间形态。时间之所以成为人类的时间，仅仅是因其描绘了时间经验的特征。要理解未受限制的精神并不是非常困难的事情，但理解存在于不可逃避的状态中的精神确是最为罕见的知识，而构成这种状况的正是现实而微小的事物。让叙事成为周围世界的镜子，时代变化的图像，议论一番很容易，但要坐实于"现实而微小的事物"之中，谈何容易。

有一种说法：每当人们改变世界遭到失败，就应该下决心适应世界。这是一种时间的迷惑与消耗，问题出在你在这两者之间左右为难、挣扎犹豫的时候，世界却发生了变化。一个女人和几个男人的连续接力或左右徘徊而无所适从，或者相反一男几女，兴许可以看作弋舟的叙事模块。《蝌蚪》到《战事》是如此，《我们的踟蹰》《黄金》也是如此；《凡心已炽》虽写了一个懵懂之人毁灭的故事，模式也差不多；《所有的故事》似乎要复杂些，但也可看作是此等模式的变体。模式并不可怕，一般人皆有这样或那样的模式，可怕的是只有一律的模式而缺乏变异。

四

变异是显示真相的途径，也是我们逐步接近真相的方法论。我们被梦幻缠绕，而我们经历的生活再现为一种观感对象。然而可以观察到的事物也可以被改变，而且确实被观察的过程所改变。黑格尔哲学的要点是，不能单单按照事物的样子观察事物，还要理解为什么它是它们现在的那个样子。弗洛伊德指出，儿童像俄狄浦斯那样，在寻找着这些关于他们自身起源问题的答案，俄狄浦斯以为自己知道所有的答案，却疏漏了一个事实，亦即他并不知道他自己晦暗不明的被诅咒的身世的秘密。孩子对母亲的爱恋以及对父亲的嫉慕和憎恨，一次又一次地上演于这些早期的戏剧。我清楚地知道，不需要也没有必要生搬硬套弗氏理论，俄狄浦斯情结也并不等于弋舟的故事模式。但有点是值得记取的，那就是千万不要自以为什么都明白，什么都知晓。俄狄浦斯神话关乎的是一种令人痛苦的自我认知。让我们能够看见的正是盲点，就如同俄狄浦斯只有眼睛失明后才能够明白真相一样。小说《天上的眼睛》正是对"看得见"的戏仿与讽喻，眼睛的可悲之处在于，一看见就会犯错与违禁。

都说《我们的踟蹰》写的是爱与被爱的故事，其实，弋舟所有的小说又何尝不涉及这一母题，不同的是有些是明写有些是暗写，有些是侧写与反写，更多的是写这一母题的变异。说到底，爱与被爱涉及的是道德情感的依赖。在《拒斥死亡》一书中，作者如此分析："弗洛伊德认为，现代人对别人的道德依赖是俄狄浦斯的产物。然而兰克却看到，这种道德依赖是拒斥被造性的自因投身之延续的结果；由于今天已没有结合这种拒斥的宗教宇宙论，人就把希望寄于一对情侣。当获得上帝青睐的伟大宗教共同体的世界观已经死去，人就会寻找一位'你'。因而，现代人对情侣的依赖，跟他们对父母或精神分析医生的依赖一样，是精神思想体系丧失的结果。他需要某个人，需要某种'个体的思想证明体系'去取代衰亡着的'群众思想体系'。在弗洛伊德眼中是俄狄浦斯情结之核心的性欲，其本来面目现在得到了理解，因为它实际上是另一种苦恼和不安，是对一个人生命意义的探索。"[3]

需要一个"你"同时也是弋舟小说的叙事格局，他的小说少有群体场面，即便不多的几次，也都是交由视觉处理。更多的则是二人对话。注重人与人对话是由语言扮演的"戏剧"所决定的，其中，人与人之间的交流是由说话并期待回应所决定的。于弋舟而言，最吸引人的场景莫过于二人世界，否则语言和叙事就会被消解似的。"我和她相约在咖啡馆见面"，在《而黑夜已至》中，有的是与徐果、杨帆轮番的面对面，一个人的故事接着一个人的故事；《等深》的开首，"她坐在我面前，我们之间隔着张铺有台布的桌子"；《所有路的尽头》则是围绕着邢志平之死，不断地对知情者、当事人和旁观者的询问。

弋舟的小说以第一人称居多，有人据此研究其"抒情"特色也不无道理。"我"不仅是叙述者，还是对话中的倾听者。"我"又通过转述成就了阅读的倾听，唯有文本中的"独白"和"议论"，唯有"我"进入交谈的角色，阅读才会有身临其境的倾听之感。不仅如此，"我"又是个观察者：还是在那熟悉的咖啡馆，在那靠窗的位置上，"我"观察着外面的街景。《而黑夜已至》中观看女大学生乱穿马路的街景便这样诞生了，它经常被评论者引用，加上以其他方式描述的街景，它们都记录了时代风尚和生活之变迁。不同的街景渗透着不同的内心世界和情绪，那些经过重新调配的观看既让人愉悦也浸染着忧郁之色彩，很像是边缘的游戏或线条的自由。

追求二人之爱的"踟蹰"最后又如何呢？李选、曾铖、张立钧最后都失去了对方，关系中总深藏着暗流，"是与否的结果，都会令他感到绝望"。就像张立钧时刻提醒自己的，"无论眼前的我是何等风光。自己人生的底色都是值得存疑和警惕的，是经不起检验的"。萨特在《存在与虚无》中谈到过，相爱的两个人都试图拥有对方，控制对方，仅仅这一点，就不可避免地带来感情冲突。比如，他经常提到所谓"看"的危险，如果某个人看着你，这一看本身就代表着他想掌控你，通过看着你，他就把你当成了观察和评价的对象。萨特认为，这种不可避免的斗争一直深植于亲密的、性爱的、爱情的关系的结构之中……他甚至认为爱和性是一件徒劳无功的事情。估计很多人会不同意萨特的主张和结论。但是，他指出的人的内在冲突和分裂却是值得我们深思的。我们都关心自己的幸福，这其中包括我们的自由，而当我们进入与另一个人亲密地相互依赖的状态中时，自由便受到了伤害，因为这种关系不可避免地包含着自我克制，甚至有可能会威胁到我们自己的个性。萨特把这种两难困境说成是人类本性中深层次的存在论意义上的分裂，他认为爱情一直受到这种根本性分裂的影响。

五

我们其实并不知道爱情是什么，这种无知可以说是所有爱情小说写作的源泉。爱情是那些没有答案的询问之一。因此，昆德拉设想，它与小说如此紧密相连——一旦爱情提供了回答，给人类的可能性划出边界，就不再成为小说。福楼拜使读者相信，《包法利夫人》"是一个完全编造的故事"。他多次告诉人们，自己"写下缠绕的篇章而没有爱情，写下炽热的篇章而没有些微热血"。

记得曾经读过一本关于司汤达的小册子，其中有段话这样写道："司汤达可以说是唯一以描绘幸福为己任的作家。幸福最难表达，因为幸福确切地说是一种沉默，它不允许任何假象的存在，并拥有非物质的轻松，也因为幸福感是人类唯一无法说清楚的状态，最后因为不幸福比幸福更能诠释幸福的含义。人为得到幸福可以倾其所有，但是能否得到却由不得他自己。"几条理由中，"不幸福比幸福更能诠释幸福的含义"尤为让人警醒，这也回答了爱情之难以书写的问题。

同样的，马克·埃德蒙森的《弗洛伊德的最后岁月》也提醒我们："值得注意的是，幸福是弗洛伊德很少思考的一个问题。在描述处于最佳状况的人时，他往往拙于言辞。他能够描述已经失败或即将失败的爱情，能够解释嫉妒，或者理清自我颠覆之人那种微妙的状态。在进行这类分析时，他却堪称天才。他能够解释何以某人是吝啬鬼，何以另外一个患忧郁症，而另一个则是永不悔改的忘恩负义，他能够以惊人的方式描述暴君的各种状态。当成人表现得像个沮丧的小孩时，他能够解释是怎么回事，在这一点上，没有人能比弗洛伊德做得更好。"[4]

同理，弋舟小说之所以引人注目，引起同行及批评界的兴趣，之所以有那么多的毕业论文选择弋舟作为课题，其中一个重要的原因是，其作品历数了我们时代的种种病兆，精神生活的隐疾、人性的缺陷和人格形成中难以逾越的障碍，情感生活中良心之声的责难与阉割的威胁，种种禁忌所导致的自我厌恶、自我折磨和自我挫败。很多时候，我们拥有的只是迷失方向时的港湾。读弋舟的小说，就像是步入精神世界的一个个诊所,医师们正面对着形形色色的病人。小转子的"夜游症"(《隐疾》)、"我"的哥哥们患有的癫病(《我们的底牌》)、她的"心脏病"(《龋齿》)、邢志平的乳腺癌(《所有路的尽头》)、刘晓东的抑郁症(《而黑夜已至》)、郭卡的恐惧(《蝌蚪》)、"我"的孤独(《所有的故事》)、阿莫的"贪欲"(《凡心已炽》)以及出没于众多故事中母亲或父亲的失踪,家庭的离异和爱的缺失等等。弋舟书写的是病理学的美学,其中生理与心理总是相互纠结,彼此交换替代。在一种忧郁的眼神中,在大声的"哭泣"中,我们要找到一种明确的分界线可真是不易。

生理生活中唯一有价值的是情绪。所有的心理力量只有通过其激发的情绪倾向才变得有意义。更准确的说法是,压抑仅仅涉及情绪,但这些情绪只有与观念结合在一起,才能为我们所理解。拉康认为,弗洛伊德引导我们不去关注那个传统心理学和哲学研究的"我们规规矩矩的个性",转而留意"我的任性使气,我的怪癖,我的恐惧以及我的迷恋"。因为这些作为非意志对象的现象,才能透露出真相。而所谓真相就是:我作为主体,是一个并不是我的大写的他者很阴险地构成的。我和你的对话也不可能纯粹,那是因为我是自我分裂的,因为我无法把握作为他者的我，和他人的对话也可能是与自己的对话。一切皆在变异之中。

六

如何在异己的东西里认识自身，如何在异乡感受自己的家，如何在倾听之中挟带着怀疑，如何区分意图与实在的意义，这些都是理解弋舟的窗口。对秩序的不肯就范，对环境的无法融入；对人性注入一种欲望和压抑的动力学，由于欲望总是戴着面具，压抑又是身不由己的东西，话语本身更是有着无法避免的歧义；梦是睡者私人的神话，而神话则是民族已醒的梦。自以为醒着的人，其实生活在梦中，自以为梦游之人却是清醒的旁观者。弋舟的小说，有的是这样那样的谜和象征。谜并不妨碍理解，而是一种激发；在象征中存在着某种要被打开、要被显露的东西。隐喻是不同类型的微缩文本，正如文本是不同种类的放大的隐喻一样。保罗·利科断言，隐喻指引着"多思"的斗争，是解释的"灵魂"。

就弋舟来说，身份认同始终是个难解之谜：他祖籍南方却生长在北方；他出生于西安，却工作生活安家于兰州；他是一位城市作家，却常常被误认为是农村谱系；他的书写充斥着南方血液的北方想象，北方生活的南方想象。他的难点和焦点就是"回家"。普天之下，每一个新生者都无法回避的使命，就是控制俄狄浦斯情结，换言之，每个新生者都要学会不要回家，或者用弗洛伊德后来的说法，学会不要马上回家。但对弋舟小说中的诸多人物而言，更麻烦的是，他们并不知道家在何处，谈何回家。他们的问题并不是学会学不会的问题，而是居无定所的宿命，是无家可归的匿名。

对德里达来说，远离家园的家园，这一意象解释了隐喻，说明了隐喻是躁动不安的也是静态的，隐喻的隐喻排除了到达，并以此规定了目标，它既是差异、背离和偏移，也是相似、回归和重聚。隐喻本质上远离家园，同时又本质上处在家园之中。居无定所是空间上的烦恼，作为对应，就必然出现在时间上寻求永恒延迟的实现。这对表明了自己信仰的弋舟而言，尤其是种必然。这也是为什么他总是对"我们与时代"这一课题情有独钟，对未来的终结揪住不放的注释。

有人认为，分析文学时我们谈的是文学，而评价文学时谈的则是我们自己。事实果真如此的话，那我们可要小心了，因为这世上难的就是认知自我。那些自以为了解自己的人实际上对自我误解甚多。镜子之我并不是真正的自我，当我们观看镜子时，"镜子"却做不到这一点。同样，眼睛能观看作为客体的对象，却无法观看自身，镜中的眼睛并不是眼睛自身，镜中的左手其实是你的右手。医师专注于给病人看病，但其并不知道，有时候，他和病人的位置是可以互换的。视角为什么如此重要，就在于它不停地向我们表明，在一种角度看至关重要的东西，如果从另一个角度看就显得不那么重要。

《隐疾》中的小转子，平时活泼可爱，但夜游症却令人恐惧。经历了几次来回，"我"断断续续地得知，小转子是和老康因开矿发生纠葛之后被送进了精神病院。小转子是否有病已不重要，重要的是有一种比夜游症更严重的病症，那就是欲望所驱使的"白日梦"。《天上的眼睛》是一次提示，所有的矛盾、挫败和妻离子散全是因为我们不懂得闭上眼睛，如大桂提醒的，"我们心里的眼睛还睁着，所以还要伤心"。《时代医生》继续眼睛的故事，用的却是误认法。两个刚刚大学毕业的医生，首次合作给一位癌症患者做右眼斜视矫正手术，手术后由于男孩的一个习惯动作让他们误认开刀时弄错了左右之眼，以致开始制造各种理由来推迟开线的时间。他们害怕"真相"而生活在恐惧之中，直到男孩因癌症病亡之后才知道这是一次误认。手术是正确的，但恐惧并未离去，他只能生活在因强迫症所驱使的"跑步"中。

在弋舟创造的这个诊所中，我们都是病人，医师也不例外。现代心理学一个惊世骇俗的结论就是：个体的人格是一个谎言，它对个体生死攸关，并且无意识。因而，人格就是一个神经症的结构，刚好位于人性的核心。做人，意味着承受人格的谎言，承受荒诞的神经症，承受不由分说的生死分量，承受毫无道理的偶然。弋舟小说中的"病人"都是无法融入社会的人，都是"秩序"的不肯就范者，都是因社会不认同自己而与外部力量进行抗争之人。就像弗洛伊德那关于超我的理论坚持认为的："这种外部力量也会对内部产生作用。这种超我是一种社会责难的沉淀，是那些群体意识强加的不成文法内部化的结果。我们就是社会，社会就存在于我们之中，也因为我们自身的活力而更加强大。所以，与社会抗争，就是与自己的一部分相争。同理，有意抗争社会规范的人，也必须做好自伤的心理准备。"这就是小转子们的遭遇，就是刘晓东们的病因，也是那位莫莉的儿子选择十四岁生日那天要举刀杀人的理由，也是邢志平选择自亡的命运。在本雅明看来，对那些"破坏性"的深切认同，是因为他们有意无意地觉察到"世界在那么大的程序上被单一化了"。

七

"作家论"中对具体作品的介绍、举例和选择是一门学问，需慎重才行。如果仅仅因小说涉及男女苟合，我们便议论道德禁忌；如果写一个人无所事事，我们便讨论无聊；如果一提到人的害怕，我们便发挥恐惧；如果故事发生在城市，我们便议论城市文学的进程；如果小说中的人物地位卑下，我们便情绪激昂地大谈社会之不平等，这未免太直白也太天真，太"1+1"了。精神诊所内的事情远比我们想象得要复杂且不可思议。读完有关弋舟作品的批评文字，感觉此类问题真是不少。我们读的是小说，但不能满足于罗列些故事梗概；弋舟的小说有形而上学的书卷气，我们不能止于跟随那些文学中的议论亦步亦趋。思想的相关性既不是简单的现成之物，更不能简单地照搬。寻访弋舟美学足迹的人很容易被小说中的雄辩之词所催眠，于是不论故事好坏，叙事成败，放进篮里都是菜。不要忘了，选择也是一种评判。就拿《金枝夫人》和《凡心已炽》来说，小说写得不怎么样，意图明显且缺乏说服力。可能也正是因为如此，常常为诸多评论拿来说事，以证明世风日下、道德沦丧。

一百年前，弗洛伊德写下了著名的涉足美学的论文

《论"令人害怕的"东西》,其中讲道:"讲故事的人对我们产生了有点奇特的带指示性的影响。他使我们处于某种精神状态,他盼望在我们身上收到某些预期的效果,就这样,他操纵着我们的感情潮流的方向,在一个方向上堵截起来,使它流向另一个方向。"[5]好的作家与作品总是表现出其抵御阐释的复杂性与无言的沉默,相反,阐释的反抗也不会止步于作者的意图和自我阐释,重要的还在于疏通被作者意图堵截的那个流向。对弋舟这样的作家尤其是如此,在如此注重自我解读的今天,弋舟几乎每本书的出版均有前言或后记,几乎每部作品都在访谈和对话中有所论及。

《刘晓东》是弋舟的重要作品,《等深》的失踪与寻找,《而黑夜已至》的罪与惩,《所有路的尽头》的死亡与求证,分别代表了并不连贯而实际上又紧密相连的三个中篇。主角刘晓东,"是中年男人,知识分子,教授,画家,他是自我诊断的抑郁症患者,他失声,他酗酒,他有罪,他从今天起,以几乎令人心碎的憔悴首先开始自我的审判,他就是我们这个时代的——刘晓东"。作者在自序中如是说,这个命名上的庸常和朴素,实现了我所需要的"普世"的况味。

通过刘晓东拷问时代,雾霾是象征,我们无法忍受这世界千篇一律的污浊，连周又坚都不再对世界咆哮了，失踪即逃亡，"我们这一代人溃败了，才有这个孩子怀抱短刃上路的今天"。寻找如此无效，救赎又迫在眉睫。相信眼前，我们就会对连续性产生迷惘；相信连续性，从起源到永恒，我们就会对眼前感觉一片迷惘。原创不易，而摹仿有时则更难，眼见为实，而世界则离我们更远。意识总是分裂的产物，也是对眼前之物的抵触。人都是有罪的，欲望则很糟糕。"可以和自己儿子的小提琴教师上床，可以让自己的手下去顶罪，可以利用别人内心的罅隙去布局勒索。"这是《而黑夜已至》结尾处的段落。这不是结局而是呼喊和追问，边界究竟在哪里呢？拷问始终伴随着我们，即便是说尽所有的故事，即便路已走到尽头，问号依然不离不弃。

邢志平为何自杀？这依然是个问题。弋舟的小说被问题所缠绕，他的诗学是精神病理学的。他关注现实，可现实转眼成为烟云，他渴望真相，真相则潜入深海。在一篇为石一枫的《世间已无陈金芳》所写的读后感中，弋舟如此感叹："吊诡的却是，我们又真的从陈金芳身上读出了强悍的现实之力。这莫非就是今天并置于我们内心感受中的事实：一方面，温温吞吞，依旧置身在那亘古庸常的'现实感'的惯性中；一方面，万事迅疾，奇迹迭出，世界宛如做着一个不可思议的梦。"[6]确实，生活在当下，一切皆鲜活，但你又觉得恍如隔世，几天不出门，一出门满世界便是共享单车。抑郁者会如此认同于丧失的对象，以致对象几乎一直纠缠着他。抑郁容易刺痛人们的心灵，抑郁情绪就像一个张开的伤口，从各方面吸收发威的力量，最终抽空人的自我，直到完全枯竭。我看病不在刘晓东身上，而是在邢志平身上。

死亡如期而至，这对邢志平来说是势在必然。这个"弱阳性"的男人是自我分裂的。他接受的现实是"令人窒息的"，唯有多余和孤独相伴，只有前妻是永远的隐疾，那幅多少有点色情的画是"他的春药"，和他同日生的刘晓东成了他幻象中的替身；他无法承受的是时光的流逝和无尽的漂泊之路，是"诗人"的失败和世界的破碎。无论真实或虚构的层面，弋舟的眼神都是忧郁的，忧郁是一种精妙的后现代立场，这种立场使我们继续忠实于我们在失去的"根"的外表下生存于时代的秩序中。我们对自己的忠实是可疑的，我们对别人的忠实总是有偏见。

在失去的过程中，总会有无法用哀悼化解的那部分情感，最大的忠诚是对那部分情感的忠诚。哀悼是一种背叛，是对失去的"客体"的"第二次杀害"，而忧郁的主体对失去的客体依然忠诚，不愿放弃对他／她的忠诚。邢志平之死，缘于1980年代的关闭，缘于偶像的消失和诗人之死，缘于那次"弑父娶母"的戏仿。那"被人揪了一把鸡鸡"的意念如此刻骨铭心，以至它的转义我们都无法阐释。至于那诗人尹彧的回归与丁瞳及儿子的重合，我们大可不必在意，重要的是"父亲"已死，重要的是哀悼之余的那份忠诚。

不知怎的，翻阅《刘晓东》之余，我最难忘记的是扉页上的那句题词："献给我的母亲。"我写下可能不怎么贴切的话：被深爱着的母亲形象，可怕地缺失了，却在整个话语中流转。

八

在小说集《丙申故事集》的一次发布会上，弋舟问我对《但求杯水》的看法，我回答说，写得不错。弋舟追问好在哪里？我想一想答道，好在其中的一些写法体现了写作上的可能性。现场人多嘴杂，且有人有不同意见，谈话即止。"作家论"关注的是归类，写作上潜在的可能性不易归类，所以很容易被忽略。

这里专门提一下《怀雨人》和《被远方退回的一封信》两篇作品。《怀雨人》写雨人潘候，走路撞墙，记忆力超常，身世不凡，日常生活不能自理，性格执拗，我行我素，"有着让人匪夷所思的特殊禀赋"和"雄阔壮硕的派头"。小说中写到作为叙述者的"我"成了潘候的监护人，在一次陪同潘候完成那段近乎极限的跑步之后的感觉："在某一个临界点，我确乎体验到了那种灵肉分离的曼妙……一条灼亮的弧线在脚下闪过，与之同步，是自由的翩然降临。我说我体会到了自由。它不是我想象的那样酣畅淋漓，它没有那么霸道、蛮横和粗鲁，而是宛如一个婴儿般的令人疼惜。"宛如婴儿般的状态确实是弋舟对所谓成熟的不满及责难，它不时出现在其他作品中，作为隐喻，它体现作者向往的一条红线。"象征假设一种特征或身份的可能性，而隐喻则主要指明了它与自己的本源的距离，并且抛弃了怀旧情绪及想要与其本源一致的愿望。"（德·曼语）

《怀雨人》的精妙之处在于，它以一种超现实主义的写实笔墨，从容地出入人物离奇的行为举止而又保持着一颗平常之心，心旷神怡地陶醉于那怪异的角色和来自内心的陌生之音。《怀雨人》写于十年前，不像弋舟的其他作品，抓住一种情绪，掀开一段记忆，思考一种人物的境遇，总能连续写上好几篇作品。相比之下，《怀雨人》有点例外。可能是难以归类的缘故，《怀雨人》很少被评论者提及。当然，同为作家的武歆不在其列，他在《应该认识弋舟》一文中就指出："与弋舟的其他小说相比，《怀雨人》显得迥异，有些特立独行。"我想补充一句，《怀雨人》显示出弋舟创作的可能性，它表明了我们对弋舟的认识未必到此为止。

《被远方退回的一封信》，讲了十七个青年到偏远的沽北镇的师范学校任职，其中小虞回家迟到几分钟，受到斥责后神秘失踪，经历了各种猜忌和流言，最终被指认为一具沉溺于河里多时的尸体。小虞死后，沽北镇慢慢地热闹起来了，好多年过去，这群老师中有的结婚、有的出国、有的荣升为副校长，更多的成了地道的沽北镇人，个别的则离开后成了老板，连师范学校的格局也变了。就在这时，小虞却回来了，同样的七点三十八分，准时跳下火车身亡。整个故事的时间是错乱的，"当大家在沽北镇恍惚经年，小虞却仿佛只辗转一个昼夜"，而且还在争分夺秒。如同在卡夫卡那里常见的现象一样，这篇作品表现了小说的自我抹杀，本来缓慢发展、有条不紊的故事，因为小虞的重又出现而归于消解，慢慢地蒸发掉了。当然，两种时间的冲突，结构则是时间关系上的错乱，今天看来已不是什么稀罕之事，只要对比一下博尔赫斯那篇对卡夫卡时间的回应之作《秘密的奇迹》，就可想而知了。

《怀雨人》和《被远方退回的一封信》使我想起这样的故事。那位曾写有《宝岛》《化身博士》的英国作家斯蒂文森在《提灯笼的人》的一章里，引述了一位修道士的故事。这位修道士进入一座森林并听到了一只鸟在啼鸣。当他返回修道院时，发现他已成为一个大家都不认识的陌生人。原来他离开修道院已经五十年了，只有一位从当时活下来的老修道士还认识他。斯蒂文森认为，不只是在森林里才有这种施魔法的鸟，"一切生活，如果不是单调机械毫无情感的话，那它都是由两条线交织而成：寻找那只魔鸟，并聆听它啭啼"。

九

作家张楚评价弋舟，"这个骨子里是诗人的小说家"，其赞美之意是明显的。问题是这里的"诗人"是小说家的修饰，还是优秀小说家必须具备的品质。后者很容易推翻，因为我们很难把"骨子里是诗人"这一帽子戴在诸如莫言、阎连科、王安忆的头上。如果是前者呢？又太模糊而无法计量。好在张楚写的仅仅是篇"印象记"，我们大可不必在意其精准性。况且，这个世界有许多状态本身就是模糊的，以模糊之词应对模糊，也可算是一种准确。

八年前，我曾在评葛水平小说时，用了一个题目为"当叙事遭遇诗"。也许是由于理论的"灰色"在作祟，我想厘清诗歌与叙事散文本质的不同。谁知这么多年过去了，这种理论上的宏愿在"常青"的经验面前，在复杂多变的创作实践面前碰了一鼻子灰，可谓是说不清理还乱。

在当代中国，以诗的境界写小说的大有人在。以我有限的阅读来看，苏童、格非、阿来皆可算，还有那1980年代闪耀一时的何立伟，往前追溯则有汪曾祺、废名，往后则有我这两年遭遇的"七〇后"作家李浩、张楚、弋舟、东君等。加上足以构成巨大洪流的初学者、闯入者、成长中的诗人小说家，他们都在小说的土壤上享受着诗的光照，在诗的养分中培育着小说的树干和枝叶。这些作家中以苏童最为突出，不论长中短篇，他都表现出追求的纯粹性。格非略有不同，他后来的写作很大程度上回归至叙事散文的本源，甚至一定程度上还借用了故事情节的动人光环。总的说来，诗人小说家最易取得成就的是短篇，最难付诸实践的是长篇，越长越难写。

不管怎么说，小说和诗歌毕竟属于不同的文类，它们在形体上是有区别的。列维纳斯认为：形式就是一个存在者凭它转向太阳的东西，就是凭它而有面貌的东西，就是通过它而有其自身的东西，就是靠它来到世界上的东西。相对诗歌，小说来到这个世界要晚得多。当诗歌建立决裂和差异的原则时——诗句和换行是空间的表现，而相似和音韵的重复只是差异的另一种表现形式。小说依靠内容，依靠组织具有严密内部结构的故事的可能性，同时意识到已经存在一定结构的现实。小说被打上了社会生活、集体生活、历史联系、词语和信仰共享的标志。即使在表达怀疑、恐惧、犹豫的昏暗时，小说也断定，世界是清晰易辨的。司汤达把小说定义为"沿着路边移动的一面镜子"，因此他最低限度地断言，至少存在一条道路。

相反，诗人又是如何思考诗歌与小说的差异呢？奥克塔维奥·帕斯说道："瓦莱里曾将散文比作行军，把诗比作舞蹈。无论是叙述文还是论说文，叙事文还是说明文，反正，散文是思想和事实的展示，象征散文的几何图形是线：无论是直的、弯的、螺旋的、曲折的，反正，总是一往向前，并且有着确切的目标……诗则与其相反，它所表现的几何图形是圆或球体：一种以自身为中，自我满足的封闭性天地，在那里，首尾相接，周而复始，循环不息。而这种周而复始、循环不息的不是别的，恰是节奏，犹如起伏不息、涨落不止的海潮。"[7]

至此，分界线似乎已经划定。但事实并非如此，始作俑者便是那现代主义的创新和搅局。经历了一百多年的历程，风起云涌的现代主义从反经典成了经典，从反传统而让自身成了传统的一部分。在现代主义的匡正和作用下，沿途行进的镜子已经停止，它向内转发展了内省的小说，意识流成了另一种线性；它向外翻转，收纳了无数的碎片，提升了结构的功能。

在现代主义运动中，"诗意"改头换面进行了它的叙事伟业：图像扰乱了线性，原先的时间框架虽然保留了下来，但读者对细节强烈、审慎和仔细的注意力却失去了与时间框架的联系，时间的过渡并不重要，与它有关的维度是空间了。心理刻画对情节的替代，缓慢的速率，甚至重复迂回或跳跃"换行"或空白的沉默成了空间形式的记忆。意象不断闪现，吸引了阅读的注意力；反讽高高在上，压得沉思的阐释喘不上气来；象征寓意背负着我们穿越许多累赘的自然主义细节；隐喻则草蛇灰线、伏脉千里，在断断续续隐隐约约中顽强地展现自我。这是一次"诗意"的复活，也是诗歌在小说界的华丽转身或基因变异，或者我们可用另一种说法，那便是约瑟夫·弗兰克讲的"现代小说中的空间形式"。

十

"骨子里"的说法可感知却难解,"空间形式"的说辞虽经过一番斟酌,可依然有人提出异议,这真是理论的"踟蹰"。概括这种东西就像裹着糖衣的苦药,需要对方的消化才能体味。看得出,弋舟喜欢诗。不止小说前小说中经常引用诗,不止小说中的人物身份是诗人,就是小说的题目也是几经修改锤炼,以达到"眼"的功用。有时甚至偶然也会在小说中用典,像《我们的踟蹰》就是。废名把中国诗歌中"用典"提得很高,曾在其《莫须有先生坐飞机以后》中感叹:"诗人的天才是海,典故是鱼,这话一点也不错。"

除此之外,弋舟还是位意象主义者。他的小说充斥着意象,宛如星辰,虽可望而不可即,但也照亮了叙事中的黑暗。从炉膛里抢出碎瓷的手(《碎瓷》)、被贬低的冷漠求生的向日葵(《凡心已炽》)、被人用以藏匿毒品的锦鲤(《锦鲤》)、那玄关上的鱼缸(《巨型鱼缸》)、那令人向往的"蝌蚪"(《蝌蚪》)、一只扒光了毛却睁着眼睛的冻鸡(《天上的眼睛》)、还有那匹巨大的藏獒(《隐疾》)、那条硕大的狼狗和那本黄色的画报(《战事》)、那无法自如使用的办公室"抽屉"(《跛足之年》)、还有那令人窒息的"雾霾"(《所有路的尽头》),俯拾皆是。可以说,几乎到了没有意象不成书的地步。意象在本雅明看来是至高无上的。阿伦特认为,意象正是这位"诗意的思想家"逾越单一意愿藩篱的手段。拉康说:"在与意象的遭遇中,欲望浮现出来了。"此话有点玄,也不是不可理解。意象的力量恰恰来自这样的事实:它既是我们处身的一种现实,但又在另一种现象的魅惑中漂游,那就是作家创作出来的现实。

我前面说过,弋舟的小说世界是一个巨大的精神诊所,诊所内除了刻骨铭心的手术刀,还应该有架钢琴,它一旦被弹奏便会发出令人神往的音律,我们焦虑的情绪就会被降伏,纠结的不安也会随之散去。说到底,诗意的音乐是另一种治疗手术,是一种变异的"手术刀"。在诗意的旋律声中,你仿佛听见自己的声音带着牢骚,带着怨怼,带着分析、观察和评判,带着良心之声和道德指责……但你停不下来,"我"的叙述就是这样的国度,那里其他的视角都不起作用,那里的"我"或许不是单一的我,或许是分裂的我,或许还是叙述之镜中的超我。为了知道自己究竟是谁,为了感觉自己属于宇宙,这个人自然要向超越于他自身的某个自我延伸。兰克说过:"如果在自己的自我之外树立神的思想,那么,只要与此理想处于亲密结合的状态，人就完全能活下去。"[8]心理肖像可以各不相同，活下去的信仰可以互有差异，但不能没有。我想，除了"骨子里的诗人"，这也是为什么张楚还要指证弋舟是个"完美主义者"的理由吧。

《随园》是弋舟的经典之作，如果在这里来个故事梗概那简直是对作品的亵渎，事实上也无从概括。《随园》有的是故事的余音，完整事件的残余以及各种情绪沉寂之后的符号反弹，还有那些看不见的东西被表现为亲密、关系和寂静。《随园》简直就是一首诗，讴歌残缺之美，书写远方和眼下的对衬：分不清的白骨和胡杨木，亦步亦趋的死亡，多年前"那股皮焦肉糊的味儿"，"一根腿骨从一只破旧的裤管中伸出"，老师那只左手在火焰上炙烤的自戕，总是被"劝退"的警告与呵斥，还有那些自以为是的男朋友，提心吊胆的母亲，远方的雪山、沙漠戈壁以及眼前的时尚与流行。戏仿此起彼伏，"躺在床上就是对流浪的戏仿"，"平原是对雪山的戏仿"，"他用一座随园戏仿了一座墓园"。那句"执黑五目半胜"不断重复出现，敲打着一种节奏，而流浪诗人和打坐的教授，即动与静，远和近的对仗，是贯穿全篇的一条红线。《随园》写的是死亡、但整部小说却回荡着生命的音符；它表达了喧闹之后的寂静，因为我们都"成为了没有牙齿的熟睡的婴儿"。神秘的讽喻对波德莱尔来说是"一座象征之林",引领我们从感知的世界进入心灵彼岸,并在其中自由自在地行动。诺瓦利斯说:"所有可见物都以不可见的本质为基础,所有听觉都以无听觉为基础,可触摸的以不可触摸的为基础。"读完《随园》,我无法掩卷,不时有着再读一遍的冲动。

T. S. 艾略特在评论朱娜·巴恩斯的小说《夜间的丛林》(1936 年)时写有这么几句话:"《夜间的丛林》主要求助于诗歌的读者";"它是一部不同的长篇小说,只有受过诗歌训练的感觉力才能完全鉴赏它"。曾写下著名论文《现代小说的空间形式》的约瑟夫·弗兰克在引用了以上的话语之后,继续写道:"因为《夜间的丛林》中的意义单元通常是一个短语或短语系列——至多是一个长段——它把小说空间形式的发展推进到这一点,在那里,几乎不能把它与现代的诗歌区别开来。"[9] 这也是弗兰克论文的尾声,它余音未了地诉说着对现代主义的敬意。

十一

在书斋中冷静地将"教条"从社会生活下面撤离,在内心中受到自己不可抗拒的推理链条的驱使,在缺失中寻求冲突,在秩序中展现抵抗,将身份归纳为我和你或他,这无疑是弋舟小说的基本图式。现代主义的遗产之一便是伟大的自白，甚至那些全然拒绝肖像画的重要的现代主义者，也不会拒绝自画像那样不断追寻自己内心世界的产生。弋舟也不例外。

"一个不合时宜的人，目光悠远的人，不去写写小说，岂不可惜？"（《战事》后记）

"它是一个跟自己较劲的产物，是个人趣味的产物，是'居于幽暗自己的努力'的产物，当然，它也是时光玄奥之力的产物，是作为写小说的我个人心情的产物。"（《丙申故事集》代后记）

"那无端的羞耻感，长久地困扰着我。"

"虚无又是我最顽固的生命感受，亦是我所能理解的最高的审美终点，它注定会是我毕生眺望的方向。"（均来自与走走的对话）

"原来折磨着他的，只是他们心目中那与生俱来的恐惧。"（《时代医生》）

"我们最难面对的，其实只是我们自己。"（《我们的踟蹰》）

这些点点滴滴的摘引均可视作弋舟创作的自画像或自白。问题是自我并不是一成不变和静止的，自拍有时会是一时的自我陶醉。况且，自我的内心冲突和复杂变化恐怕是人类所面临的最为困惑的难题之一。也难怪梵高、高更这样伟大的艺术家一辈子都有画不完的自画像。

好的故事经常带我们远离平凡无趣的生活，也丰富了我们的闲暇时光。它的有趣之处是它维持问题并使之复杂化，以及给我们下判断的根据然后将之收回的一套手法。反故事的小说本质也差不多，只不过在手法和套路上进行了颠覆性的改造和变异。世界上所有的创新都会随着时间老化，或者因为形式，或者因为习惯。不管哪一种，两者都会自我销毁、自我消解，这是一种自我生成或者自我促进的能力，这种能力一旦开始运动，就不知道在哪儿结束，也无需做任何合理化的解释。

弋舟的小说有的是对话，面对面的谈话，记忆中的谈话，他很少涉足群体的场面，即便是喝酒，也不是对饮就是独饮。就像《所有路的尽头》所写："我不自觉地将坐姿调整了一个角度，让我显得像于某三个人对话的格局里。我难以忍受自己背后还站着个人。"弋舟的故事又总是缘之于某种缺失：母亲的出走、婚姻的离异、丈夫和孩子的失踪等，这些都会带来不可磨灭的创伤。我们要怀疑的，是事物是否像他看上去的那样，欺骗就是把看来是说成是"真实的存在"。小说不是欺骗，但"弄假成真"又是其艺术追求。"假作真时"是虚构的命运，它和象征隐喻共同的宿命就是："你所在的地方正是你所不在的地方。"这也应该是"缺失"不可缺少的阐释。

十二

对自恋者来说，世界是一面镜子，而强悍的个人主义者则把世界看作是一片可按他的意志随意塑造的空旷荒野。意识注定只能隔一段距离地意识到它的对象。由于对象是存在，它也注定只能是存在的一种纯粹的外在甚至是遥远的理解。意识不是存在之物的一种观看，重要的还在于我们的眼光中存在着盲点。意识戴着欺骗性的面具，同时也切实流露出某些往事的痕迹：正是意识组织着"现在"的一切。如果"过去"受到压抑，它就会不露痕迹地回返到它不能被容身的"现在"。一方面，在昔日的背后隐藏着某种结构化的东西，它抗拒着我们；另一方面，一种结构化的东西隐藏在我们自己的成见或者现实意愿里，并决定着我们最终对他们投去的好奇的目光。

在布罗茨基看来，理想的诗人就应该是"理性的非理性主义者"，理想的诗就是"思想的音乐"。他还认为，"我发现他们有一个非常迷人的共同之处，即善于以困惑的目光去打量寻常的事物"。说得没错，理想的小说家和理想的小说也应当如此。问题是实践，实践中的问题更多是：为了追求理想而处在不怎么理想的境地，为了理性而偏废非理性，为了直觉而丢弃真理，过度重视"手术刀"而忽略"钢琴"，为了困惑的目光而对寻常事物熟视无睹。我们共同的问题是"你所拥有的正是你并不拥有的"；我们共同的困惑在于，从自己到自己的距离有多远？最可怕是一种稳定的崩溃，一种神经的逐渐衰弱，一种渐进的瘫痪，或者是一种不易察觉的丧失、失去和死亡。为此，我们特别欣赏弋舟那种飞蛾扑火式的写作。

弋舟的好处在于：他描写黑暗却不会陷入黑暗，他表达羞耻而不会陷入无地自容的境地，他直面孤独又不会丢弃对生活的关注，他审视绝望和恐惧而又绝不放弃抵抗和拒斥，他揭示我们的言行之恶但绝不忘救赎之道。弋舟不会为了诗意而忘却世俗烦琐的小事，因为作为普通生活的斗士，小说是真正的民主形式；他从不回避生活中的倒霉蛋和失意者，因为实际上，你的生活越潦倒，小说似乎就显得越具有不确定性，越具有潜在的悲剧性。黑暗并不是你我陌生的东西，即便黑暗如"地狱"也不可怕，因为我们写作总是从"地狱"开始，就像一个生命的故事，首先是自我的"地狱"，是属于我们的原始的初生的混沌，是我们年幼无知时在其中挣扎同时又从其中确认我们自己的黑暗状态。相反，那晃眼的"天堂"却是值得警惕的，在"天堂"中，人总是冒着审慎地被人"遗忘"的危险。我们不应该遗忘，也不应该被遗忘。写作说到底是一种反遗忘的艺术。为了这，我们才敢于直面黑夜。对遗忘的抵抗提醒我们想到瞬间存在的事物，记住从来不曾存在的事物，可能消失的事物，可能被禁止、杀戮、蔑视的事物。

如果有人问，耳朵在哪里？这未免有点唐突和悖于常识。但是否有人还记得，尼采很喜欢问下面这个问题："我是否被人理解？"他自己含蓄的回答是："噢，当然不是，毕竟，现在谁还有耳朵听我说话呢？"弋舟写了一大群不被人理解的"格格不入者"，那是因为这个世界上有太多的人把"耳朵"丢弃不用了。

弋舟的小说不乏优雅的世俗气和绅士般的粗鲁，形而上的思考和形而下的触摸正是那"钢琴"和"手术刀"的审美交融。诊所内的医师和病人彼此间颠覆性的位移，就像少年和拉飞驰那可以重复出现而又颠倒的"杀死"，而面对面的交谈和审视，如同那喀索斯需要一个水池、一面镜子，以便从中看到自己。我们不能和别人交谈，是因为我们不能和自己交谈。W.B.叶芝在《神话》中写道："从与别人的争论中，我们有了修辞；从与自己的争论中，我们有了诗歌。"一个主体和另一个人说话时，同时也在对自己说话，重要的并非信息，而是"我"与"你"这种位置的结构，"我"和"你"可以是同一的人，也可以是不同的人，但在任何情况下都可以通过语言塑型。我们为什么创造了这样或那样的表现模式，为什么模式在我们的认知过程中始终伴随着我们？答案无疑是我们渴望接近以其他方式难以拥有的东西，而不是再现所有的事物。例如，我们难以感受到的初生与死亡，或者难以感受到我们达不到的"境界"："我在，但没有我。"

不知为何，读弋舟的小说，我总会想起画家胡安·米罗的那幅早期画作：一个简化至极的人形——头部近似圆形，脸上只有一只眼睛；身体由曲线构成，底部是一只硕大的脚；扔石头的手臂是一条细直线，把身体一分为二——站在沙滩上，大海和天空构成平静的背景。

我最后的疑虑和担忧是：视觉给了弋舟太多的东西，以致他有时候是否会忘记了个人视觉之外的世界，有时是否会把镜中之物当成了生活的全景。

2017 年 7 月 23 日于上海

注释

1. 几年前遇到刘恒,他似乎正在撰写关于鲁迅的话剧,他提到了王晓明那本鲁迅传,认为写得好。我问他存在哪里,他似是而非地答道:"把自己放进去。"我探问他如何写好眼下的话剧,他还是那句话,"把自己放进去"。这句话有点玄奥,好像说了什么,又像什么都没说。
2. 需要说明的是,发表作品的时间和实际写作训练的情况并不对等。据弋舟在和走走的对话中透露,十五岁的弋舟就给《收获》杂志投过稿。这大概是1980年代晚期的事,距离首次发表的长篇小说,时间相距十几年,其间作者写过什么作品,我们不得而知。
3. [美]恩斯特·贝克尔著,林和生译,《拒斥死亡》,华夏出版社,2000年,第187页。
4. [美]马克·埃德蒙森著,王莉娜、杨万斌译,《弗洛伊德的最后岁月:他晚年的思绪》,华东师范大学出版社,2012年,第140、141页。
5. [奥地利]西格蒙德·弗洛伊德著,孙恺祥译,《弗洛伊德论创造力与无意识》,中国展望出版社,1986年,第161页。
6. 弋舟,《犹在缸中》,甘肃文化出版社,2016年,第61页。
7. [墨西哥]奥克塔维奥·帕斯著,赵振江等译,《弓与琴》,北京燕山出版社,2014年,第49页。
8. [美]恩斯特·贝克尔著,林和生译,《拒斥死亡》,华夏出版社,2000年,第176页。
9. [美]约瑟夫·弗兰克等著,秦林芳编译,《现代小说中的空间形式》,北京大学出版社,1991年,第49页。

两面镜子

——评路内的长篇小说《雾行者》

透过他雪茄的烟雾,他注视着那阴森而模糊的地平线。

——夏尔·波德莱尔《现代生活的画家》

这样,洛克曾如此之礼貌周全地从大厅的正门送走了的内在观念,又不得不偷偷摸摸地从厨房的窗子里引了进来;于是笛卡尔的逻辑已经从个人身上所消灭了的灵魂,又不得不在人道之中被再度发现。

——卡尔·贝克尔《18世纪哲学家的天城》

镜子是一种具有宇宙魔力的工具,它把事物变成景象,把景象变成事物,把我变成他人,再把他人变成我。

——莫里斯·梅洛—庞蒂

一

我猜想，路内在酝酿构思《雾行者》时，一定会被自己找到仓管员这样一种工种而兴奋不已。"仓管员（外仓管理员）是物流专业的一部分，必须熟练掌握电脑和统计，会开叉车，会写报表，还要有低预算条件下的长途旅行能力。"周劭开玩笑地说："外仓管理员的生活像星际旅行，一座城市就是一个星球，路途是不存在的，路途是我在光速行驶中沉睡。"工作几年的周劭已经轮换了十二次、九座城市。这是一个疯狂的职业。但出自曾经是文学青年的周劭之口，自有另一番意味。

在一个流动的时代，选择这样一个流动性极强的职业，自然是一种对接。对接缘之于缺口和距离的要求，而想象世界的对接自充斥着不确定性。诚如科尔姆·托宾所言："小说的不确定性，在于它究竟是一则单叙述者讲述的故事，还是一出由一众演员演绎的戏剧。小说在其体系中既处于静态又具有戏剧性，相当于一个空间，内有单独居于支配地位的声音或多个对抗竞争，发生作用。"[1]还是那句话：所有的作家都修筑道路从他们居住的世界通往想象的世界。拉什迪在回忆卡尔维诺时这么说，是因为他叹服卡尔维诺的路修筑得如此完美奇特，以致难有人企及。路内选择这么一个职业便于结构其多视角的功能，让众演员登场，以突破以往那种局限于一街一镇一城的限制。经验告诉我们，拘泥于一直保持不变的观察点正如电影理论家们曾说的"正厅前排观众的视点"。视点变换的前提是观察者相对被观察者的移动，而不仅仅是布景在一个一动不动的观众面前进行变换。《雾行者》体现了作者求新求变的欲望。一般而言，写作时间一长，写作者总难免对以往不断重复的叙事模式心生抵制和反抗。

《雾行者》全书篇幅宏阔、多重视角且人物众多。但总体而论，众多人物中最重要的无非二人，即周劭和端木云。前者来自上海，后者则来自贫困的农村。他们是同学校友，又是共同的文学青年。毕业后的求生求职，让他们走向社会，而文学的志向又让他们在摹仿和想象的世界中成长。我继续猜想，写一代文学青年的成长史可能是埋藏于路内心底更长久的愿望。同样的文学之梦，要写出"这一代"而不是其他的命运，要写"这一部分人"的追求与分化的不凡岁月，可能缘之于一个更宏大的想象之梦。于是，端木云最初的作品，其自费出版的小说集，其第一次赴川参加笔会的文学同伴便浮出水面。端木云的小说包括其他人的作品便一一溶入了一个更大的虚构版图。

很多年以后，也就是《雾行者》将要临近结尾时，端木云在某个书店出席其小说集的读者见面会时，读者只有一位戴眼镜的姑娘顾青桐，还是其曾经认识的房东的女儿。空寂的书店中，剩下的"是文学青年之间的谈话，低效重复，缺乏自信，唯一可取之处是热情，好像文学真的是这么回事"。还有接下来的那场诗歌派对，因为太闹而被楼下的人报警。看来，文学的边缘化和时尚化已不可避免。不止于此，端木云曾经的同道们也都改弦易辙另谋他途了。例如，曾经一度小有名气的小川迅速消失了，他认为自己写出的小说散发着异常的气味，腐朽而自卑使他停止了写作告别文学，一度支教的乡村教师最终成了独立纪录片工作者。无独有偶的还有那曾经的诗友辛未来也成了做深度报道的"卧底"记者。在虚构的世界之中谴责小说的虚情假意，摒弃小说的绵软无力充其量也只能是虚构的虚构；在小说的天地里阐释小说的前途命运结果也只能是小说中的小说。

二

"所有的虚构从根本上说都是自成一体的。由于虚构从身边的现实中选取材料用于自我形塑，所以它的矛盾之处就在于，它在自我指涉的行动中指涉现实。如同维特根斯坦所说的生活形式，虚构是自我生产的；但这并不等于否认它们会和生活形式一样，把外部世界的种种情形吸收进自我生产的过程中。若非如此，它们就不可能是自我形塑的。弗雷德里克·詹姆逊在《语言的牢笼》中评论道，对形式主义和结构主义者来说，文学作品'自视天然存在'，但特伦斯·霍克斯，正确地补上一句，'虚构作品并非凭空产生，须借他物言事'。"以上是特里·伊格尔顿于2012年推出的新著《文学事件》中关于虚构问题的重新思考，他断言，"称一部艺术作品是自我决定的，并不是荒谬地说它不受任何因素制约，而是说，它利用这些已决定因素来形成自己的逻辑，并以自己的力量脱胎而成。"[2]虚构对文学而言其实是个老掉牙的问题。伊格尔顿早在1983年就有《当代西方文艺理论》一书问世，自以为已回答了"文学是什么"的问题。三十年后重议此题，并以为这依然是个问题，这是值得深思的。在虚幻的世界中，现实之蛇总是萦绕不去，对想要战胜它的人反咬一口的事总也在所难免。摹仿之影难以摆脱，弄假成真的幻想反客为主的现象也是存在的，一种更深层的盲点会让我们的判断力左支右绌。

《雾行者》截取十年时间，以世纪末千禧年为节点。但它不按时间来运行：第一章"暴雪"为2004年，第二章"逆戟鲸"为 1998 年，第三章"迦楼罗"为 1999 年，第四章"变容"为 2008 年，第五章"人山人海"为 1999—2007 年。时间的流动被截断，顺序不再，于是，以板块为"结构"喧宾夺主，时间流逝和事件的来龙去脉，成长史的先后需一种结构的思维和再现重组的能力才行之有效。我们发现，在近五十万字的《雾行者》中，双重透视、多重镜像的博弈才是其主要的表现形式。别的不说，光小说的行文主要依赖的是二人对谈，我和你、你和他、他和他的对谈聊天和讨论几乎充斥全书，他们都带着各自的经验、人生、故事和见闻。尽管追求客观和真实是他们的共同愿景，但实情并不能尽如人意。

罗森茨维格在《救赎之星》中这样辩驳道：对真理的"客观"论述并不存在，从空间当中的某个地点和时间当中的某个时刻出发，一切知识均与真理发生联系。真理并非就在于绝对当中，它随时以不同的方式出现在居于世界各个角落的主体经验当中。因此，认识的任务不在于有待认识的对象，而在于恢复对象所出现的视线。两个主体之间的"对话"并不在于轮流提出共同的话题；相反，它在于对所提出问题的有效性进行质疑，也就是说，对话双方均应将问题置于不同的视角之下，而这个问题也将在不同的视角之下呈现出不同的面目。[3]视线问题提醒我们认知的复杂性和多样性。事物往往不是我们想象的那么简单，很多时候的简单，都仅仅是他们看上去的样子，这和肤浅并没有关系，也扯不上单一的对与错。有时看似简单的东西，恰如契诃夫笔下世界那种深刻的微妙。不同视角的并存往往就是我们共同的生活。

在第二章中，端木云赴重庆参加笔会，有感于和李东白的相遇和讨论，回到学校写了一篇不太成功的小说《我们共同的朋友》，结果因沉铃的反对而压在抽屉里。而李东白因此事写的小说《街角》却发表在另一刊物之中。同样一件事情，因不同的人不同的视线写出的东西则全然不同。端木云"甚至认为：如果这两篇小说发表在同一份刊物上，那可能会更精彩"。精彩在何处呢？自然是不同了。为此，叙事者推测出端木云的想法："小说家理应收割那些发育不良的灵魂，然而，往往如此——他们最想做的事情是首先把自己的头颅斩下，但是现实又像神话，每斩一个，就会长出一个，最后他们丧失了耐心，挥刀狂舞，仿佛仇人在虚空之中。"也许端木云忘了除了头颅之外还有面具。伟大的渴望始终是缄默的，带着最不同的各种面具。这样说也许并不矛盾：面具就是它的形式，然而面具也是伟大的，具有双重性的生活斗争，被识破的斗争和继续隐藏的斗争。

三

端木云和李东白的小说之争自是偶尔为之的插曲，尽管他们的书写人生在以后有着更为隐匿的伏脉，但依然可以看得出其中那个孤芳自赏的自我在作祟，而他们之间的分野是需要通过漫长曲折的迂回，经过欲望语义学道路而显现出来的。值得重视的倒是那个"十兄弟"的命运。这虽是个有黑社会性质的故事，但却有着多个或侧面或亲历、或隐或显、或表或里的不同视角。一个并不复杂的剧情，全因布局离奇，叙事掐头去尾、颠三倒四而显得扑朔迷离。他们是这个时代欲望沉浮中的匆匆过客、幢幢人影。"十兄弟"的命运集结着欲念、原罪、杀戮和江湖情义，当不同视线分兵合击，当结局到来之时，小说将不同情绪的空间并置，周期性地爆发的是恶性肿瘤和世纪末迷乱。其中没有谁拥有真理，每个人都有权被理解。文学与生活的交错游戏虽老生常谈，但它似乎没完没了，其秘密就像我们的安居边缘的一片昏暗大陆那样魅力四射。人们对主体之外的世界充满渴望，又对自己的内在寄予厚望。社会流动性越大，人们对个性品质的关注度越高，那可全是"符号化"使然。"十兄弟"是这个时代底层江湖的一个符号，其存在的理由和景语才是这个时代的原初积累的图像。

我们只能是人类的主体，因为我们与他人和物质世界有着密切的关系，而且这些关系是我们生活的基本构成因素而不是偶然的东西。世界并不是被用来反对一个沉思的主体；它也绝不是我们可置身其外并反过来与之对抗的某种东西。阅读行为曾被人描述为一种交易，每位读者都带着各自特定的生活经验和"文学历史"，不仅有一系列内化的"密码"，还有非常活跃的当下性，它带着所有的关注、欣喜、焦虑、疑问和不解。我们也不要以为清澈见底的明码就无足轻重，有时它们和"密码"会暗送秋波，互为转换。忽视它，一不小心"密码"就会"断熔"。

　　说来也巧，作者所截取当下中国的"十年"，也正是我本人弃文学而投身欲望洪流的"十年"。此"十年"和彼"十年"相遇，可谓"虚""实"两相望，另有一番滋味在心头。"十年"的世态炎凉、人情冷暖，经常过的日子是把"钱"从左手换到右手，自以为搞经济的，自以为很了解这个世界，到头来还是"不知今夕何夕"。阅读中，有些曾经熟悉的场景自会冒出来，比如公路国道边那花花绿绿、形形色色的路边旅舍，它们不知什么时候遍地都是，但随着高速公路的到来，一夜之间全然不见踪影。我很佩服路内书写这"十年"变迁的野心、勇气和耐力。尽管由于代际关系，这场阅读还是给我带来诸多的陌生感。

老实说，看了作者一些谈话和答记者问，此类陌生感越发的强烈。不管怎样，当读完全书后，我还是一度沉浸于路内的"十年"难以自拔。诸如铁井镇开发区的命案、空旷莫名的库区、傻子镇的"童话"，以及文学与非文学的各色人等。除了陌生感之外，我们仿佛又拥有共同的人生。如同辛未来年轻时说过的："现在走夜路，抬头看星，衰老以后，低头看路，星辰和道路都在教育着我们。这种似是而非的说法令周劭着迷，而他也知道，没有什么意义。很多年后，他再看见辛未来，想起的就是这段话，并承认，正是道路使这段话失去了意义。"[4] 也如同周劭所想的，"每个人都带着她们的经历而来，最终又带着经历而去……这是梦游的时刻，也是寻梦者返家的时刻"。《雾行者》中不乏这样的说法和想法。它们在有意义和无意义之间游动，在现实与非现实之间流淌。

四

外仓管理员的工作性质决定了其流动性，它偶遇了时代的变迁，同时也满足了叙述者观察移动的欲望，那是因为观察者的流动性首先影响了小说的全部技巧。正如普鲁斯特在《重获的时光》中所说："我们看到，人们由于我或其他人对他的看法而改变面貌。同一个人在不同人的眼中可以变成几个人，甚至由于时间长而在同一人眼中变成几个人。"

关于现实的描述，没有所谓的如实之说。对现实进行如实的理解从定义上就是有问题的，它基于彻底写实主义这个视角之上。在理解现实的诸多视角上，只有这一个坚称自己并非视角，而本身就是真实的版本，是唯一的真相。如果现实要通过如实的叙述来表现，而彻底的写实主义也仅仅是一个视角的话，那么我们凭什么就应该相信它呢？倘若字字属实从来都是一个视角，是在特定时刻基于某个叙述者的真实，那么我们就必须承认，我们对现实的理解也只是一个大概，其中掺杂着虚构的多种方面，留有它的丝丝痕迹。这个现实的领域是模糊不清的，是处在阴影之下，位于夹层中的世界，充斥着不确定性，似是而非、充满魅惑。

呈现者不只是呈现，还蕴含了或表现了某些东西。想象力把这些意蕴与表现转换为形形色色的故事，或者以追溯源头的方式从意蕴与表现之中再度演绎这些故事。这样思考是否扯得太远了，问题是我们无法回避，这些问题无时无刻不在缠绕着我们。批评的作业往往是选用别人发明的眼睛又观看自身。除了加工提炼别人的发现与观看，我们还能做什么事情，因为带来眼睛的认同的同时，也带来了被看到的东西，何况是叙事。小说经常被打上社会性、集体生活、历史联系、词语和信仰共享的标志，即使在表达怀疑、恐惧、犹豫的昏暗，小说也断定，世界是清晰可辨的。司汤达把小说定义为"沿着路边移动的镜子"，因此他最低限度的断言，至少存在一条道路。

我们不妨领略一下《雾行者》中这面移动的镜子：

1998年端木云"在重庆的时候，他觉得街道是立体的迷宫，一条街道可以翻转着穿过自身，像一个莫比乌斯环，一条街道也可以消失在隧道深处，像到达了世界尽头，而上海的街道全都在平面上展开，窄窄的，靠得很近，发出一些无人能懂的低语，行走在这里的人们像是踏过一张巨大的地图。寒流来时他惊悚地发现所有的悬铃木都落下了叶子，松脆地铺满街道，被路灯照着，整夜"。（第130页）

1996年，鲁晓麦进入美仙瓷砖做人事部助理，"十兄弟"开始集结，"小镇变得热闹、富裕。九七香港回归之夜，很多打工仔在街上看电视，升国旗的时候大伙都说，以后，香港就变得很近了。"（第450页）"这年夏天，开发区的打工仔已经有点太多了，镇东的酒店和大浴场开了好几家，随之而来的是各种做餐饮和零售的商贩，多数也是外地人，打工仔的数目从几千到上万，再之后就数不清了。人口流动自此成为中国的常态，户口、身份、医疗都不再重要，重要的是你能赚到多少现钱……"（第453页）

2004年周勔因仓库管理员黄泳车祸而死，从K市调到H市。"车子开进老城区一个新村，全是灰黑色的旧楼，各处刷满了'拆'字。周勔说，'拆'字真是我们这个时代的经典写照。又问周育平，能补偿多少钱。周育平说，有屁个钱，给了我一套火葬场附近的两室户，四十平方……"（第46、47页）

2006年冬天，"周勔回到开发区，常驻总部，当时正处于一个拐点，房地产升温，小镇南侧造起了规模式的住宅区，白家村已经不复存在，另有几栋酒店公寓在东侧建起，他在上海都曾经收到过广告传单，据说卖得不错。工业不再是小镇的支柱产业，房产和旅游正在兴起，小镇的边界向外拓展了一倍，过去打工仔和原住民之间的边界渐渐模糊了。……十年前面临的治安和人口问题，随着时间的推移全都不成问题，这令人惊讶，也在情理之中……现在，这里到处都是小店，节假日人满为患……童德胜总是痛心地说：东部地区发展太快，我家乡的农村已经不剩几个年轻人了。"（第331、332页）

就像是录下的图像，绘就的印象，记录着变化。这些文字在小说中俯拾皆是，随着工作的调动，时间的逝去而在各处流淌，你就是想概述一下都难。

五

我们慢慢地会发现，此等观察的移动和流动性的关注切断的是种种关于家庭、族群亲情血脉等繁文缛节的牵绊，回归故土的结局已然不存，寻根之梦更是闻所未闻。而血脉亲情和回首之梦的叙事，正是20世纪八九十年代梦寐以求的"百年史"和寻根之作。眼下的《雾行者》，让生存者与写作者浑然一体，他们是打破原有界线投身洪流的漂泊者，走出藏身的洞穴一旦进入敞开之状，童年记忆的痕迹业已淡去，家庭的温情断然消失，故土也渐行渐远。我们从哪里来的这一命题已自我分解，存在与生命造就的是晃来晃去的人，就像周劭放弃一切离开上海的毅然决然，也像端木云告别穷困农村的别无选择一样，他们都已经回不去了。

"十年"和"百年"有何不同？"周劭说，这是规律呗……像人生经历成长和衰老，有些时代你用尽一生看不到它的涨落，有些时代只需要十年可能就过去了，比较痛苦的是，眼下这十年过得尤其得快。"正因为如此，他们才会在一起讨论时间。"属于你的时间分为过去和未来两部分，过去是不存在的，未来也是不存在的，你存在"；"端木云说，是在两个世界的边界处震荡，仓库是一种象征"；"辛未来说，当咱们说再见的时候，时间才产生意义啊"。在变速的时代之中，事物晃动不停，在外部找不到任何安静的观察点，视角很快地消失在迷雾之中。从某种意义上说，"时间"和"变化"是相伴相生的，变化赋予时间存在的意义，时间则成为变化的影子。在时间的映衬下，变化又是可按照一定标准进一步分类加以比较的，于是就有了"速度"的产生，而速度作为"时间"是附属的一个次级概念，忠实服务于"时间"和"变化"。

《雾行者》作为"途中之镜"追求的是现实，问题是现在的事实只是一种短暂的现实，一种存在于其消失和出现中的现实，一种被扩展出来，一种被证实就是被否定的现实。因而只说一切都是相对的还不够，我们必须加上一句：一切都只是联系。真实本不是本身真实。我们的记忆很短暂，在接连发生的事件的快速冲击下，其持续时间越发变短。波德莱尔的现代主义主要包括那些"昙花一现、稍纵即逝、偶然的事物"，漫步在都市热闹的大街上，你最能发现它。只有习惯了漂泊、目光敏锐的浪子，只有"在民众心中造间房"的充满激情的观察者，才能充分感受它的存在。

途中之镜也让我们想起历史中的印象主义画派，最地道最忠实地坚持对色彩和光的创新原则，真正地表达了由真诚的目光记录，完全诚实的手描绘的一种"印象"的理念。尽管"印象派画家"原本是评论家的挖苦之词，后来却成了荣誉的象征。想想莫奈的《印象·日出》，描绘的是拂晓时分的勒阿费尔港，灰白色的水面，两条乌黑的船占据了画面的中心，远处的建筑和若隐若现的吊车轮廓，冉冉升起的太阳在水面上宛若一个橘红色的圆盘倒映在水中，而天空随着晨光一步步击退暗夜而变得斑驳起来。这幅作品完全只是一个印象，一个极度成功的印象，其实际意义比它表面上的轻松随意要深刻得多。

六

印象派艺术家历历在目的笔触不时地提醒人们，除了依赖于印象与观察的对象外，一个活人只有使用真正的画笔和颜料，在画架旁辛勤工作，才能创造出一件艺术品。同样，"现代小说从不让我们不假思索地认为这一切都是'真人真事'。当我们终于认识到这种迅速发展的自我意识所有的局限性：它依然维持的幻觉，它可能强加的浅薄和约束，以及它可能阻塞的至关重要的满足。因此，各种艺术总是习惯于周期性恢复一些遭到先锋派怀疑的原初技术——无论是小说中的叙述、绘画中的写实，还是音乐中的旋律和音调，但我们每次都发现，人们只能接近和模仿而绝不可能完全恢复一种天真的理想状态；现代意识的基本事实，即马修·阿诺德所谓的'思想的自我对话'是不可能真正被取消的。"[5] 即便是十分关注文学与现实世界的关系，强调"途中的镜子"的重要性，甚至在《伊甸园之门》中激烈批评美国1960年代面向自我的小说家，对那些一味模仿现代主义大师的作品不屑一顾的迪克斯坦，也不得不提醒我们要重视现代意识的基本事实。

迪克斯坦在总结美国1960年代文化时指出，我们获得了许多有益而难忘的教训，其中之一便是切勿轻信标榜客观的姿态。标榜客观的姿态自然不可轻信，但如果是追求呢？如果你生活在一个到处"造假"的年代呢？"求真"是否是一种美学呢？这可是《雾行者》书写的难题。第五章中，端木云以第一人称的口吻叙述道："〇七年我在綦江遇到小川，他开玩笑说我像个到处游荡收集故事的人，这当然不是事实，我对收集故事也并非那么热衷。小川说，这正是他青年时代的理想，现在他是一个到处收集影像素材的人。"（第553页）和辛未来一样，小川也最终成了抛弃"虚构文学"的求真者。他们都给我们留下了深刻的印象。即便如此,冒犯"虚构文学"的形象依然存活于一个虚构的世界。就像在转为第一人称的第五章中,第三人称像一条生硬突出的切线,闯入者般的出现了,"他站在城市乱七八糟的人群中抽烟,他长时间的想着一个女人闪开肩膀的动作和另一个女人的婚期,她们根本不是同一种人,但在此时此刻,在他可以写出来的小说里,她们又是活在同一个梦中的同一个人。这不是抒情,也像迷失,或许可以判断为迷失本身的消散,然而也没有获得一种可以替代的清醒。生活这个词在这里被迫使用,尽管他从来不爱用这个词。生活像教育人一样教育我记住了她的声音,记住她说再见,记住所有电话里传来的挂断音。一个人要继续怎样的生活才能配得上这些声音,要写出怎样的小说才能配得上这些闪回式的记忆,该怎样捕捉一个词、一次句子之间的递进,一种美学上可以入流的狂热?"(第521、522页)不可否认,这段插入有点不合规矩。否认抒情却不可避免地抒情,拒绝准确性而不免渴望一个答案,想要抓住的是不可能抓住的缥缈之音。文学之难就难在无法说明白,叙事之困就在它永远渴望无法得的东西。看来"途中之境"遇上"镜中之我"是无法避免的了。

文学之途就像马奈的那幅名画《铁路》一样，"空气中升腾的蒸汽和烟雾即将消散，对于那个伫立观赏的小女孩来说，时间是静止的。而那个女人则望着观众，一根手指按着书，期待着这一刻过去：我们的注意力普通而短暂，很快我们会发现，其实她的目光没有聚焦，她还沉醉在小说的世界里。图画其实只是一个截面：过一会儿，空气就会变得清晰起来，这位读者的注意力又回到书中。然而这本书的书页、印刷条纹、折过角的封面，还有小狗、手镯、合着的扇子，以及小女孩的发带，家庭教师闪亮的草帽……甚至那蒸汽也以一种同等而又相反的滞重力量弥漫开来，又被栏杆挡了回去"。T. J. 克拉克在他那本《现代生活的画像》中细致地描摹了马奈的《铁路》，并得出结论说："现代性却不像那弥散的蒸汽，也不是使其成为一种安全景观的栏杆。现代生活既不是举止得体的向外观看，也不是她的食指来回所指的页码所向往的世界——希望看到别人私生活中的戏剧。现代性是这两种状态并存的悲怆，但同时也是一种拘谨的欢愉。"[6] 克拉克借题发挥的是现代性，这另当别论。我感兴趣的是"栏杆"，《雾行者》所做的是拆除那"栏杆"，让别人的生活变为我们的戏剧，并投身于迎面扑来的"雾气"当中。

七

《雾行者》写了太多的人物，有人将其归结为"江湖儿女"和"文学青年"，大致也错不到哪里，但如果真要这样切割的话，小说将了无生趣。相反，小说竭力避免楚河汉界的格局，这正是它的成功之处。至少，在打工这一点上，他们是共命运的。因为文学青年的思与行是《雾行者》的重要板块，所以提供小说中的小说也就成了不可或缺的盘中棋和碟中谍，它们以或明或暗的寓意在小说中沉浮，自有其别开生面的效用，这里暂且搁置一下。问题是借着对话和讨论，小说中又有着太多的关于文学的议论。有人不喜欢，我想作者肯定不会。就像影视作品中的旁白曾有人反对，如今还不到处都是，它依然存活在好作品与坏作品之中。有时候，溢出叙事的议论不仅必要，还融会写作者的切身体验。比如端木云和木马讨论长篇与短篇的区分时说："而长篇，不是这样。小说写得越长，主体的裂缝产生，有一些直接崩溃了，有一些则像危楼。这时，客体想要占据优势，客体申冤，客体死而复生。短篇小说中不会出现的鬼打墙、鬼压床现象，在长篇里都会冒出头来。实际上，很多事物，例如爱情和生命，时间越久，越会趋于主体失控的局面。"（第520页）

老实说，这是关于长篇写作的经验之谈，说其宝贵一点也不为过。长期以来，我们对开头和结尾议论得太多，而对于长篇小说下半部的运行图式和结构缺陷关注得太少。某人在看什么被称之为客观镜头，某人看到了什么则谓主观镜头。事实是这两种镜头并不是泾渭分明的存在，它们更多的时候是彼此渗透和相互倾轧的。我们总是难以在一种解释的存在论和一种解释的认识论之间做出抉择。这些差异和难缠的问题，究竟如何困扰着我们的书写，我们探讨相对太少了。实际上，很多长篇都是在这些困扰之中走向下半部的。记得有人说过，让我们感兴趣的是小说的性别而不是作者的性别，所有伟大的小说都是两性同体的，这就是说他们是从女人和男人双方的视角去展示这个世界。作者生理上的性别则完全是他们自己的事。我更希望看到的是两镜共存的状况，即"途中之境"与"镜中之我"的共同体，哪怕两镜之间有差异、有斗争，是个矛盾体。

"途中之境"总是建立在自信的基础上，而"镜中之我"则不同，它建立在自我的迷惑之中。弗洛伊德曾在镜前发问，这镜中之人是我吗？这个问题永远不会消亡。约翰·伯格曾在《讲故事的人》中有一个比较，认为"接近经验和接近房子不同。经验是不可分的，它至少在一个甚至可能数个人生命里延续。我们从未有过我的经验完全属于自己的印象，反倒经常觉得经验先我而行。总之，经验层层叠加，通过希望和恐惧的指涉，反复重新定义自身；此外，通过古老的语言——隐喻，它不断地在似与不似、小与大、近与远之间比较。于是接近一个特定经验时刻的行为同时包括探究（近者）和连接（远者）的能力"。[7]

在周劭看来，追溯一生并不难，追溯十年光景却显得捉襟见肘。周劭说："十年，很难谈论，十年的漫长和短暂都超出了我们预期，只有经过才会发现，十年，刚好可以用来否定自我。"（第374页）一生的时间自然有头有尾，而十年的时间则无头无尾。时间是难以驾驭的，其本质在瞬间性。人不能打断时间的不可抗拒的运动，也就是说不能打断时间的流变，人只能作为一个无辜的旁观者，只能眼睁睁地看着自己成为时间游戏的受害者。这使人企图对时间进行报复，以打断时间的咒符和逻辑。然而这样的努力是徒劳的。徒劳的还有自我否定，自我不能孤立的存在，它是一种否定的存在。自我意识需要一种在它之外的对象，但这一外部对象也是某种与本性相异的东西，一种与之对立的形态。因此，自我意识与外部对象之间有一种特殊的爱恨关系。欲望的出现表明，自我意识需要一个外部对象，但却发现任何外部对象都是对它自身的限制。老黑格尔甚至认为：自我意识不仅要求外部对象，而且要求另一个自我意识。对此的一个解释就是想看到自己，就需要一面镜子。要想意识到自己是一个具有自我意识的存在，就需要能够观察到另一个具有自我意识的存在，看看自我意识是什么样子。《雾行者》中互为镜像的例子比比皆是：周劭与端木云，周劭与辛未来，端木云和木马，甚至广义的"江湖儿女"与"文学青年"等等皆如此。"镜中之我"让我们明白了一个道理，我们只能在丧失自己中"看见自己"，这种关系的本质就是主体性的镜像认同。

八

尽管《雾行者》中的木马认定"镜子"是个三流意象，我还是要言说镜子问题。不只因为它特别古老，而且它特别现代甚至是后现代。我认为，《雾行者》基本上可以看作是两面镜子的博弈。即"途中之境"和"镜中之我"，这双重或多重的视线结构了小说的天与地、外与内。况且，"镜中之我"也并不单纯，它更是无法避免的难以捉摸。虚构的真正典型性并非体现在它本质上是一种认知工具这一方面，还体现在它持有的那种自我意识，体现在小说传达给我们的全部意图性。真正迫切需要的不是别的，而是存在于虚构自身内部结构中的自我意识的欲念。

自我意识是最终享有特权的中介，因为它可能将虚构从神话主义非人性的趋势中解放出来。自我意识鼓励我们去承认这个世界的真实时间那令人生畏的不可逆转的连续性。换句话说，自我意识在希冀和现实中画了一条红线，并以此将人性那令人渴望的品质传递了给我。其原因在于，自我意识从长远看确保了我们可以让"他者"存在于它的它性之中。难以理解的是玄雨"藐视个人经验范围内的小说，藐视文学（或者说是文学阐释本身）对'人'的解释……"

相信虚构是启发式的手段，是我们可以随意戴上或摘下的透视镜，因为我们可以在虚构提供的视野中随意移动自己，我们就可以将虚构作品视为虚构的，我们就可以自觉地有条件地肯定虚构。《雾行者》不仅以虚构的胸怀套装了端木云最初的短篇小说集，还容纳了四部长篇小说的梗概和评说：李东白出版了长篇小说后一夜成名，继续边缘化的端木云一直在努力写作的长篇《人山人海》，与端木云一套丛书中的《巨猿》，还有那在网上连载的废土世界的小说。种种文学世界的名利角逐，不同的小视角和大观察，人与超人的想象竞技由此而展开。浏览一下便可得知，立足于写"白痴"与"死亡"的端木云是孤独的，孤独感令人难以捉摸且无法描述，但却无处不在，每个人从生到死，也许到另一个世界都被这种感觉所包围、所缠绕、所封闭。

是孤独感告诫我们，必须向世界的时间敞开，要活在虚构世界创造的时间中，要逃避过去的我并不是现在的我的基础，正如现在的我也不是将来的我的基础一样。要做到这一点，就势必要沉入自欺的伪造之中。意识注定只能隔一段距离地意识到它的对象。由于它的对象是存在，因此它也注定只能是对存在的一种纯粹的外在甚至遥远的理解。意识不是存在之物，而是对存在之物的一种观看。我们被梦幻所缠绕，而且我们经历的生活被再现为一种观察对象。然而可以观察到的事物也可以被改变，而且确实被观察的过程所改变。文学不仅持续地再现我们生活的这个世界，而且反映出我们本身。我们突然发现，意识不是一个特定的东西，而是一个过程，一个需要时间的配置才能完成的任务。这也是为什么截取"十年"变化图中，装入的"江湖儿女"和"文学青年"的成长史，它们在时间上不匹配的原因。

九

内心世界的运作和作家的虚构痕迹就好像以某种方

式渗透到了外部世界，想象的手法和现实的事件，也就似乎存在了某种对称性，它们互相映射着，好比感应巫术。它告诉你，只要将自己的能量聚焦在一个类似的事物上，你就能影响结局，利用了相似性，就能达到理想的境界。《雾行者》不然，第四章、第五章分别以不同的方式影响了不同的结局走向：一头由周劭牵头，另一头则由端木云挂帅。周劭和辛未来十年后在雾中重逢，各自讲述了自己的经历；端木云则和木马、海燕们一起继续回忆和探讨文学之路，和鲁晓麦探讨情感世界，诉说以往经历以添补此前的种种伏笔。"二〇〇〇年被建筑老板的马仔用火药枪指着头，要我开仓库发货，绝对刺激；〇一年被偷；〇二年在火车站被人抢走了所有行李；〇三年非典，倒没什么大事，中间辞职了一回，本想到北京找份体面的工作，结果被堵在一栋楼里半个月，后来又回到美仙公司；〇四年在一座城市，下暴雪，手机被人偷了，我把前任仓管员的骨灰带回总部，这孩子车祸死了；〇五年发生了更多的事，来不及讲……"（第376、377页）这是周劭不免得意地报出的流水账。其实2004年下暴雪才是小说的开篇。

《雾行者》全书五十万字，语调总体平缓且冷峻，情绪饱满而且反抒情，运用多种手法但不显山露水。在我印象中和其他小说有所不同，全书充斥着讲述：你说我说，你记忆他回述，你说个故事他说段往事，你概括一个小说他讲解一个传说，没完没了。这让书外的阅读者很难评头论足，更不用说复述和评议了，甚至有时候你要选择一个细节都很难，要记住一个人的长相都不易！第五章试图回应所有的谜团，比如说"十兄弟"的来历之谜。通过其中的鲁晓麦作为"药引子"，一个江湖流氓组织的团伙，终于从刚开始的结果走向它的起因。

第五章的话语权交给了端木云，叙事也改为第一人称支配。这里值得一提的是全书五章，每章十万字上下，不分节数，在断断续续、迂回穿插中一气呵成，可谓是有章无节的文体，可见叙述者的爆发力和耐力。与周劭相比，端木云的人生轨迹似乎更普遍些，同千百万流动者从农村到城市一样，全因一个"穷"字。当端木云在去重庆的火车上问女孩做三陪女开心吗。她说当然开心，只要离开家乡，离开农村去城市里，哪儿都开心。"开心"一词在这里有点显眼也并不贴切。还是那个跳色情舞的姑娘所说的更有意思："她可以在任意一个不知名的车站跳下火车，就像命运把她安排在任意年代活着，这就是她的人生写照。"

叙述者在第五章遇到了挑战，既要将全书推向高潮，又要将千头万绪归拢走向尾声。哪怕截图"十年"还得让书中人生走向终点，即使是交代性的。如同市场经济的心理并不如古典交换理论所说的那样是行动者，知道它们想要什么，而是它们并不知它们想要什么。端木云曾经的同行们，放弃的放弃，改行的改行，唯独端木云，成就的是一个符号性的旨意。他既难以为"经典"序列所接纳，又难以像1980年代的先行者们可以通过文学之途扬名立身，甚至连公开的出版物都无法进入，其微妙之处只能是"雾"中之行。最后的高原之行是无奈之举，还是必然的选择？难说，叙述者虽有饱满深情和热望，我们还是难以照单全收。

"十兄弟"的命运袒露无遗后，文学之途便登上舞台。在虚构的世界里谈论文学，弄得好是捅破了一层窗户纸，弄得不好只怕是隔靴搔痒。小说中关于文学的"奇谈怪论"，和城市小镇中的街道、商店一起随着流动性和变化，随着时尚都会蜷缩起来，消失在迷雾中：些许迷茫、些许虚无、些许兴奋、些许焦虑、些许渴望、些许怀疑、些许随波逐流……人们像梦幻一样在彼此的生活中飞进飞出。一代人的标志是时尚，但历史的内容不仅是服装和行话。一个时代的人们不是担负起属于他们时代的重负，便是在它的压力之下死于荒野。

十

有时候,讨论"江湖儿女"和"文学青年"的不同和差异,还不如关注他们的同一性更有利些,因为他们毕竟是同时代人。小说中的人物不是像活体出生那样的从母体出来的,而是从一个情境、一个句子、一个隐喻生出来的,这种隐喻孕育了一种人的基本可能性,它的作者想象,它还没有被发现的种种可能性。这就让我们都热爱他们,他们也同样会令我们害怕。他们通过越过我们不断绕过的边界,"言谈"一边通过有限的词语来表现自身,一边消失在无限的世界。小说不是作者的忏悔,而是对世界变成陷阱中人类生活的一个询问。对《雾行者》中的一代人来说,"回家"就是一个陷阱,"离开"是他们的宿命,"流动"则是他们的旅途。笔者自以为和他们不是同代人,更多的时候,也只能从差异的程度去理解和感受他们。对我们而言,从小的教诲便是在家听父母,出门听领导,和同事搞好关系,没有单位和组织的成长是不可想象的。而所有这些在《雾行者》中,全无踪迹,而我的阅读伴随的则是陌生性。

况且,"我们每个人潜伏着他人所不了解的人格,弗洛伊德心理分析也如同此辙。我们每个人身上都有许多陌生者：我们的身体，我们的梦中人或某个时刻突然迸发出来的东西：如爱情、谈话、热情……身份并不存在或隐藏起来，它是黑暗的。我认为人的本质之一就是在世界或自己面前感到生疏"。[8]奥克塔维奥·帕斯曾如是说。《雾行者》中最常出现的便是假身份证，其出现与消失不是偶然的。流动性最大的特征之一就是出走和消失，身份证不仅是一种证明，也是逃离者的紧箍咒，是消失者的死敌。从农村到城市，在某种意义上说即是到一个符号化的环境，城市被符号所包围。为了得到新的精神体验，必须充满符号，被符号污染的环境就意味着陌生与疏远。不止身份证是一种符号，人物自身也是一个"面具"。"面具"意味着我们了解一个人的灵魂或自我，了解他／她的身份仍然有一种可能性，即这身份还是个面具，哪怕这个人是我自己。这个无法避免的不确定性部分说明了现实主义对"我是谁"问题的关注和焦虑，把自我撤离中心，并使它躲避意识秩序。这也是真假身份证，"江湖儿女"和"文学青年"都无法确认的"自我"。"镜中之我"是谁，也许我们并不知道，在认同镜像的同时，失去的也许正是自己。

总之，一代文学青年的成长、分化与离异是一条线，而他们本身作为流动人海的亲历者，这两者之间的对峙与弥合构筑着《雾行者》的总体结构。有时候，前者是后者移动的镜面；有时候，后者又是前者自我审视的内视。他者却在不同的镜像中沉浮，努力地在黑夜中渴望完成一种文学的自我救赎。两面镜子在虚构的作品中成就了虚构中的虚构，又在文学视角和描摹中制造了生活中的生活。作者的雄心还在于，那些超越现实、寓意不凡的作品在小说中的出现也是一种不可或缺的补遗。

十一

《雾行者》是对"寻根"和"返乡"的背弃，是对我们业已习惯的"家族小说"的叛离，它甚至不屑于已成概念的"教育小说""公路小说"一类的框框。作者不畏现实的光怪陆离，因喜欢强攻而成了《兄弟》的兄弟。令人眼花缭乱的变化使其兴奋，因为那是现实中唯一不变的东西。尽管以往的习惯用语"女孩"依然出现，但已是今非昔比了，这也是他刻意要证明的。他想让时间慢下来，同样的"十年"他非要写出它的"百年史"；同样的小镇生活，他却让其飞快地转动起来，肩挑着农村和城市两头，如同周劭和端木云的来历处。随着周劭父亲的过世，随着端木云姐姐悲剧的降临，思乡之情也随之而弃。他们不仅知道自己是故事，而且想方设法严肃地，甚至不乏调侃地去谈论些重大事件和不足为道之事,东拉西扯、品头论足、喋喋不休。作者善于在"脑损伤"的空白之处挥就篇章,让新的图景落脚,寻觅新现实的角落,甚至不惜于热气腾腾的劳工生活处发现仓库这种不宜人居的空旷之地,让"广场意识"升腾于不起眼的狭窄街面。生逢"末世"和"千禧"的一代人,恐惧和欣喜结伴而行,仿佛是在没有准备的情况下,迎接扑面而来的潮流。总之,这是一部庞杂的小说,我们无法也没有必要全盘接纳。

什么时候,不同的场景、熟悉的界面街角、路旁持续着评估磋商和限制的现代性,到处是划界和置换、隔离和自律、喧嚣的杂语和嘈杂的声音,就像一种伤感的余像,已经溶解于一场景虚无缥缈的空气之中,真假无法辨识的人群之中。用不着眨眼,后现代已经降临。生活有时候很实在,但有时候也的确魔幻,它就像镜子一样,把事物变成景象,把景象变成事物,把我变成他人,再把他人变成我。什么时候,身份问题作为一种奴役状态的符号,已经沦为"黑暗"的虚构。真假难辨已成了难以摆脱的游戏。想想本雅明在《拱廊书》中说的话:"进步的观念应当建立在灾难的思想之上。事情持续发展的事实即灾难。后者并非指称将要来临而是指已经发生的事情。正如斯特林堡在《走向大马士革》中断言的:地狱并非冒险降临在我的头上，而是我们当下的生活。"

看得出,《雾行者》再现"十年"变化史和一代文学青年的成长史的努力,但在小说中出现的小说却摆出一副拒绝模仿的姿态。不仅端木云的"白痴"小说如此,花篇幅介绍的长篇更是如此,例如,"我在网吧里断断续续读到玄雨连载的废土世界的小说,前后总有一年,从重庆到宁波,后来又到T市。"这个末日故事:"世界毁灭于千禧夜,病毒爆发,蔓延到全球,大部分人类成为介于吸血鬼和僵尸之间的生物。""故事的第一部分发生在中国南方,讲述疫病暴发五年后,一个叫汉的少年在A堡垒中避难,白天种植农田(块茎类植物,土豆,红薯),夜晚休息,听护城河外的原型发出奇异的嚎叫声,听堡垒中的女孩弹吉他唱歌。这是中世纪的场景,也是后现代的场景。汉回忆了他童年时目睹的恐怖场面,回忆他死去(或者已经变成原型)的父母。"(第468、469页)包括以后的第二、三阶段,叙述者边介绍边议道:"故事节奏缓慢,始终没有出现人类与原型正面作战的情节,也或许是一种策略吧";"尽管是胡编乱造的世界观,但总体显得平静可信。"

又比如那本灾难之书《巨猿》:"一个叫兰娅的女孩回忆她的青少年时期,以及经历过的灾难事件,有一些是个人的，有一些是群体的。"一个十六岁的智障姐姐；一座深山中的煤矿的矿难；一个矿难的幸存者、看守电影院的癫痫老人，还有那老人遗留旧期刊中夹着一个关于巨猿的故事……记忆中的灾异事件一桩接一桩：钢厂、深圳一直到县城彩虹桥垮塌。《雾行者》从529到537页，叙述者都在复述《巨猿》这本书，还连带着著书者王静和书的命运。据说《雾行者》中镶嵌的所有故事梗概皆属原创，这真让人佩服。那个巨猿的故事只是灾异之书《巨猿》中的故事，而作为长篇小说的《巨猿》又是《雾行者》中的小说，此种类似中国套盒和俄罗斯套娃的装置既有空间的效用，也反映出文学书写的变化与现状。除此之外，我还关注一种溢出效益，如果故事中的故事，小说中的小说没有一种溢出的力量又有何存在的必要呢？套盒是一层又一层的，那么溢出的能量是否也会冲破层层套装，最终溢出这虚构的铁桶呢？

《雾行者》出版恰逢庚子年，而新冠病毒肆虐全球的这几月，闭门在家读这些故事，写下这些文字，感觉有一种说不出的怪异，一种无法遏制的联想会冲破美学之门，荒诞的现实从天而降。难怪书中感叹道："抽象或是虚构的命运，就这么具体地浮出了海面，所有的隐喻都灰飞烟灭了。"尽管如此，小说依然在孤独中被阅读，它们对内心说话，在理解和曲解中随波逐流。小说的胜出，也是阅读暂时的胜利。其中的暗示或许回应了博尔赫斯，它意味着每个人都有一个故事，但那些讲了许多故事的人失去了自己的故事，不是因为它被埋藏或被压抑，而是因为它被分散了。小说的历史就是人的解放的历史，让自己穿上别人的鞋子，通过想象放下我们自己的身份，我们便能将自己释放。同时，阅读也必须自己苦心构思两个意象之间的关系，就像《雾行者》的语境：冬季大爆的春运、夏季大雨的闷热、无法行走的海雾等，它们与病毒和变异之间的瓜葛，让互不相干的线索拼合成可能发生的事情，让作品潜隐的模式或构想一见天日。一如巴特所说的："文学作品的诱惑使读者不再是文本的消费者，而成了文本的生产者。"一如彼得·盖伊在其《弗洛伊德传》中所告诫的："弗洛伊德强调，人类是不快乐的：我们的身体会生病会腐坏，外在自然界的毁灭力量时时威胁着我们，我们和他人的关系常常也是悲剧的来源。但我们总是尽一切所能逃离不幸，在享乐原则的支配之下，我们寻求许多娱乐消遣，借以减轻悲剧，追求满足感，借此消弭悲剧，同时更沉醉于物质之中，借此麻痹对悲剧的感觉……生命，如同强加在我们身上的命运，对我们来说太过艰难，它为我们带来太多痛苦、失望，以及无法解决的问题。唯恐任何疑惑不够清楚，弗洛伊德大胆反复重申他的观点。这个悲惨的事实，如同人类应该快乐的目的，并没有出现在'创世'的计划中。"[9]

十二

"两面镜子"既实又虚：一方面我们自己像镜子一样发出光亮，而我们同时也是镜子的背面。我们是眼睛，世界因此被看见，可是眼睛却看不见自己。按照康德的说法，人置于两个世界之中：一方面，人是一个"现相"，这是感性世界的一个细胞，它按照感性世界的法则生存着；另一方面，人是"本体"，一个不附加任何的必然性、因果性的"自在之物"，它就是某个在我们可以理解和解释之前就一直存在的东西，它是无限地超乎（异乎）我们所能达到的理解程度。整个康德哲学的神秘吸引力中心就在于此。

"途中之镜"和"镜中之我"并非截然不同、非此即彼之物，当"途中之镜"在运作时，"镜中之我"始终在场发挥着作用。文学作品的悖论之一，在不可改变性和自我完成方面，它是结构，然而它必须在永恒运动中进行自我完成，并且只有在阅读行动中实现自己，就此而论，它又是"事件"。作品的每一个字都不可改动，可是在变化无常的水流中，没有哪一个词语可以固守原来的位置。所以抱怨"当你解开一个隐喻之物，会有更多的隐喻结集而来，隐喻就像谎言"，气馁"文笔并没有什么大用"和"厌倦了那种坚持文学的说辞"，声称"文字廉价时代即将到来"的种种怪论，除了在具体语境之下的隐含之意外，并无多大意义。

在《结构主义诗学》的最后一段中，卡勒坚持着西方人文教育中确立已久的苏格拉底目标：至高的知识就是自知，因为这种知识可以让我们自由。"我们遵循自己的理解活动程序，而且更为重要的是，我们按照所体验到的那种理解的极限，阅读并理解自己、认识自己，就是研究表述和阐释中主体间进行交流的过程。谁不进行书写，谁不积极地把握这个系统，作用于这个系统，谁就要被这个系统所'书写'。他就会变成不受其把握的文化的产物。"在解释符号的同时也解释自己，这样的主体不再是我思了，而是通过解释自己的命运，在安置和拥有自己之前被安置于存在中的存在者了。

这样的儿子的父亲构造便成了父亲的儿子构造，这个颠倒的修辞验证了文学创造的追求，从修辞上说，正是这么一个逻辑，让他者成为自圆其说的形式，而让自我的原型成了他者的替身。实际上，所谓主体的过程是无主体的过程。人并非生来就是主体，而是变成主体的。主体处在不断的变化中，没有开始，也没有结尾，这就是主体的特点。"鬼压床"的现象远比我们想象的要复杂得多，更不是反客为主所能解释的。就好比洛维特与他的德意志前辈们，无论是黑格尔、歌德还是尼采，分享了一个共同点：他们所反对的是他们难以避免的；他们所主张的，是他们心存犹疑的；他们所向往的，是他们自知无路通达的。他们有时坚称一种"未来"必为"复归"，他们有时又称这个"死结"为团圆。这是一种自我反对而生的艰难。所以说，高原也未必是一条永远直航的"远方"。

十三

世上的镜子各有不同，相同的是当黑夜来到我们身上时，它们清晰地返回给我们的是我们的影子。

《雾行者》实际上远非我们想得那么简单，也远非我们分析得那么有条有理、简单明了。尽管秩序既是我们的渴望，又是我们难以摆脱的幻觉。移动的镜子忠实的始终是透视生活的窗户：个人的自传、成长的轨迹、小镇的传说处处留痕；文学青年与打工仔的双重身份，写作经验成了叙述的对象，文学探讨成就了生活的一部分；个人经验和大千世界的纷繁嘈杂中吐露自身的故事乃至个人隐私；离奇案件、神秘失踪，与再平凡不过的日常生活如何相处？真假身份、世俗难题、生存困境与文学想象如何搭配？涌动不息的人的欲望如何坐实于小镇光怪陆离的街景？道听途说不成型的故事，生活中乏味不起眼、未充分展开的事实何以根植于精心布局的小说中？无休止的对话、言谈、转述如何调动我们的形象思维？这些询问皆离不开去观察他人的生活又留意自己的身影，它们是捕捉文本的密不透风又无处不在的网络。

《雾行者》提示我们：印象是纯粹感受和被书写文本之间，是内在经验与外在感受之间不可融合之融合；结构是章节之间来回穿插的板块和拼命掩饰的裂痕。虚构的概念于是连接着技巧艺术与精神的生命经验这两极。作者是魔术师，也是为自己治病的医生。除了结局的反抗趋势外，《雾行者》呈现的还是奥德赛式的长途跋涉和不断的游荡。它们之间有着自然张力的存在，更像是拉着柏拉图灵魂战车与战马之间的张力，还是那不受约束的拔河式的竞争？这是让人费神的地方。

历史是向前发展的，但却是在回顾中书写的。个人生命也是如此，生活是向前的，但向后追溯才能了解人生。《雾行者》所勾勒的"十年"就像昨日一瞬间，但其惊人的变化却是记忆难以重构的，所谓恍如隔世说的是我们对时间长河里的任何记忆和认识就像眨眼一样，有时是无意的，有时是有意的。眨眼之间，我们净化和刷新了我们的视觉；但由于眨眼，我们会暂时失明，睁开眼睛又回到了一个与我们最后一瞥大不相同的世界。我们一直高枕无忧地认为，现实很可能就是它看上去的那样。但往往是情况正在改变、事情正在变化，岁月蹉跎、青春难再，纯真的时代已然过去，自认为是隐私的早已是公开的秘密，自以为得意的"创意"殊不知大脑已被劫持，人类所操控的世界最终让位于计算机生产的虚拟世界和完全有意识的虚拟居民，别忘了还有大自然的神秘意志。我一直很好奇的是，书中之书所涉及的人类学家与巨猿们能谈论些什么，人类和原型的战争如何进行？事实上谈什么已不重要，重要的是好奇心所支撑的寻寻觅觅和渴望。还是玄雨说的："文字廉价的时代即将到来，但这是好事，是虚无在道出意义，是不可能之物从自信满满的那些人的掌中逸出。"我们能否像鲁晓麦那样具有一种能力，即"在黑暗中独自行走的智慧"？

十四

《雾行者》写了五年，这对落笔速度相对快的路内来说，实属不易。关键是作者尽力尊重生活的复杂和变数，写作手法也避免单一和纯粹。需知单独使用任何一种方法都是没有生命力的。正如反复吃一种食物会造成营养不良。我们会在纯氧和真空中死去。隐喻之所以强大，正是因为它把所有的类别联系起来。它是我们勉强地称之为"跨学科"的最紧凑的版本，它沟通连接且渗透了分类和分析提供更大的"独立"图式。

同样，生活也警告我们，事情远非我们想象得那样简单，不止隐匿真相的对象会欺骗我们，那些貌似可信的故事也会掌控我们。我们赖以生存的隐喻既包括信赖也包含了欺骗。面临巨大的压力，我们总希望弄明白自己的生活，或者使我们的生活听起来合理或至少是可理解的，但具有讽刺意味的是，这种愿望恰恰暴露了我们是多么的无知和一厢情愿。何况，很多时候，自我和外部世界之间的界限变得很不确定，或者，它们实际被不正确地理解了。

如今，赞同卢卡奇的人不会太多，但早期卢卡奇的文论依然闪耀它的光芒。在《悲剧的形而上学》一文中，卢卡奇是这样描述现代生存困境的："生活是光明和黑暗的无政府状态：没有一物是完全充实的，没有一物能完全终结，新的语无伦次的声音与从前听过的合理混合在一起。一切都在流动，一切都不分彼此地搅和在一起，这个不洁的混合体不受控制；一切都被摧毁、一切都被碾碎，没有一样流入真实的生活。所谓活着就是某个生命体挨到死亡：但是生命意味着不曾充分地完整地达到生命的尽头。"[10]《雾行者》那代人才活到"三十而立"，他所告别的也只是青春岁月，尽管他们都感到自己经历了太多，感叹自己已经老了。但生活还在继续，生命远未到尽头。我继续猜想，路内的书写还会继续，但结论还是一样："生命意味着不曾充分地完整地达到生命的尽头。"

《雾行者》中数次提到贝克特和卡夫卡，他们卓绝的天才给我们带来了无尽的阐释。贝克特的每一部重要作品似乎都必然是他最后的作品，只有他才是书写尽头的大师。令人惊讶的是，"无"在贝克特那里从不会结束。贝克特是描写没有的最为杰出的作家。在他那里，没有也只能换到没有。

卡夫卡需要解释的地方就是他对解释的拒绝，他在他自己的否定领域的逃避。《审判》并不是有关解释的寓言，而解释是必然失败的寓言。在卡夫卡看来，生活的苦恼就是自我对未来的一种想象，那不是懂得善恶或恐惧的更高级的生活，而只是对上升到更高级的生活抱着恐惧的自我，就好像即使摆脱恐惧，自我也将遭受巨大的损失。恰如阿多诺在《卡夫卡笔记》一文中认为的，"卡夫卡的作品不是通过表达而是通过拒绝表达、割裂来表现自己。那是一个寓言体系，而解开寓言之谜的钥匙被盗走了……每个句子都在说'未说出我的意思'。但是没有一个句子允许这样做。"卡夫卡的两本情书《致菲莉斯情书》和《致密伦娜》出现在《雾行者》中，并且都和鲁晓麦有关;《致菲莉斯情书》出现在与端木云初识，而《致密伦娜》则出现在最后一次相见。这次相见时，端木云已经获得第一人称的"自由身"，于是便有了发表议论的权力，借题发挥理清了和鲁晓麦的关系。至于卡夫卡的两本书在文学史中的出现是否就去除了卡夫卡的神秘性，那就是仁者见仁、智者见智的事了。的确，卡夫卡的书信，就像他小说中的情形，是他在尝试与世界进行某种交流，与实实在在的东西进行沟通。菲莉斯的信件令他着迷，他贪婪地阅读它们，一天收不到信会紧张。正如卡夫卡给两个女人的信所示，卡夫卡的神经质与我们并无不同，并不更加异想天开，而仅仅是更强烈、更纯粹而已。问题是我们没有卡夫卡那份天才，在天才的驱使下，他才遭受大多数人永远不会有的彻底不幸，他的痛苦才散发伟大文学的光芒。神秘并不是"固体"不变的，而是"液体"在流动中千变万化的。

卡夫卡经常用形象来思考。他的故事，即使是像《变形记》那样表面非常荒诞的也往往是对人类真实境遇的隐喻的延伸。卡夫卡的小说，即便是照字面来阅读所告诉我们的也比所有那些毫无价值的诠释要多。还是《雾行者》中的小川说得好："文学是一座迷宫，这个迷宫最终反照出的不是一个人的努力，而是他的天赋和缺陷。"

十五

该结束了，漫长的书写和阅读。在《雾行者》的最后，叙述者如同解脱一般，不时地发出感叹和联想：他感叹电影有着一律的结局，烦恼的是小说无法使用这一程序；也对318国道作出联想，"它的空间存在就像时间的拼接术、人生的拼接术，最初，它像是一种天真的修辞手法，为什么是这样而不是那样，为什么是这里而不是那里。久而久之，它会用其独有的声调告诉你：这是我。我想象有这么一种长篇小说，经历不同的风土，紧贴着某一纬度，不绝如缕、义无反顾地向前，由西向东沉入海洋，由东向西穿越国境"。（第561页）还有那被寄予文学厚望的海燕和端木云的对话——"你的长篇小说写得怎样了？我说：艰难啊，知道为什么吗？因为我去过很多地方，但从没和任何一个地方发生过有效的关系，就像此时此刻，在现实感和想象力方面，都缺乏。海燕说：你可以写自己。"（第565页）

对话让我们又回到"两面镜子"的处境，或许"写自己"更不容易。我们不妨回顾一下：那些不断涌现的开发区，那些突然聚集的人山人海，其打工的身份都求助于共同的记忆和共同的过去，他们生存于人造的地方，而不是根植于土壤之中，他们的生活目标是那么的一律，是求生求富的共同奢望，而不是血缘的特殊性。天谴遥遥无期，拯救则需要时月。认识的思想总有一种粗鲁的因素，它从对象中疏离出来，却仍然仿佛掌握着对象那样说话。对个人而言，选择不可避免，如果选择有误，那么人性就会泯灭，因此我们就失去了一个人的存在，却换来了所谓的成功，只剩下公共广场上的男女雕塑。"对于我们所能达到的必须有一个界限，／否则我们生活在一个无生命的荒漠中。／我们只能靠那些不能被达到的东西活着。"在谈到两个时代的变动时，卢卡奇曾引用了保罗·恩斯特在一部悲剧中提出的问题。

记得赫拉克利特第一次引用悖论形式表达的观点：灵魂转化为水的快乐，尽管这种转化就是它们的死亡。在赫拉克利特看来，甚至最高的神也有一种不再为神的渴望，而当他梦想成真，世界才真正一如既往地存在，而他本人了却了作为神的重负。死亡本能不仅不对等而且也不对称于快乐本能，因为前者的存在将后者的权力化约为一段轶事。将小说的结局归置于文学探索之中，尽管有些许疑惑、些许不满和失望，但也不失为一种安慰和渴望。

如果灵魂与自然之中可以自我物化，在路内笔下留住的只是种种痕迹：是不同文本的梗概，是面目已非的空旷仓库，是淡去的红围巾和灰黑色的旧楼……总之不可能是完整存在的东西。喊神山的楞伽寺，铁井镇上那数万长着同一张脸有着不同口音的打工仔，到处是"拆"字的颓圮空房，流窜于城乡结合部的各色团伙，还有形形色色的路边小店，随时会出现的假身份证、假文凭，其历史早已踪迹难寻，原有的意义已流失殆尽，成为一段你可以随意添加新意的空白。

对卡夫卡来说，宇宙充满了我们所理解的标记，而对撰写《鼠疫》的加缪来说，人类陷入困境的原因正是由于没有这样的标记。在卡夫卡的《城堡》中，当其中一个人物向 K 表明，他的一切行动只能从一个十分不同的远非有利的角度进行解释以后，主人公回答道："倒不是说你的话有什么错处，只是这些不怀好意。"有人说，这可能是卢卡奇对现代艺术进行论述的座右铭。在我看，这座右铭对很多人无效，因为"不怀好意"一说充满着歧义。

《雾行者》第四章、第五章让结局走向不同的方向。当辛未来回到其工作的地方，继续她的深度报道时，结局是"实"；而当端木云随小川们奔赴西藏走向高原时，更多的是寓意和象征，结尾坐实的是一个"虚"。说到底，"实"与"虚"就是"两面镜子"的宿命，也是文学一直追求和难以摆脱的渴望和疑惑。正如一直充满自信的特里·伊格尔顿在《文学事件》中的感叹："所有的文学，就像所有的语言一样，注定要陷入这种永恒的暧昧性当中。文学被迫使用一种无法完整无损地建构世界的媒介来重建世界，至少在感官直接性上必然有所缺失。符号之生意味着事物之死。同样，写作既是人类堕落的标志，也是救赎自身的一种努力。"[11]

2020年4月6日于上海

注释

1. ［爱尔兰］科尔姆·托宾著，张芸译，《出走的人——作家与家人》，人民文学出版社，2019年，第12页。
2. ［英］特里·伊格尔顿著，阴志科译，《文学事件》，河南大学出版社，2017年，第157页。
3. 此段表述参照［法］斯台凡·摩西著，梁辰译，《历史的天使：罗森茨维格，本雅明，肖勒姆》，华东师范大学出版社，2017年，第14、15页。
4. 路内，《雾行者》，上海三联书店，2020年，第341页。下文凡出现具体页码均出自此版本。
5. ［美］莫里斯·迪克斯坦著，方晓光译，《伊甸园之门——六十年代美国文化》，上海外语教育出版社，1985年，第249页。
6. ［英］T. J. 克拉克著，沈语冰、诸葛沂译，《现代生活的画像——马奈及其追随者艺术中的巴黎》，江苏美术出版社，2013年，第13、14页。
7. ［英］约翰·伯格著，翁海贞译，《讲故事的人》，广西师范大学出版社，2015年，第19、20页。
8. ［墨西哥］奥克塔维奥·帕斯著，赵振江译，《批评的激情》，北京燕山出版社，2015年，第44页。
9. ［美］彼得·盖伊著，龚卓军、高志仁、梁永安译，《弗洛伊德传》（下），鹭江出版社，2006年，第203、204页。
10. 转引自［美］理查德·沃林著，吴勇立、张亮译，《瓦尔特·本雅明：救赎美学》，江苏人民出版社，2008年，第16、17页。
11. ［英］特里·伊格尔顿著，《文学事件》，阴志科译，河南大学出版社，2017年，第195页。

"要对夜晚充满激情"

——张楚小说创作二十年论

W. H. 奥登在《纪念西格蒙德·弗洛伊德》的挽歌中这样写道:"他让我们大多数牢记,要对夜晚充满激情。"

在弗洛伊德职业生涯早期做连载作家时,曾引用诗人席勒的话来讨论过文章的写作原则。席勒说,一切都要保持开放,让故事自己发展,只要让无意识表现一次,你的判断就有了发挥的舞台。或者如席勒浪漫主义诗歌的伟大传人索尔·贝娄所说的那样:"大家都知道,压抑是没有什么准确性可言的。压住了一个,也就压住了周围的一片。"

在弗洛伊德最深奥的论文之一《哀悼与忧郁》中,他认为在生活中失去某种东西是常见的,是无处不在的,所以,我们几乎无处不在哀悼过程之中。

——均引自《弗洛伊德的最后岁月:他晚年的思绪》

一

从发表作品的时间算，张楚的小说最早是2001年的《山花》第7期。实际上，从张楚的一些散文随笔中得知，他练习小说创作的时间应是1995年左右，所以说二十年也大致不差。何况，中国数字文化中的整数从来都模糊论之，可谓实则虚之，虚则实之；这和小说虚构的所谓真实的谎言、谎言的真实之说有的一拼，妙不妙不知道，说其异曲同工应是可以的。

提到《山花》，自然会让我们想起那些年执掌《山花》的老主编何锐。由于乡音的缘故，我依然能十分清楚地记得在大小会议上那令人听不清楚的发言，但慷慨激昂和一脸的执著却是我们始终难以忘记的。何锐长时期的努力和《山花》杂志一同进入了宏观的当代文学史，而首发张楚的小说则是一条不可或缺的注解。

说来也巧，张楚最早发表的几篇小说题目中都有"火车""公路""旅行"等字词，甚至包括那篇《一棵独立行走的草》。用爱丽丝·门罗的著名小说集的题目来说，那就是"逃离"。在以后很长的一段时间，"逃离"都是其创作的重要母题，无论是从小镇到城市，还是从城市回到小镇；无论是家庭的解体，婚姻的破裂，还是情感的陷阱；

无论是人的生存困境和死亡焦虑,还是拒斥死亡的努力和人性那柔软的坚硬,还有那无法摆脱的童年记忆,心理疾病和废墟烙印,说到底都是一种"逃离"。

逃离是折磨的驱使,是一种解脱的渴望。"人类的一切不幸只有一个根源:不能无所事事地待在一间屋子里。"帕斯卡尔式的沉思虽有些决绝,但也说出逃离之所以产生的一个重要原由。"那里,我一直幻想着逃离这个叫滦南的县城。""我想何时能离开这个地方?"(《野草在歌唱》)"我需要一笔路费和生活费,我想离开这个地方……"(《草莓冰山》2003年)"你知道,一个人在一个地方待得太久,会一点点腐烂,即便不腐烂,身上也会长满绿色的青苔藓,尤其是桃源这样的地方。"(《地下室》2008年)静秋知道自己高考考不上,"唯一的希望就是早早离开桃源镇。"(《冰碎片》2009年)"北京住了八年的我回到云落。"(《在云落》2013年)这些"逃离"式的语词散落在四处的作品中,不论虚构与非虚构的。

逃离也是一种无法忍受的焦虑,这种源自内心深处的逃跑,它们希望能够使焦虑的对象变小、变远,如果可能的话,化为乌有。在随笔集《秘密呼喊自己的名字》中,张楚写道:"在一个城市居住超半载,便会开始坐卧不安,渴望着潜逃或分享的日子快些到来,在踏上火车眺望故居之地时，内心荡漾着憧憬与甜美的忧伤。在他们看来，没有到达的城市，永远是美好的城市，下一步才能踏上的土地，永远是芬芳的土地。"[1]这段话语以抒情的方式提醒我们，逃离不止是一种告别，它同时也裹挟着一种向往，于是"逃离"便多了追寻、造访、再造的东西。向往是迷人的，但目的地尚不明晰，于是旅途中疑虑不安、犹豫彷徨便成了衍生产品。逃离是一种行为，只有当人们不再想着行为的结果时，行为才富有成果和意蕴。那是因为一旦目的地到达，它便又成了下一个逃离的对象。如果说"逃离"是一种防御，那么向往则是一种幻想。防御和幻想的来回穿插，无疑是张楚小说的路线图。如同其小说中司空见惯的场景：活着与死亡、家庭与解体、喝酒和呕吐。

二

路线图昭示着折返跑式的命运。生存就是在生死之间行走的一条残酷和诱惑之路。只有面对死亡的时候，我们才能有机会真正看待自我；只有在生命的废墟和残片的面前，我们才能认知存在的脸谱；只有在混沌的世界面前，我们才能学会如何保持清澈的眼光。县城生活的孤独、无趣和压抑是逃离的理由，但受苦受难不是一种折磨，它仅仅是对命运的一种态度，而命运就是接受和认识苦难的必要因素，是人的屈从和忍让能力的部分表现。问题在于诅咒或痛苦都不是直露的，我们看到的只是一个无形的秘密难以觉察的蛛丝马迹。当一切被压抑的和秘而未宣的事物的深隐层次突然浮出表象时，我们总是难以逃脱那些负面情感及其带来的心理影响：悲伤失望无法避免，缺乏爱的性欲成了死亡的驱动，与他人保持距离成了自己不再被遗弃的手段，本性自我无时无刻不在遭遇面具自我的袭扰和伤害。而当你自以为彻底明白的时候，真相似乎又离我们而去。

县城既是具体的实在，又是虚构的想象。就像作者的纪实性文字所言：我"记录了在镇上的税务所当管理员的岁月"，"这个步履匆忙，满面红光的县城，无非是当下中国最普通也是典型性的县城"；又像张楚小说十几年如一日所指的桃源县城内外的人与事。但这些个逃离的对象又是抽象的，除了具体的地域之名外，更多的是象征之物，躲避从他们身外而来的各种禁忌和内心之恐惧。总之，逃离源于危险不安的症候，厌烦日渐滋生的孤独。需知危险来自于外部亦来自内部，而更多的时候是源自后者。在身处险境时的不安全感后面，在懦弱和压抑感后面，永远潜伏着基本的死亡恐惧，它通过许多非直接的方式来表明自己。

　　如同回归是逃离的另一种置换，当存在死于四面楚歌的绝境时，生便是它的另一种面目。希望或许是"可能"的激情，但并非每一种可能都能够变为现象。人的能力永远赶不上人的欲望。由于叙事，我们对可能的激情才不空洞。在创造可能的世界的过程中，故事与经验拼凑出我们的渴望之物，隐喻不过是一种微缩文本。说来也巧，2003年3月12日，也即是笔者生日的那天，张楚写下了《樱桃记》。小说写的是一个叫樱桃的女孩的成长故事，简要地概括即是樱桃和一个名叫罗小军的男生相互追逐的故事。前半截，是罗小军满世界追樱桃："她望着罗小军的背影想，他要追她追到什么时候呢？他想追她一辈子吗？樱桃在多年后想起这个男孩子的背影，还会经常从梦中惊坐而起，用手去触摸仿佛是挂在黑暗中的影子……这影子如此虚妄，只潮湿地悬在夜空。"小说后半截，情境大逆转，是樱桃到处追逐罗小军，为得一张也许重要，也许不重要的《巴黎交通地图》，"她慢慢地朝他跑了过去，开始也慢慢，当他们离得越来越远时，她飞也似的狂奔起来。"追逐和逃离或倒置的图像充斥着整个《樱桃记》，它似乎释放了我们心底难以言说的欲望和快意。想想自有电影以来，从无声到有声，从黑白到彩色，那永不休止，永不停息，永远重复的追逐镜头，我们便不难明白每个人潜在的需求。《樱桃记》是张楚的心爱之作，难怪五年后他又以《刹那记》续写了樱桃之人生。也难怪许多年后还念念不忘地说："等我有了精力了，我想把这个《刹那记》和《樱桃记》放在一起，拍个小成本的文艺片。"[2]说到底，追逐是逃离的另一种方式，眼前的追逐即是长远的逃离，今日的追逐即是明日的逃离，有形的追逐即是一种无形的逃离，表面上的追逐是为的前方，实则正是因为有了后方才有前方。生活的意义并不锁定一处，更多的状况是螳螂捕蝉，黄雀在后。

三

张楚生活在一个叫做"侎县"的小镇上，这个曾经和唐山在地震连接的区域有着太多的废墟烙印，这个与时代变迁同步的小镇同样也经历了生活方式的"地震"。有太多的理论家和小说家马上会想到城乡集合地的字词，并做出近乎雷同的种种联想。张楚不同，从1990年代后期开始写小说，他就丢弃那种习惯于站在小镇上对城市和乡村左顾右盼的心态。他揪准人的生存状态不放，把时间交给四处流窜的情绪，把空间抵押给无法摆脱的孤独。对人的生存本质意义的表达总落笔于黑暗中的激情、受挫的希望、被损的自尊、厌倦和萎靡、焦虑和疏离的郁闷痛苦。张楚的小说有着太多的世俗之辈和平庸之徒，其中不乏镇上的草莽英雄、地痞流氓，街上闲逛者与暴发户，夜间出没的坐台小姐和寻欢作乐者。他们的生活总被欲望束缚，被身体所限制，无视这个世界硬要加在他们头上的"高大上"修辞。作者试图展示这些远离英雄地位的英雄情结，在黑暗中拯救一种屡遭挫败的激情。恰如作者自己所说，"那些主人公，依然生活在不完美的褶皱里，依然在探寻不可能的道路和光明。""那群内敛的人，始终是群孤寒的边缘者，他们孑孑地走在微暗夜色中，连梦俱为黑沉。"[3]

张楚的小说总是令人坐立不安，那从寂静深处流溢出喧嚣的杂语和嘈杂之声，经常把我们的阅读带入一种恐慌性的反应之中，我们隐隐约约地感到此中有什么隐情或有什么可怕之事将要发生。结果怎么样呢？有些故事确实有，典型的要数《细嗓门》《因恶之名》等；有些则什么都没有发生，突出表现在《我们去看李红旗吧》《刹那记》等。情况总是这样：当一个可怕的事件发生了，但是个人在紧要关头的行为既冷静又镇定，只是危险过去了，害怕已无危害时，人们才感到无比恐慌。每读完张楚的一部小说，我们的心绪才慢慢地开始被恐惧所笼罩，就像人经历了一种过程：关闭了外部世界的喧嚣，便开始接受内部世界的恐惧。故事虽然结束了，但我们的留恋和痛惜之情久久无法离去，我们的伤痛远远无法弥合。

令人叫绝的还在于，在小说进入高潮之际，张楚的结局经常移情别恋，转入莫名的他处。一种悬置的艺术，这是米兰·昆德拉经常挂在嘴上的东西，也是司汤达令人叫绝之处，《红与黑》的结局至今还散发着它的光芒。前不久读雅克·朗西埃的《美感论——艺术审美体制的世纪场景》，此书探讨了历史上的十四个事件，从温克尔曼笔下的赫拉克勒残躯一直到上演于莫斯科的一幕戏剧，建在柏林的一座工厂，等等。其中以小说为例的就是司汤达的《红与黑》。"1830年，《红与黑》刚一出版，就遭到很多批评，它的人物和情节被人指责不合实际。主人公于连本身是个未经世事的农家子弟，他怎么这么快就精通了世间的钻营？他本来如此年幼，怎么又显得如此老成？他如此精于算计以至不近人情，怎么又表现出如此狂热的爱情？而以上这段转折最大的剧情，更是被人评为前后脱节。于连为了出人头地苦心经营，终于在社会上获得成功，现在却又前功尽弃。他把揭穿他的雷纳尔夫人开枪打伤，因此被逮捕候审面临死刑指控。然而死到临头的时候，被关进了监狱里面，他却学会了享受生活。他以前惯于想方设法摆平事端，现在却连外边人们怎么说的都懒得去管。甚至后来，他被定罪之后，他还对雷纳尔夫人说过这样一句：在监狱里有她陪伴的几天，是他一生中最幸福的时间。"[4]朗西埃对这一大逆转的结局有着诸多详尽的历史和社会的分析，这里暂且略去，而他对小说流行学的分析却值得我们注意，"小说流行起来的时候，它经常露出相反一面；它写到了让人无欲的幸福，还有人悬置其中一刻，这时人只感到他完整的存在，让他既不为过去而痛苦，也不为将来而忧心算计。对于于连来说，他在临近死亡的时候，才有了这样的感受。面临近结尾的这段情节，却给小说带来了新生。"[5]

回到张楚的小说，发表于2003年的《曲别针》让作者名震一时，正是结局那十四枚曲别针和牙齿的交往让他产生了瞬间悬置一切往事的意念，"更让他略微吃惊的是，他平生第一次发现，他的牙齿如此尖锐，他以为他的牙齿已经被香烟、烈酒、豺狼一样的生意人、女人的体液、多年前那些狗屁诗歌腐蚀得烂掉了。然而，那些曲别针，似乎真的被他的牙齿咀嚼成了类似柔软甜美的食物。"解脱的方法可以各种各样，而使小说得以新生的路径却是一致的。

还有那写于七年后的《七根孔雀羽毛》，这是对《地

《下室》的改写，换了叙述视角，人物命运的侧重面也有所不同。不像《刹那记》对《樱桃记》，前者是后者的续篇，后者讲究动态，前者则是静态。关于《七根孔雀羽毛》与《地下室》，刘涛曾有一篇《张楚的轻与重》的评论，阐述得很详细，这里且不重复。和《红与黑》的结局相似，主人公"我"最后也是蹲在监狱之中。七根孔雀羽毛"除了它是秘密外，什么也不是"，而李浩宇关于宇宙恐惧症、银河系、恒星和行星的言说也沦为失去道德底线的"细菌"。丁盛和李浩宇的父子关系让"我"深陷于不明白的明白疑惑之中，"中午的阳光透过铁栏杆射进来，在肮脏的地板上打着形状不一的亮格子，不计其数的灰尘在光柱里安静地跳舞。那一刻，我谁都没想，我谁也想不起来了。我只知道，阳光躺在眼皮上，太他妈舒服了。"肮脏的地方结果换来脱离肮脏世界的寂静，不明白的明白原来是那么干净的超脱，小说就这样地飞越升空，完成了其难以言说的言说，无法言说的呼喊。

值得一提的是，在我看来续写总不如改写来得重要。续写只是一种时间上的延续，而改写则运用不同视角的差异，它能促使我们更可能地接近真相，投入"现象学"的视域，哪怕是进入"罗生门"的陷阱也不妨。不同视角会产生不同的命运，产生一种不可通约的奥秘。一句话，续写是欲言未尽的补充，改写才是"吃着碗里，看着锅里"的换位，显示的是写作的难度，显现的是书写者的雄心。

四

张楚的小说为我们的阅读展示了一次盛装的辩证法舞会，舞伴总是你不喜欢的对立面：为了回望，我们必须逃离；为了幸福，我们必须接纳不幸；为了获得，必须丧失；为了结合，必须分离；为了理解，必须接受不理解……文学之物总是解释的剩余，文学是书写的话语的身体，而该话语的字面性意味着对阐释的特殊抵制。文本吸引阅读，同时又展现出无法被我们阅读的魅力。痛苦之源与快乐之泉总是结伴而行。凡是存在真实现象的地方，就可以想象出以假乱真的赝品。张楚如此肯定地断言：我一直认为，"怀疑"这两个字该是作家脊梁上的"红字"。需知，怀疑论者在不赞同任何东西的情况下，已然会有他们自己的看法，这些看法不仅涉及日常生活中的感性问题，也涉及哲学问题。奥斯卡·王尔德曾感叹道，我们总是要杀死我们所爱的东西。这可能并不真实，但是，真实的是，我们总是于此陷入深刻的矛盾之中。也许，我们不应该感到奇怪，爱确实是一种需要付出极大风险的艰难过程。

《地下室》堪称是一次绝望的书写。我们不得不面对这样的事实：在宗建明那个杂乱无序的地下室，那个和曹书娟度过激情之夜的木床上，"安静地躺着这个女人。她披头散发，嘴里塞团脏兮兮的棉布，双臂反绑，两腿蜷缩，套着棉袜子的脚踝不时地抽搐两下。"当曹书娟被宗建明囚禁在地下室的真相显露出来的时候，我们丝毫没有因结局到来可以松一口气的常态，反而是如陷深渊般的恐惧尾随而至。一种视觉的刺激逼着我们专注于一个孱弱躯体的痉挛和扭动，简直如坐针毡，那仿佛是于沉默中发出的令人发怵的凄厉呼喊不绝于耳，我们看到的不仅仅是一个女人的痛苦挣扎：它是某种更普遍的东西，它是爱恨情仇拥抱死亡的画面，是关于死的猥亵性破坏力的呼喊。

所谓爱恨情仇的碎片在张楚的小说中俯拾皆是，它搅动了我们最为深沉隐秘的情感。很多时候，我们其实都伴着不可告人的犯罪感生活，尽管我们并不清楚这隐秘之物到底是什么。对弗洛伊德来说，爱就是起源于我们的心理困惑。爱的终极要求是牺牲，但这也是邪恶的终极要求。此等悖谬式的内心存在，和倾心于一个有答案的问号同时又倾向于一个没有答案的问号如出一辙。小说排斥答案，拒绝忠告，其独到之处就在于既诱惑又抵抗阐释，那是因为心灵并不是呆滞的存在，相反，它是绝不安分的存在，是绝对的能动性，是对抽象的智力的固定范畴的否定或想象。

如果一个人试图仅仅通过爱情关系而得救，然而又在这一过于狭隘的落点遭到失败，他就会成为神经症患者。他可能会变得完全被动，依赖他人，害怕独自行动，害怕没有情侣的生活，无论情侣怎么对待他。对象成他的"一切"，他的整个世界，而他自己则降低到这样的地步：仅仅是另一个人的简单反映。他正是经验着最有毒害的日常生活内心的啃啮。这个他自然也包括着性别差异的她，就像樱桃，或者樱桃们的命运。

五

张楚的叙述提醒我们除了关注我们规规矩矩的个性外，还得留意我们的任性使气，我们的怪癖、恐惧以及难以摆脱的迷恋。正如拉康认为的那样，这些作为非意志的对象，才可能透露出真相，而所谓的真相往往就是：作为主体，是一个并不是我的大写的他者所构成的。揣着明白装糊涂是面具的艺术，而更多的时候，揣着糊涂装明白则是我们真实的存在。本体论的焦虑在于，感到自己是一个没有方向、多余的存在，并有伴随着极为强烈的惆怅，如萨特所说，是一股"无用的激情"。

都说《细嗓门》写的是一个杀手的故事，其实这只是对林红从事屠宰职业的望文生义。作者精心布局并具有象征性隐喻的提示是这样的："林红一直是个养花高手，她家里有口硕大的疯狂的瓷缸，专用来沤花肥。"《细嗓门》并没有停留在下面叙述杀人者被逼无奈的绝望过程，而是通过伟大而卓越的移情，写出主人公对女友岑红家庭的关注。一个离开现场的故事，更能激起我们对现场的期待、好奇、不安和惊恐。这是一个"破碎的伤怀，意味繁复的故事"（张楚语）。在不顾一切地对他人的关注之中，常常隐匿着那不为人所知的悲剧。也可以说，这是一出既关乎孤独又关乎共享感性的戏剧。我们不得不承认：死亡乃是使人的生命变得真实的东西。移情在故事中占据着解释者的位置，成了意义的搜寻者，在叙述上又充当了摄影机的眼睛。而杀人过程则成就了留白的艺术，杀人者说到底是一种阐释的悲剧，而不仅仅是阐释出来的内容。

张楚的小说经常把我们引入一种自我的画面中，在这样的画面中，你披着他者的外衣，把自己撇在一边，当你的自身悄然离去的时候，那留在外衣下面的又是谁呢？就像拉康在1980年立下的遗嘱所言:"一旦我离去,你们不妨说,我终于如愿成为他者。"对于被夺走一切本真性的人来说,姿势变成了命运。而在未知力量的压力下失去其安逸的姿势越多,生活也就越是不可解读。不可解的疑惑在张楚的小说中触目惊心地存在,就像《夏朗的望远镜》中的夏朗,结婚半年多了,并未觉得妻子离自己更近,相反,他对她似乎越来越陌生。他无法忍受丈人的所作所为,也无法理解妻子对自己父亲的依恋,其实他也未必理解自己对母亲的依存。甚至为了他钟爱的天文观察,参加"被劫持者论坛"也给他带来了一系列的困惑,而在参加论坛后认识的陈桂芬,自以为有些了解和同情结果却是一团迷雾的失踪。失踪是张楚小说中的常态,而沉默少语则是另一种姿态。这些既包含了对人性复杂性的理解与不理解,又是中短篇艺术机制的需求与局限。

六

在E. T. A. 霍夫曼的《公猫穆尔的生活观》中有这么一段插曲,讲述克莱斯勒有一次在花园里,以为看见了自己的同貌人,受到极度惊吓。当发觉这个人物只是一块凹面镜的作用后,他生气了,就像每个遇到自己起先相信的奇异现象后来成泡影的人一样。人更喜欢最强烈的惊惧，而非对他觉得的幽灵现象的自然的阐明，他根本不愿让自己顺应这个世界。参加"被劫持者论坛"聚会的实际都是一群受过伤害的人，他们不同程度地相信、幻想、编造的奇异现象最终都会成为泡影，除了"失踪"之外别无他途。这和《七根孔雀羽毛》中的李浩宇热衷于宇宙恐惧症最终也不得不回到失去道德底线的"细菌"相比，可谓异曲同工。

跟小说的读者一样，小说家必须处理一种非语境化的话语，在这里，事实和情感的传达不是可随时加以控制和确认的。因为隐私也就是孤独。本雅明曾断言，"小说的读者……是孤立的，尤甚于任何其他读者"。这种孤独和孤立使得小说的阅读成为最亲密的文学体验，一种无需演员和讲述者作为中介的交流，一个人可以从中典型地感受到与人物和事件之间的移情。我们不能问张楚，"你在这里想说什么？"而张楚也不能说，"你明白我的意思吗？"

《略知她一二》很少有评论谈及。小说写的是他和她近乎恋母式的情事，一番"推翻了一切经验主义"的肉身交往。当她的女儿关于"心脏"的情节浮出水面时，情事陡然发生了变故，他不知所措，深感内疚。"他只好安慰自己说，这件事超越了他的理解能力，这个世界上有谁不是受害者？他早知道世界的本质是一望无涯的黑，身处其间最好不要总是仰望，因为头顶上不会有星空；最好也不要回头，因为身后也不会有烛火。从父母入狱起他就接受了这个事实。可当黑暗夹裹着星光碎片再次袭来时，他真的不知该如何是好。"这番敲击厌世者的自白并非典型的张式叙述。2014年的张楚也并不是个新手。可能是束手无策的心境也难倒了叙述者。头撞墙的艺术有时也会遇上难以言说的窘境。讲述"就像被弹簧刀狠狠剜了下"的感觉谈何容易，尤其是遇上墙角需要转弯的时候。经验"超出了理解能力"的"不知如何是好"，不正是小说要干的活。但要干得好绝非易事。值得提醒的是，莫泊桑从他的老师福楼拜那里学习到"才能是拖长的耐性"，那种看到别人看不到之处的耐心。

这一年，张楚另有一部小说《夜是怎样黑下来的》问世。上星期遇上《收获》的责任编辑，他还在对此小说赞叹不已。总的说来，《夜是怎样黑下来的》缘于构思上的一个巧字：退居工会主席的老辛自从儿子晶晶带女朋友张茜上门以前，便遇上一连串烦心之事。而在此过程中，张茜无意中的三句话："你爸年轻的时候肯定跟你一样色"，"没想到你还挺狡猾"，"你以为你是什么东西"，反倒勾连起老辛诸多鲜为人知的往事。三句无意之语竟成照射自身的镜子,侦探者反被侦探,窥视者反被窥视。老辛绞尽脑汁的一连串阻挠和拆散他俩的计划最终破产。看来好事已成,小说的结尾写的却是,"天已经黑下来了","他只得在学校附近找了一家小酒馆,点了盘熘肝尖,叫了一壶散白酒,然后,盯着窗外盲人般的黑,哆嗦着,一小口一小口地嘬将起来。"小说开始于初夏,结束于冬夜,可惜的是,这次没写下雪。这么些年,张楚在《收获》发表的小说共计七篇,数量不菲的七篇,可谓"七根孔雀羽毛"。

七

这些年,张楚还是发表了一些创作谈和访谈。关于孤独、夜晚和恐惧,他如此说道:"当我日后无数次地品尝到那种无以言说的滋味时,我晓得它有个略显矫情的名字:孤独。"

"我不晓得为何如此害怕夜晚,害怕它一口一口将光亮吞掉,最后将整个村庄囫囵吞到它的肺腑之中。"

"多年后,我尚记得自己是如何在那条光柱的牵引下伴随着恐惧抵达出口的。"

"那些汉字瘦小孤寒,或许没有任何实质意义,然而于我而言，却是抵御无时无刻不存在着孤独感与幻灭感的利器。"（以上均摘自小说集《梵高的火柴》自序："孤独及其所创造的"）

八

与此相匹配，我们还可以举出一些其他人的话语作为参照，或诗或言词。

张楚曾经一度热爱过的三岛由纪夫，那首名为《恶的事》的小诗：

> 伫立窗前
> 我等待每一个夜晚
> 期许奇异的事情会发生
> 我张看邪恶的预兆
> 一场沙暴，汹涌于街道
> 一道彩虹，悬悬于夜空

三岛由纪夫死后，评论家江藤淳声称，这首小诗便"揭示了三岛所有文学作品的走向脉络"。

让·斯塔罗宾斯基在其著名的《波佩的面纱》中写

道:"被隐藏的东西是一种在场的另一面。假使我们试图描写的话,不在场所具有的能力把我们引向另一种能力,这种能力为某些实在的东西以一种相当不等的方式所拥有:这些东西表明它们后面有一个神奇的空间;它们是某种东西的标志,但它们并不是这种东西。作为横亘其间的障碍和标记,波佩的面纱产生出一种隐秘的完美,这种完美因其逃避本身而要求我们的欲望重新将其抓住。"[6]

对横亘其间东西的研究,诺尔曼·布朗在其《生与死的对抗》一书中则另有一番说辞:"弗洛伊德说,语词是通向失去了的东西(具体事物)的中间站,而语词又仅仅是构成人类文化的众多符号系统中的一种。拉巴尔说:'如果我们不患精神分裂症,我们就不可能有所谓文化。'弗洛伊德对语词意识所作的分析不仅深化了我们对语言作为神经症的理解,而且深化了我们对文化作为神经症,作为'替换满足'以及作为走向真正的愉悦的一种临时安排的理解。"[7]

九

人既想突破孤独,又想保持孤独。这意味着,移情所追求的,实质上是一种不可能的悖论。换句话说,移情证明了人身上绝对的二元性分裂，完整地反映了人的存在困境。关于幸福的巨大矛盾处就在于：对幸福的追求加速不幸的降临。现实已经高度组织化到了神秘的程度，而我们只要注意那些向我们招手示意的上百个无邪的暗示和小道，就能揭开它的秘密。生活中若没有这种暗示的诱惑，便会索然无味，但若有了它，又可能会十分可怕。这也是为什么只有黑暗中，我们才会感受到孤独的喜悦或恐惧。

现代生活造就的主体具有双重自我交涉的本性，即作为一切可能的认知依据，以及作为对自我设立的依据之不可靠性的恐惧。我们每个人都不得不与这样一个既伟大又无助的本性共处。所谓意识总是隶属于心灵法则和现在秩序这两个实体，因此，它本身就是自相矛盾的，并在最深处遭到了破坏。如同自我迷失在语言中，但同时又未完全失去自己，因为自我在语言中找到了表达的可能性。失去自我的恐惧和坚不可摧的自我确实性总是轮番出没于言词内外。

夜是怎样黑下来的？冬天黑夜总是来得早，这只是一个自然说辞，然而，老辛遭受挫败的心境才是导致夜黑如此显眼的真实图像。张楚小说中有着太多的故事讲述有关人的如此心境。怀揣着自以为是的如意算盘，最终走向反面，结果依然无法判断谁是真正的自我。《疼》（2005年）描述了马可精心策划的一场针对自己同居女人杨玉英的入室抢劫案。一路上可说是磕磕碰碰，诸事皆不顺利。结果入室抢劫变成了杀人案。事情闹大的醒悟究竟能不能让我们醒悟这不是最重要的，最重要是那出乎意料的事与愿违，反反复复的真假互换的过程，还有那过程中不时出现和插入的社会急剧变化过程中的图景。对我来说，小说令人难忘的倒是蓬蓬之流，"这是一个喜欢被陌生人折磨和利用的鸟人。这鸟人一生中最大的幸福就是错误地高估了自己的价值，认为自己是别人的天使，认为自己的光亮会把一条蛆虫照耀成一只凤尾蝶。"

也许，《献给安达的吻》是个例外。这篇写于1999年12月20日的小说，发表却在2011年的《百花洲》。我们可以想象此小说在十几年间的遭遇，也可以想象其间遭遇退稿的些许理由，诸如摹仿的痕迹、影响的焦虑、先锋的残余或意义的不确定等等。重要的是张楚是个严肃的作家。他写作的速度不慢却又写得少，他是否经常放弃自己不满意的作品？我们不得而知。而独独这篇《献给安达的吻》，为什么时隔那么多年还要拿出来发表，并收入自己的小说集中。而他有些小说却并未收到自己的作品集中，比如那最早发表的《火车的掌纹》，又比如2006年发表在《人民文学》上的《苹果的香味》等。《献给安达的吻》在小说中的特殊意义，除了其和《U型公路》《关于雪的部分说法》《草莓冰山》等早期作品一起构筑张楚进入了当代文学作品的独特姿态外，还有其自身的不可替代性。《献给安达的吻》是部具有超现实主义意味的幻想之作，不管这幻想是出于忧郁症还是妄想症。正是拜视角中的"我"的幻想所赐，小说还会出现一连串真假难辨的人与事。幻想是《献给安达的吻》的结构学，没有幻想，此小说难以自圆其说。患上妄想症的我，"经常在黑暗中行走"，"我的生活充塞了各种奇形怪状的奇迹和无稽之谈"。

自《献给安达的吻》后，小说中出现的种种人物、行为、物件、心理特征都会在以后的小说中重复或变异地存活着。比如：光头男孩安达、失踪的苏绵、屠宰场的熟练工人、囚禁野猫的地窖、一根无法证实的"体毛"、投飞镖，以及那永不消失的场景：抽烟与喝酒。

十

张楚的小说元素是来自多方面的：有些类似于侦探破案型的，像前面提及的杀人案、抢劫案；有些类似童话传说的，像《骆驼到底有几个驼峰》（2011年）和《良宵》

（2012年）。在阅读时，我总觉得前者使我想起了狼外婆的故事，而后者则令人想起七仙女下凡的传说。但它们又是对神话传说的改写和反讽，褪去了幸福的结局和善恶分明的永恒信念的书写，"对人性的毛边和污浊有着更虚无的包容和体谅"，留恋"琐碎的幸福感"和"窥视那深匿的美德""在暗夜中熠熠闪光"，"厌恶硬邦邦的写实主义，对过强的故事性有着天然的敌意和提防。"（引号内均为张楚语）所有这些审美主张又都和这样那样的类型书写划清了界线。

张楚努力地接近生活中常存的瞬间状态，同时也竭力摆脱控制我们头脑的那些写作课程的条条框框。张楚是中国当代小说叙事中少有的将性生活的日常言说从黑暗中解放出来，从羞耻的陷阱之地摆弄到文学殿堂中来，从粗俗不堪的境地中焕发出小说的叙述之光。中国人日常生活中用来解乏助兴的东西，那种暗中窃喜、私底暗藏愉悦的调侃，酒桌上助兴、床笫上窃窃私语的东西反倒成就了其"贴近生活"的叙事魅力。他那多少有点粗鲁的强劲笔法，总能够毫不拘束同时又那么大胆地在"不同自己的良心发生的任何冲突"（契诃夫语）处落下。我们经常称之为"文艺青年腔"的"言谈举止"在张楚的小说中几乎满世界都是，类似于读小说看碟片唱流行歌曲，几乎多得不用我们在此举例。结果怎样呢？你很少会感觉到有一种"文艺腔"在作祟。让评论犯难，让小说家骄傲的情况总是这样，你能感觉到好与妙的时候，总会陷入一种难以言说，甚至于无法言说的窘境。阐释张楚小说最为恐惧的地方在于，一旦你想要举个例子就会犯错，好像是在把一个活体变成了一个死的解剖体。如今，我们终于也能读到大名鼎鼎的圣伯夫的批评文字了，那长达一千多页，排印着密密麻麻的小铅字的文选也出版了。我很好奇这位本身也是诗人小说家的鉴赏大师是怎样评点小说中的文学之妙的，结果发现他也只是用无尽的比喻来对付"比喻"，以小说家的手段来对付小说家，根本不管眼下批评家的条条与框框。

也难怪，难得遇到和王继军一聚的机会，很想听听这位在《收获》一直是张楚小说责任编辑的见解。可等了好一会儿，也只是听他说这篇好，那篇好，这篇比那篇更好的说辞，且一脸诚恳与激情。王继军不止是优秀的编辑，本人也写小说，我和他的感觉并无二致，但具体的阐释呢，我们总是在这让人为难的地方紧紧地拥抱沉默。相比之下，程永新要老练得多，他总是抢先说这好那好，接下来马上反问，你看好在哪里？你的回答如果说到会心之处，他哈哈大笑，而如果你回答不那么如意，或者露出什么破绽时，他会斩钉截铁地说一个字："错。"当然，这是题外话，就此打住。

十一

回忆使留在脑子里的表象重现，想象则把表象重新构造，联想把相关的组成部分联结成一个较松散的集合体；想象把它们联结成一个统一的整体，联想可以漫无边际，想象则始终在一个特定的方向上进行。如果说想象接近于在图像中思考，那么联想则接近于向四处散发的光源。以上此类教书上的话为了明晰而放弃了实际存在着的不明晰。让叙述变得难以捉摸和异常揪心总是叙述者梦寐以求的。而知道的人是不说的，说的人总是不知道的，叙述者会经常地不知所措，左右为难。艺术使我们回想起肉体、感官的存在，而在这世界上，就连这些都被无情地商品化了。

"让黝黑阴森的夜晚变得晴朗妩媚"（张楚语），这只是我们内在的渴望，我们仅仅停留在因渴望而产生的那点点光亮之中。渴望的东西存在于可能与不可能、可见与不见之中。哪怕这光亮是瞬间的庄严、无动作的戏剧、去行动的情节和可见的搁置。张楚的小说或许没有明确的结果，没有单一明晰的解释。那又如何。只要它能搅动那些灵魂浑浊的谷底，触摸我们内心那永久的不安，我们便没有不接纳的理由。在小小的光亮中，你我发现了彼此，我们小心翼翼地观察着对方，揣摩着对方，其实脚步早已不由自主地朝对方蹭去。需知，肤浅伤感的灵魂都渴望对方的抚摸。

荣格认为，痴迷于某人基本上"总是试图把我们置于一位伙伴的力量之中，这位伙伴似乎兼备了我们自身不具备的所有素质。"[8]说痴迷，实际上是深度需求，实际上不同程度的需求皆如此。因为这种需求，人们开始不同程度地走上了移情之路。阿德勒认为：移情"基本上是一种策略或战术，患者试图以此维持自己的熟悉的生存方式，这种生存方式依赖于一种持续的企图：剥夺自己的力量，并且把它交到'他者'手中。"[9]当然，我们不会无视弗洛伊德与荣格、阿德勒的分歧，就像布洛伊勒说的，这分歧不会在"几年或更快的时间内解决"。也诚如约瑟夫·施瓦茨在其著名的欧美精神分析发展史著作《卡桑德拉的女儿》中提醒我们的：总是会有人能在阿德勒对人类自主行为的可能性的坚持中，或弗洛伊德驱力理论所描绘的基本冲突中，或者在荣格唤回的符号和神话里，以及他有趣的集体潜意识问题中，找到自己的心理学。何况，天才的作家总是凭一己的创造性想象，施展自己的心理洞察，而不会拘泥某一具体派别的学说。我想，张楚也不例外。

张楚近二十年的小说创作，始终关注的是形形色色不同人的孤独感，以及他们抗拒孤独的形形色色的命运。孤独将命运交付黑暗，而抗拒则是对付黑暗的激情。说到底，张楚的小说又是激情的"谎言"。它可不是一般的谎言，而是生死攸关的谎言。它是我们面对生死恐惧而营造的生死攸关的防御机制，是我们的生死大计。激情是绝望的，不管对象是什么。这是一种执迷方式，它在自我欣赏和自我仇恨之间左右徘徊，而更多的时候是不知所措。就像华莱士·斯蒂文斯在其《隐喻的动机》中所写："一个晦暗的世界／有着永远无法被表达的事物／其中你永远不完全是你自己／也不想或不需要是……"

张楚的小说就像是黑白胶片，黑夜是其底色，漫漫长夜中激情便化为大雪，这令人想起《三姐妹》的末尾，契诃夫写下的"冬季将至，一切都将被雪所覆盖"。雪会将黑夜涂抹而无法覆盖。这真是些"没有意思的故事"，如同制造障碍并使人难以理解其义，这是意义的谋略，没有意思正是意思的诞生之处。况且，艺术方面的伟大总是倾向那些蕴含着黑暗与恐惧因素的作品，所谓黑暗因素都对应着强劲的积极情感及态度。这也是为什么张楚将诉说变得如此冷静，却让情感日益不安、充满着焦虑的原因所在。

张楚的笔尖游走于人的常态与病态之间，有时候常态与病态之间互相审视，捉对厮杀。他的小说总是以审视心理症状之名，以幻想焦虑之名，以恐惧疲态之名，让叙述之眼越界，那是因为那些有形无形的戒律，那些自以为常态的清规，往往是让我们误入歧途的假想。面对黑夜，我们害怕的不是死亡，因为死亡只能被想象为想象的终结；黑夜里害怕死亡也并非遭遇恐惧本身，而是在向黑夜的靠近。黑夜笼罩着我们，然而却没有界线、边缘与尽头，它抹杀并消解我们作为存在的界限。对黑夜的恐惧就是对黑夜不会终结的恐惧。有人习惯了黑夜，便视黑夜为白天，睁眼说瞎话的比比皆是，更多的人则视黑暗为恐惧，于是便心生害怕，心生无尽的逃离。黑夜是白天的护身符，更是其紧箍咒。

其实，我们每个人都以某种方式向自身退缩，用自己的符号世界来整理安排事物。无论是忧郁症患者，性倒错，荒诞不经的强迫性观察和强迫性的幻觉。悲伤、失望、孤独与伤害，内在的贫瘠使万物都变得灰色；丧失、遗弃、失踪与毁灭，我们感到身边的人都无法理解自己。父母的离异、子女的早逝、孤儿的成长、心中的创伤，对出生于唐山大地震年代的叙述者来说，都是无法泯灭的废墟意识。将真实经历当作幻想，是幸存者害怕再次受到伤害的一种替代方式。

十二

要举出张楚小说的死亡与失踪的例子几近没有必要，因为它们太多太普遍了。死亡是一种消失，失踪也是另一种意义的死亡。小说中的死亡几乎总是太容易或太困难，那是因为小说描绘的不是死亡本身，而是我们对死亡将要来临的感觉，或者是死亡剥夺我们亲近之人的延续影响。正常的哀悼是对死亡的完全的接受，而忧郁发生在客体损失之前并期待着这种损失。在失去的过程中，总会有无法用哀悼化解的那部分情感，最大的忠诚是对那部分情感的忠诚。哀悼是一种背叛，是对失去客体的"第二次杀害"，而忧郁的主体对失去的客体依然忠诚、不愿放弃对他／她的忠诚。

2013年，张楚发表了其中篇小说《在云落》。这篇重要的小说就是对死亡和消失的言说。对习惯于单线或双线结构的张楚来说，此篇小说似乎要繁复些。概而言之，《在云落》至少有四条线索：一是得了再障性贫血的和慧，姑妈在得病后就成了一名居士，每日烧香拜佛。和慧白天读经书，晚上听午夜谈心节目；二是在北京待了八年的我，"除了干燥性鼻炎、胃溃疡、慢性咽炎、颈椎增生"，还得了严重的失眠症。辞去了在一座大学教授影视写作的工作后回到了云落，带了两部自拍还未剪的纪录片；三是我和仲春的恋情；四恐怕也是最重要，在云落认识也根本无法认清的唐山大地震的孤儿，以医生自居的苏恪以。四条线索交替运行，有些沉落于记忆之中，有些则投入于认知的好奇心之中，有些则随着事件的进展在向前推，更多的则像秘密一样散落在各个不起眼的角落。它们纠集在一起，构筑了通向死亡和失踪的网络。

张楚是否是讲故事的高手，我不清楚。不过，说其是善于肢解故事的叙述高手，那是一定的。你如果阅读他的小说，有时非得具备些复原和演绎故事的能力才行。认识苏恪以的过程就是这样的。在孤儿院的时候就喜欢玩失踪，从来就撒谎不眨眼。成为医生后的他订阅无数报纸，全因为他不想闷死在云落这个破地方。还有就是想到法国当雇佣军，攒足了三十万就开一家粥饼铺等等。这些断断续续出现的碎片根本不足以构成一个完整的苏恪以。苏恪以在小说中反客为主，成为一个讲故事的高手，关于天使的故事，不但深深吸引了小说中的我，也同时吸引了我们。和苏恪以继续喝酒，继续听他讲天使的故事，"我只记得那天晚上，一种屈辱的幻灭感紧紧攥住我，让我在睡梦里噩梦连连，汗水将地毯都浸透了。"

不仅讲故事，还有行动。小说第八节讲述"我"如何陪苏恪以满世界寻找失踪了的天使，在寻找天使的日子里，"我感觉自己好像是在一个真实的世界进入了一个游戏的空间，而且不知道什么时候进入的。"

重要的是，在整个阅读过程中，我们都随着小说中的我去追随苏恪以的踪迹，希望还天使以真相。我们的心跌宕起伏，我们的思绪不知所终，希望与失望并肩而行，焦虑不安与日俱增，就像一个最没出息的听故事者那样。下面呢？结果呢？和慧的结果如期而至，死亡的姿势如同侯麦电影中那必不可少的"书和书架"，她"双手抱在胸前，脸色苍白，犹如唱诗班里忧伤的少女"；仲春一如既往地失踪，如同她的人生追求那样；唯有苏恪以，当我们似乎明白了其消失的真相时，当我们走进苏恪以的房间见到天使那件石膏雕塑，并"发现那双羽翼之上全是一道道伤痕，有的深些，有的浅些，全是用利刃砍割而成"时，仿佛进入了地狱之门。

小说最后写道："湖边？像闪电照亮了黑暗模模糊糊的东西一样，那些零零碎碎的片段一下子全部粘连在了一起，像一堆拼图慢慢地呈现出一个完整的图像。"这图像能是什么呢？天使、欲望和地狱。而对一部完整的，充斥隐喻而又生机勃勃的叙事作品，任何概念都是无力的。唯一的选择只能是放弃。选择沉默，就像小说的"我一直固执地拍纪录片，我喜欢真实，喜欢真实的肉身和他们卑微的灵魂，可我又怎么知道，镜头里的他们并非是虚假的？其实人最好的归宿，就是做深海里的一块石头……"一块沉默的石头，哪怕是面临黑夜，还加上大雪纷飞。

十三

我们之所以对苏恪以这样的人物着迷，全在于这个人物身上种种复杂的成因。弗洛伊德认为，"移情是人类精神的普遍现象"，"主宰着每个人与其身处境况的全部关系"。移情证明了每个人都是神经症患者，因为移情是对现实的人为固定，是对现实的普遍扭曲。因此我们可以说，人拥有的自我力量越小，恐惧越多，移情就越强烈。对苏恪以这个孤儿来说，从小便失去了向父母的移情来拥抱世界的机会。在孤儿院长大的他，除了经常用失踪和撒谎的手段来寻找和虚构这一对象之外还有什么呢？还有就是那位一同长大的发小郝大夫，甚至是青春期互相打过飞机的那种发小。因此，郝大夫和苏恪以在心理情感上的互为移情的依赖程度是可以想象的。而郝大夫表妹的出现和苏恪以心目中的天使的降落便是一次致命的插足，悲剧由此埋下了种子。对苏恪以来说，这次人生移情对象的转移，无疑是一种毁灭性的情感，包括了全部的爱与恨。而对郝大夫来说呢？我们有诸多的疑问，但是可以想象。

我们之所以感到痛苦，是因为那些真实的或幻想的疾患，也给了我们某种可与之联系之物，使我们不至于滑出世界，不至于堕入完全的孤独和空虚的绝望。一句话，疾患就是一种对象。我们让自己的身体成为一个似乎能给我们提供某种支持的朋友，或成为一个以危险相威胁的敌人；至少，它使我们感到真实，并给我们一点把握自身命运的能力。移情也可以是一种物恋，一种固定我们自身难题的狭隘的把握方式。人总是有着自己的孤弱、罪过感和内心冲突，我们把它们固定在环境中的一个点上。为了把我们的关注投射到这个世界之上，我们完全可以创造任何固着之点，甚至是使用我们自己的肢体，问题在于我们自己是如何关注的，以及关注的程度如何。这也是为什么张楚小说中的那些"曲别针""孔雀羽毛""望远镜"等物体，虽不见得有什么秘密和寓意可言，但仍不乏吸引我们的魅力之原因所在。

移情或许是一种认识论的亲近，但是它也要求人们可以用幻想跨越的距离；因此允许读者在幻想的空间中变成激励他们怀疑的空间。从叙述者视线到书写到阅读者的接受，实际上完成的是一种折射的美学。各自的角度并不相同，结果也未必相同。读者既要关注作者的视角，而他／她自己也要受控于自身的视角。以对苏恪以的分析为例，一定程度又掺杂了笔者本人的视角。作品不仅有拒绝阐释的地方，也有诱惑不同视角进行阐释的权利。尤其是涉及病态型的人物，更是如此。这使我想起张楚的另一部小说《梁夏》(2010年)。

《梁夏》的故事并不复杂。梁夏与王春艳两口子生意越做越大，来了帮工三嫂萧翠花。一次趁住在梁夏家中的夜晚三嫂对梁夏进行了强奸未遂，第二天梁夏当众反被污告。小说叙述梁夏为维持自己的尊严曲折反复地申冤，冤情最终不但没被洗刷，反倒引发了三嫂萧翠花走上自我毁灭之路。如果这是一个有关道德之争的案情，哪怕最终并未被昭雪，事情反倒简单了。事件的微妙复杂在于，一边是道德问题，一边则是心理疾病的问题。对妄想症患者来说事实就是"心想事成"的事实，萧翠花的毁灭是幻想的事实破灭，而非实存事实的揭晓。萧翠花移情的恐惧经验到失去对象和触怒对象的恐惧，经历了不能脱离对象而将要脱离对象的死亡恐惧，不是普通人因道德反省与审判而引起的自责和自罚所能解决的。

十四

小说家是不会面面俱到的，尤其是短篇，契诃夫甚至讲过写完后应当把开头和结尾去掉之类的话。那么评论呢？这里不妨把应该有的尾巴裁掉，来点离题的东西。

博尔赫斯在1949年3月在自由高等学校有篇关于纳撒尼尔·霍桑的讲课稿，对霍桑批评道："他像多数妇女一样用形象和直觉来思考，而不用辩证的方式。一个美学的错误损害了他：使他给想象加上道德说教，有时甚至加以歪曲和篡改，他记载写作心得的笔记本保存完好，1836年的一本中写道：'有个人从十五岁到三十五岁让一条蛇待在他的肚子里，由他饲养，蛇使他遭到可怕的折磨。'这已经够了，但霍桑认为还必须补充：'有可能是嫉妒或者别的卑劣感情的象征。'另一个例子是在1838年的笔记本里：'让奇怪、神秘、难以忍受的事情发生吧，让它们毁掉一个人的幸福。那人怪罪于隐秘的仇人，但终于发现自己是罪魁祸首，是一切不幸的原因。道德、幸福掌握在我们自己手中。'同一年的笔记里还有一个例子：'一个人清醒时对另一个印象很好，对他完全放心，但梦见那个朋友却像死敌一般对待他，使他不安。最后发现梦中所见才是那人的真实面目。梦是有道理的。对真实的本能直觉也许可以说明问题。'然而，不寻找解释、不作道德说教，除了隐秘的恐怖迷宫外没有其他背景的纯幻想，效果会好一些。"[10] 在我看来，支撑一个作家对另一个作家作出批评的总是缘出于自己的美学主张。博尔赫斯对霍桑的批评多少也少了点辩证法。尽管如此，我还是赞成对什么都要追加寓言的批评。

这使我想起读完张楚的小说后，有次问作者，你为什么一写到女孩、姑娘便要写她们身上的味道，而且这种味道不是水果便是植物。事后想想，哪有那么多的为什么，这个世界上并不是什么都是事出有因的。有时候，保留诸多不需要探究原因的现象与事物，恰恰是小说完整性所必需的。

在谈到张楚的小说时，连才华横溢、无所不能应对的批评家都发出错愕的声音，他们从他的小说中看到了西方现代派的影子，同时又看出了中国古典小说《水浒》的印痕。我最初对这些说法不以为然，事后想想也不无道理。当代小说之所以有价值，往往在其叙事审美受制于完全不同、甚至于矛盾冲突的影响焦虑，所谓矛盾性结构的张力，指的正是这一点。

记得2002年我在《莽原》杂志上首次读到张楚的小说《U型公路》，心生期待的我便开始给张楚做了个人档案。如果没有搞错，2006年有个叫《文学界》的杂志给张楚出了个小辑，封面还有张楚的照片，这也是我和图像张楚的初次谋面。这本杂志我一直保留着，心想哪天写张楚评论时可用。直到前两年，家中堆满的杂志书籍已影响到生活时才处理掉。此次写评论时再也无法找见这本杂志，未免有些遗憾。

十五

前面我们提到过悬置的艺术，现在不妨进行一下拙劣的模仿。离开张楚的小说，谈些其他的事情，以作为本文的结局。

好多年前，我不再从事文学批评也已好多年了。但每逢《南方周末》一到，总是先看李敬泽关于当前文学创作述评的专栏，不止于此，凡遇到作家圈的朋友，免不了也要恭维一番。不知怎的，话传到了李子云老师那里，有次在她家里，她竟当面问我，你说说看李敬泽的批评好在哪里？我一时语塞，好半天才回应了"飘逸"二字。李老师一脸严肃，对我的答案也不说什么，转而就谈其他事情了。事后想想，我本可以对"飘逸"二字阐释得更详细些，比如李敬泽的批评文字和我以前熟悉的东西不太一样，能摆脱那些习惯用语的束缚，审美趣味也不为世代交替所困扰等等。可惜的是，机不可失，时不再来，一切都无法重来了。

正是李敬泽，在谈及张楚的小说时提到了契诃夫，于是很多评论谈张楚小说也免不了要提一下契诃夫。我这个好事者也免不了凑一下热闹，花了几个月的工夫把契诃夫的作品及有关资料找来读了一下，结果疑问多多。首先，契诃夫在中国的影响力是众所周知的。别的不说，就以王元化先生为《读莎士比亚》所写的序来说，虽是说莎士比亚，却是从契诃夫对自己的影响说起。可是，我们对契诃夫研究的翻译却是少得可怜。几十年来，我们两次有点规模的外国作品研究文选的出版，也不见契诃夫。关于契诃夫的传记也只是出了法国作家莫洛亚的那本。

值得注意的是，关于契诃夫研究的一些难题还并非止于国内。1967年，莱昂内尔·特里林撰写出版了他的《文学体验导引》，其中在解读契诃夫《三姐妹》的一段话就令人费解，"当准备排演这出戏的莫斯科艺术剧院演员聆听其脚本朗诵时，整个剧团都被深深打动，以至于许多人边听边哭泣。"可契诃夫呢,"并没有把他们的眼泪当作奖励。他告诉他们,他们误解了《三姐妹》的性质。他说,它是一出'欢乐的喜剧,甚至是滑稽的笑剧'。这也许是一位作家对自己所做的最奇怪的评论。而契诃夫的这番话并非信口开河或说着玩儿,而是引起争论的悖论。他坚持己见。莫斯科剧院的著名领军人物康斯坦丁·斯坦尼斯拉夫斯基,执导并推崇契诃夫戏剧,他在自传中说,他记得契诃夫从不曾这样激越地捍卫他的剧本所传达的观点,斯坦尼斯拉夫斯基说,契诃夫坚持如此,'直到他弥留之际仍相信如果他的剧作以别的方式来理解就会失败。但他从来都弄不清楚这个怪异论见的确切含义'。另一位戏剧界同仁,涅米洛维奇·丹钦科,比斯坦尼斯拉夫斯基更熟识契诃夫,他告诉我们,当演员们请他对这一观点予以解释时,他都无法提供理由以资证明。对剧院中的朋友们来说,契诃夫很显然不是顽固错乱的,他的确相信这部最悲伤的作品是一出喜剧,但他为何如此相信,他们都不明白。"[11]

在契诃夫的创作生涯中,引出最大争议还在于《没有意思的故事》,这场争论从契诃夫的生前延续至身后。这场争论我是在读了舍斯托夫的那篇评论《创造源自虚无》才得知的。1889年9月契诃夫写完了《没有意思的故事》,

他在给吉洪诺夫的信中说了心里话："这个故事沉闷得可以压死一个人。说它沉闷，并非由于它的篇幅，而是由于它的内容。这个故事显得笨拙而又令人生厌。我写的是一个新的主题。"《没有意思的故事》讲的是老教授尼古拉·斯捷潘诺维奇功成名就，却突然精疲力竭，感到末日将临，他自己对过去作了总结，发现了自己的整个一生：他对科学的热爱，对妻子、女儿和他收养的女孩卡佳的态度，对同事及学生的看法，他的激动，他的研究工作，他表面上的成功，这一切都"毫无意义"。面对这种精神上的突然崩溃，他再也不能同自己的亲人待在一起，甚至丢下最喜爱的卡佳，跑到恰尔科夫的一家旅店中，等待死亡的降临。

特罗亚的《契诃夫传》记载：当时"文学界有人把《没有意思的故事》同托尔斯泰三年前发表的《伊万·伊里奇之死》作了一个不利的比较，这两个故事所叙述的，确实都是一个被死的念头所缠绕的情况。但是，在托尔斯泰笔下，主人公起初被这个念头所震惊，继而从中发现了走向自然的光明前景。而在契诃夫的笔下，老教授确信黑暗在等待他，但却得不到任何的慰藉。就这样，怀疑论者契诃夫同信教者托尔斯泰又一次形成了对照。前者以一种高尚而无偏见的怀疑态度对待人生，后者则在信仰的折磨和启示下宣称，一个人若想拯救自己的灵魂，就不能希冀得到人世间的任何欢乐。"[12]

契诃夫的反应如何,在舍斯托夫的评论中这样写道:"契诃夫是一个极为谨小慎微的作家,他害怕社会舆论,因而不敢等闲视之。但他还是对公认的思想和世界观毫不掩饰地表现出极大的嫌恶。他在《没有意思的故事》里,至少还保持外表的恭敬口吻和姿态。后来他就肆无忌惮了,他非但不谴责自己对一般思想的背叛,而且公开地对它表示愤怒甚至嘲笑。在《伊凡诺夫》里,这点表现得相当充分,无怪乎这一部戏剧在当时引起了极端的愤懑。"[13]舍斯托夫继续讲道:"契诃夫知道,他在《没有意思的故事》和《伊凡诺夫》里已经把话讲到何种程度。某些评论家也知道并给他提出警告。我不准备说,这不是对社会舆论的畏惧,或者是对揭露的事情的惊惧,或者两者兼有。但是显而易见,契诃夫确实想过:下定决心无论如何也要抛弃他曾经坚持的立场并决定后退。《第六病室》也是这一决定的结果。"[14]

舍斯托夫的文章写于契诃夫身后,他之所以重提此事,完全是源自批评家米哈伊洛夫斯基的事。这位当年出名的民粹派批评家当年"在读完了《草原》之后,他写信给契诃夫,信中严厉地责备说:作者'在路上游荡,没有方向,也没有目标'。《没有意思的故事》多少总算使这位要求严格的批评家感到满意，但中篇小说《第六病室》又使他失望。他遗憾地说，《没有意思的故事》成了'契诃夫先生唯一的一块瑰宝，而不是一串由加工精巧的珍珠机械地一条线上穿成的项链'。"[15] 写作《契诃夫怎样创作》的前苏联专家显然有着和舍斯托夫不同的立场，他用一种貌似公正的口吻评述道："米哈伊洛夫斯基和契诃夫之间的争论是复杂的，长期的。米哈伊洛夫斯基要求艺术家有鲜明的、确定和一贯的立场。即使他的批评如此直率，可是带给契诃夫的也不只是害处。过了许多年之后，契诃夫说：'自从我认识他以来，我一直常常地尊敬着他，而且我在许多方面都很感激他。'"最为有趣的是，书写到这一页下面有注解，契诃夫又在另处说："米哈伊洛夫斯基是一位大社会学家和一位不称职的批评家，他从来就不可能明白，什么叫小说。"[16]

读到这些文字，我不由得心生感慨。我们无法判断这些陈述的真假，但能感觉到一个伟大作家颇为真实的一面。另外，此等创作与批评上的谜团或许能昭示所谓批评的命运：更多的时候，批评或许和张楚笔下诸多人物的命运一样，不是失踪便是消失。

2016 年 12 月 20 日于上海

注释

1. 张楚，《秘密呼喊自己的名字》，当代中国出版社，2015 年，第 127 页。
2. 金赫楠、张楚，"生活深处的残酷与温暖——访谈录"，载《小说评论》，2016 年第 5 期。
3. 张楚，《梵高的火柴》自序，花城出版社，2016 年。
4. ［法］雅克·朗西埃著，赵子龙译，《美感论——艺术审美体制的世纪场景》，商务印书馆，2016 年，第 53 页。
5. ［法］雅克·朗西埃著，赵子龙译，《美感论——艺术审美体制的世纪场景》，商务印书馆，2016 年，第 68 页。
6. 中国社会科学外国文学研究所编，《波佩的面纱——日内瓦学派文论选》，社会科学文献出版社，1995 年，第 65 页。
7. ［美］诺尔曼·布朗著，冯川、伍厚恺译，《生与死的对抗》，贵州人民出版社，1994 年，第 162 页。
8. ［美］恩斯特·贝克尔著，林和生译，《拒斥死亡》，华夏出版社，2000 年，第 165 页。
9. ［美］恩斯特·贝克尔著，林和生译，《拒斥死亡》，华夏出版社，2000 年，第 165 页。
10. ［阿根廷］博尔赫斯，"纳撒尼尔·霍桑"，载《外国文化名人画名家》，中央编译出版社，1996 年，第 336、337 页。
11. ［美］莱昂内尔·特里林著，余婉卉、张剪飞译，《文学体验导引》，译林出版社，2011 年，第 30、31 页。
12. ［法］亨利·特罗亚著，候贵信等译，《契诃夫传》，世界知识出版社，1992 年，第 109 页。

13. ［俄］列夫·舍斯托夫著，方珊等译，《思辨与启示》，上海人民出版社，2005年，第115页。
14. ［俄］列夫·舍斯托夫著，方珊等译，《思辨与启示》，上海人民出版社，2005年，第120页。
15. ［苏］帕佩尔内著，朱逸森译，《契诃夫怎样创作》，上海译文出版社，1991年，第113页。
16. ［苏］帕佩尔内著，朱逸森译，《契诃夫怎样创作》，上海译文出版社，1991年，第113页。

眼睛却看不见自己的面孔

——东君《面孔》的身份问题

> 倘若我们想在镜子里面观察镜子，我们最终除了发现反映在里面的事物之外一无所有；倘若我们想理解事物，我们最终除了镜子之外一无所获。
>
> ——尼采《曙光》

> 你的脸和眼睛总是能泄露你的秘密。丢掉面孔。变得能够在没有记忆、幻想、阐释、权衡之时去爱。
>
> ——吉尔·德勒兹

> "体裁"是文学生命本身；完全地辨识诸体裁，洞彻各体裁之固有意义，深入其密实的内部，这将产生真理和力量。
>
> ——亨利·詹姆斯

一

　　放在我们眼前的《面孔》一书，我相信每个阅读者都会提出自己的疑惑：小说的边界何在？这实际上不是一个新问题，长久以来，不仅众说纷纭，而且最终也无法统一。别的不说，20世纪曾雄霸一方的贝内迪托·克罗齐，致力于予物以名的诗学界定，结果却遭到反对者几乎一致的全盘否定。《美学》一书后的《诗歌与文学》是其重要著作，作者竭力为抒情诗与散文体划定一条界线。结果却适得其反，连他的忠实支持者都这样论道："克罗齐的目的在于说明散文体不具备转化为抒情诗的可能性，但他选择的案例最后却证明，抒情诗本身不可避免地具有散文体特征。他选择歌德的颂歌中那只象征着诗歌的鸟儿为例，它逃离了束缚，但依然携带着束缚过它的那条绳索，他写道：'这些典雅的表达如同歌颂中的那只鸟儿，它挣脱了绳索，在田野里飞翔，但却不再是曾经的自己，因为它腿上还捆着半截绳子，标志着它曾经隶属于别人。'这段话寓言般揭示了诗歌意象的命运，如同歌德诗歌中的那只鸟儿虽然渴望自由，但却永远没法完全撇开那创造了自己，并且否认自己的概念性本源的隐形思想之绳索。这个例子本身的命运值得我们深思。克罗齐打算借用这个例子来说明散文体表达不具备成为诗歌的可能性,但效果恰好相反,最终恰恰说明抒情诗不可能完全摆脱散文体而获得纯粹的存在。"[1]笔者举此例并非为了证实克罗齐之过失,而是想说文体上的界线并非那么泾渭分明,而是存在着诸多"三不管"或"共同管治"的区域。而历史上文体的越界行为往往利用的正是这一点。文体是堂皇雍容的,它优雅地将各种老调谱成一首交响乐。就如托多罗夫所言:"体裁从何而来?简单地说它来自其他体裁。一个新体裁总是一个或几个旧体裁的变形,即倒置、移位、组合。今天所说的'文本'受惠于诗,也同样得益于19世纪'小说',正如'伤感剧'集中了上世纪的喜剧和悲剧特征一样。文学似乎从来就与体裁相伴,这是一个处于不断变化的系统;历史地看,起源问题离不开体裁本身这块地盘;从时间上讲,不存在体裁之'先前'。在一个类似场合,索绪尔不是说过:'语言起源问题不过是语言变化问题。'洪堡早已断言:'我们称一种语言为原始语言,仅仅是因为我们不知道其构成部分的先前状况'。"[2]

回到东君的《面孔》,全书分四个部分:第一部分"面孔"共计三百三十九段,漫无边际、铺天盖地的碎片扑面而来,无开首结局的框架,断断续续的写作时间长达六年;第二部分"拾梦寻"计十三则,第三部分"异人小传"共十六篇。这两部分分别以"拾梦"和"异人"归类而就。《面孔》将我们的注意力引向了文本更为模棱两可或无法归类的维度，凸现了世界或门槛的重要性与可能性，表面的对立面路过门槛开始互相交流，形成你中有我我中有你的共处和紧张的关系。不知是有意还是无意，书中的第四部分恰恰选了一篇完整的中篇小说，文体上也是无可厚非的小说。于是，在讨论文体边界时我们也无需举另外的例子来求证，而是让"卡夫卡家的访客"与其他部分进行某种程度上的自解与自掐。

二

相对《面孔》的核心区域来说，三百三十九段的"面孔"游走于文体的边界。它打破小说秩序的种种规则，但因其始终关注人及其生存状态，潜在地揭发我们建立联系和秩序的欲望，我们又很难将其弃之不顾。叙事的碎片打碎了外表和内存话语的游戏，通过与隐性的话语重建关系，而释放出的愉悦之义正是我们乐于接受的。"面孔"的越界说到底即是"冒犯"，无视书写的种种束缚和束缚手脚的清规戒律，恰如第162段所写：有这样一位小说家。有一天，他突然"发明"了一种新小说，这种"新小说"是怎样的？他给自己罗列了几十条写作准则，其中有几条是这样的，篇幅不超过几千字，不用"的地得"，不写长句子（每个句子不超过十个字）；不用逗号、冒号、感叹号、破折号（仅用句号），不用形容词、不用生僻字（常用字不超过两百九十七个）；不写 gay 和拉拉，这位作家平日里食素，面色寡苦。第 163 段又写道：还有这样一位诗人。有一天，他突然"发明"了一种新诗。这种"新诗"是怎样的？他也给自己罗列了几十条写作准则，其中有几条是这样的：不用标点符号，每行诗不超过七个字，禁用形容词，不写月亮、花和家门口那条发臭的河流。这里，作者用不露声色的微讽的语气表达了对作茧自缚式创新的忠告。

越界是一种对束缚的冒犯，而边界的每一次位移都会涉及"我是谁"和"我从哪里来"的问题。而对"面孔"的写法，类似准小说，超小说，笔记体小说的说法总会再次冒出，而古已有之和传统叙事的溯源又成了其保护性装置。这也是现代主义每每和昨天决裂的同时又悄悄地和更遥远的前天恢复联系的缘故。体裁的自我定义类似于定义自我，我们自己像镜子一样发出光亮，而我们与此同时也是镜子的反面。我们是眼睛，世界因此被眼睛看见，可是眼睛却看不见自己。现代主义的悖论表现在：它一方面清楚自己是一个与他人绝对不同的个体，另一方面又徒劳地赋予这一认识以具体的形象，因为它不能说出它是什么。它试图刻画自己的每一句话，都可以带出另一句与之相反的话；它不仅与任何其他人不同，而且和自己不一样，"没有谁比我自己更不像我"，卢梭在早期忆及蒙田之自我描述的一个记录中这样写道。

生活中客观或内在意义的缺失，迫使艺术家从主观方面去设置或建构意义，所以，小说家就是无意义生活的赋形者。小说家依靠审美形式的再创造力量，让混乱归于秩序。具有讽刺意味的是，恰恰只有在作者无情地不遗余力揭示其缺席的时候，意义才能获得。同样，作为体裁的小说也不能自圆其说，只有在越界冒犯到离谱之处，中心主体才显现出其不可或缺的地位。没有人会怀疑"卡夫卡家的访客"是不是小说，但面对第339段的"面孔"，疑问便会随之而来。"拾梦录"和"异人小传"位于中间，小说的地位虽不十分稳固，但也能称之为笔记体小说。记得上个世纪90年代一度十分流行此类小说，汪曾祺年轻时立志将短篇写成四言绝句的理想曾一度激励了诸多年轻的先锋小说家。加之弗洛伊德学说的流行，在小说中录梦者更不在少数。如果说录梦和写一个异于旁人的秉性还可以理解的话，那么"面孔"中那几百个段落则似乎走得更远,让人一时难以接受,但从阅读的角度看,其随意性则让人更易接受。想想我们今天几乎离不开的那种手机上的阅读,不就是那么回事嘛!问题是我们如果要回到小说叙事的纠结处,就难说了。第118段写下,"他躺在温州发廊的按摩床上,听得街口有人吹着牛角卖肉"。第91段就那么一句:"有人长出一撮胡子之后就开始画画了。"第165段写的是:"有人死后流下一滴眼泪。据说是因为没有人哭他。"或者如第168段:"有人喜欢听玻璃碎的声音。"独立来看,很难断定其是否小说,但几十个甚至上百个"他"和"有人"的段落放在一起,就会引起我们的兴趣和联想,想象其中可能的故事,联想弥补上它们之间的空白或遗失的叙事。

传统叙事学力求尽可能清晰地勾画出这些边界。不过晚近的叙事理论则强调转变与潜在的混淆。对转变的兴趣也可以解释为什么晚近的方法不再把一个文学叙事看作一个封闭系统。它们坚持认为,文本总是在一个语境中发挥作用,而传统里大部分仍然无视这一点。重要的是,不要把叙事学的"婴儿"与结构主义的"洗澡水"一起泼出去。1975年,进入后期的罗兰·巴特在完成先锋理论、引起轰动的大师随笔及结构性符号书写后,正在思考和准备其小说写作,在一篇题为《万花筒游戏》的答问中,当有人提出："你是一位不露相——我要说的是失败的——小说家吗？"巴特回应说："或者说是将来的小说家，谁知道呢？你的问题提得很好，并不是因为它会很容易地得到我的回答，而是因为在我看来，这一问题触及了非常有活力的某种东西，这便是，即使不是小说性的问题，至少也是故事性的问题。在日常生活，我在检验我所见的所听的一切几乎带有智慧情感的某种趣味性，这种趣味性就属于故事性的。如果是一个世纪之前，我大概会带上一个现实主义的记事本外出散步。但是，今天我不会想象去组构带有姓氏人物的故事、趣闻——简言之，去组构一部小说，在我看来，问题，即未来的问题（因为我非常想在这一方面展开研究工作），将是逐渐地找到一种形式，这种形式可以使故事性脱离小说，但却承担着比我现在所为更深刻的故事性。"巴特进一步解释这种故事性："相比这种单一的主体观念，我更喜欢万花筒游戏：只要晃动一下，那里的小玻璃碎片就会呈现出另一种秩序。"[3] 当然，罗兰·巴特理想中的小说虽因五年后的车祸而未实现，但无论如何，1975年对巴特的文学书写都是极为重要的时刻，因为《罗兰·巴特自述》和《恋人絮语》都在这一年前后问世。特别是前者，"万花筒游戏"一说由此而出。

《罗兰·巴特自述》到底是否是一部小说，爱情占据着秘密的中心和几近看不见的源泉。但这是一部由片段拼贴的小说，不再叙述一个从头到尾不断、进程保证一致、强调意义的故事。《恋人絮语》同样，被深爱着的母亲形象可怕地缺失了，却在整个话语中流转，难以自慰且怀疑今后不再像以前那样能被爱联结在一起。《恋人絮语》通过使用的语言，几乎成为表现爱的一篇杰出的随笔式小说。

三

我们赖以生存的叙事总是和秩序有关，秩序既是我们的渴望，又是我们难以摆脱的幻觉。幻觉总是欺骗我们，让我们误以为世界已经摆脱了混乱，但实际上依然处在混乱之中。不要忘记，人们很享受从心潮澎湃、难以抑制的情感之中解脱出来的那种感觉。因此，有条理的话语、祈祷、寓言、箴言、神话故事和世俗小说，都被用来恢复秩序，或者假设一片混乱之中有某种秩序，震慑我们周围的盲视，建立和使人想起某些联系，形成一种使世界表面的混乱变得井然有序的关系网。东君二十多年来写了不少的小说，努力遵循理想中的秩序，其中既有中规中矩的驯服，也有叛逆桀骜的创新。但像"面孔"这样成规模不顾及文类的限制，在边界模糊地带优哉游哉地记录生活中的点点滴滴，漫无边际地摄入无序状态的图像，还尚属首次。它们可能是身边的随意观察、点滴思考，也可能是幻想作祟的灵感闪现，抑或是一段隐秘的生活、一个梦境、一段艰难重现的回忆、一次邂逅和永远不会到来的等待，包括可能是一次恶作剧的玩笑、一次无望的救赎等等。它们真的可能是罗兰·巴特讲的那个作家随身携带的笔记本里的东西，问题是我们根本无法总结、概括其内容，因为这些都是我们生活在其中无法归类的状况；我们也难以扼要地提取其意义，因为其无头无尾无序的叙述本身就是取消意义或反意义的。这些碎片式的片段充斥着生活中的野性和可能性。"野性"是一种特别缺少限制的状态，在那些生活中充满限制的人身上，它自然是项美德；"可能性"这个词则暗示着对那无法论定的猜测的沉迷，以及纯粹轻佻的不可承受之轻。东君的这些文字让我们记起的是本雅明曾经有过的那句广为人知的句子："历史性地诉说过去并不意味着认可其真正有过的方式……它只意味着在记忆闪亮的危险瞬间抓住记忆。"

空虚的时代是选用已为别人发明的眼睛观看自身的时代。除了加工提炼别人的发现，这些时代什么事也做不成，因为带来眼睛的人同时也带来了被看到的东西。我只有在意识到自我的情况下才能接近自己，而模拟并不是对自我身体与精神性的整体透视,而是以片段代表全体,就像以人的脸代表人,人以他的脸面对世界。这里的自我总是以偏概全的不稳定的暗喻,这个"自我"是以令人迷惑的行为表述而出现。或许是以精神分裂式的结构主义,或许是一种失忆的不可避免。自我最初曾包括一切,后来则把自己和外界分离开了。我们现在意识到的自我感受只是一个更广泛的感受的退化器官。打开"面孔",随便翻翻:医生与病人们、胆小鬼打老婆、士兵们对诗人的愤怒、失恋者的倾诉、农妇与上帝的爱、患有白内障母亲的信仰、苏教授的难题和释字、诗人的逸事、沈老板的手上长着一只眼睛等,一旦例子举完,书也差不多读完了。我们朝周围看看:不同事物,不同地方,各色人等,行为举止,一言一行,点滴思考,各种梦与相同的现实包括同样的死亡,原来这一切都不是真的,它们有一种淡淡的暧昧、不祥的神情,像是噩梦中所听所见的一切。连我们对这个世界的愤怒,也觉得不及暧昧,它只是远远地好像另一种愤怒。保持距离成了一条戒律,付出的只是一种观察、一种眼神和角度,我位于镜子的另一边或者我只是镜中之人。问题是,如果影子可以送人,如果眼睛能看见自己的面孔,好人的自称能实现,那该多好。结果是一切都只能用与众不同的怀旧器官,专注打捞往事,诸如"用一支英雄牌钢笔挽救了一名落难女子"。

人物自身就是一个面具，这一事实意味着即便我们了解了一个人的灵魂或自我，了解他或她的真实身份，仍然有一种可能，即这个身份自身还是一个面具，哪怕这个人是我自己。这个无法避免的不确定部分说明了现代小说对"我是谁"问题的十分关注或持续不断的迷惘。曾经写下过《面具之道》的人类学家结构主义大师列维－斯特劳斯感慨道："对所有这些疑问，我始终找不到答案，直到我明白了，面具跟神话一样，无法就事论事，或者单从作为独立事物的面具本身得到解释。从语义的角度来看，只有放入各种变异的组合当中，一个神话才能获得意义。面具也是同样道理，不过单从造型方面来看，一种类型的面具是对其他类型的一种回应，它通过变换后者的外形和色彩获得自身的个性，这种个性与其他面具之间的对立有一个必要和充足的条件，那就是同一种文化或相邻的文化里，一副面具所承载或蕴含的信息与另一副面具负责承载的信息之间受到同一样关系的支配。"[4]

面具之道提醒我们，我的内在性也是某种意义的"外在"，他人也应如此，而一些外在的东西又与我如影随形，成为我内在的一部分。我也感觉到我的内在生命是异己和疏离的，好像我的自我意识的一大块都被一种想象所掳获并使之具体化。这种既缘于我又异于我的想象,看起来未能发挥出的力量超出了我自身。特里·伊格尔顿在"镜像之魅"一文中指出:"真实和信以为真实之间的界限,如拉康所言:一开始就不是泾渭分明的。自我,这个被我们当作观看世界的窗户,其实是一种虚构,但即便了解到这是一种错觉,镜子前的婴儿仍会将自己的映象当作真实一般对待。一种类似的模糊性成就了想象着的概念,在拉康看来,它是指'隶属于想象的'而与虚构或真实无关,即使它包含了幻觉和欺骗的作用。"[5]

四

经由面具抵达人心,由他者而认识自我,其过程远比我们想象的要复杂和微妙得多。分析者往往提供清晰明确的想法,想法定义世界并将模糊和重叠软禁于边缘和边界的个案中。当分析占据了两极的对立面时,就成功地建构了理想类型。文学自有其自身的力量,既产生文类也不等同于文类,就像文类既产生类型但又有别于类型。我们必须积极主动地认识到:过去有着自己的声音,现实也同样有自己的面貌,我们必须尊重这种"声音"和"面貌",尤其是这种"声音"抵制我们对其所作的阐释、修正我们对其的认知时。一个具体的文本就是由一个多种抵制力量和修正欲望构成的网络，由此可见，简单地期待"面孔"确定其文类的性质，并不是解决问题的唯一途径。难以归类，并不影响我们阅读的愉悦和阐释的兴趣，了不起的是，它可能影响某种文学制度品评等级的归属。归根结底，文学暗示了认识和描述世界的不同方式，富有想象力地用语言再现了生活、思想和经验中含糊不清、互相重叠的部分。

人性的问题在于，人性没有与过去建立真正的联系。时间是难以驾驭的，其本质在于瞬间性。人不能打断时间的流变，人只能作为一个无辜的旁观者，只能眼睁睁地看着自己成为时间之游戏的受害者。这使人企图对时间进行报复，以打断时间的咒符和逻辑，然而，这样的努力是徒劳的。如同帕斯卡尔对人类存在本性的最终判断："我一想到我的生命短暂绵延，前前后后都淹没在永恒中，我所充塞的，甚至我得到的空间也极其渺小，淹没在我一无所知、也不知道我的无限浩瀚空间；这使我很恐怖，并且对为什么在这儿而非在那儿，为什么是现时而非那时，也惊讶不已。"

东君的作品用词简单明了，但其中却堆积着数种意义，而书中形形色色的无名者，其共同的命运也就是陷入价值的事实之间的二重性之中无法自拔，他们的梦与现实都揭示出一种文明性质，就是文明使它们的大量参与者不满与不甘。做梦便是对于梦境内容的纯粹无能，在梦境形象之中，主体及其自我控制的倾向完全被征服了，同时产生了一种对焦虑的极端倾向；做梦又纯粹为意志所统治，唤醒了绝望的基本形象。尼采把他自称的特权行为表述为"逃向梦境"之中，而这既是零度实在论的隐喻，又是最强烈的实在性幻觉。对浪漫主义作家来说，他们在梦的活动中找到人类存在的精髓，而作为继任者的实证主义者则将梦作为工具，而现代主义诗人们则发明了一种现代的写作，革新主体的伟大原则。

叙事者总是一厢情愿地认为梦境是我们内在渴望的阐释者，梦境作为阐释者是为了把梦中信息传达给我们。"面孔"第323段有如下记录："一大堆的情欲在他们的体内横冲直撞。一大堆胳膊和大腿。一大堆乳房和舌头。一大堆神经和血管。一大摊汗水和分泌物。一大堆肌肤和体毛。一大摊汗臭和下体气味。一大堆喘息和呻吟。这一大堆和那一大摊通通搅混在一起。这些故事就发生在一栋大楼内。"虽然这写的不是梦，但和梦境又有什么区别呢？而"拾梦录"第四则中，记述的他和她之间长长的一生交往，包括着梦里和梦外、清醒与幻觉："在梦里，无论是白云卷舒悠缓，还是鱼儿来去的悠忽，时间总是一如既往地流逝。梦醒之后，她每每倚床回味，感觉过往的一切犹如童话故事。在梦之外，她还有一个男朋友。他们是同班同学，一起翘过课，一起跳过舞，一起吸食过一种算不上毒品，但很可能致命的笑气。"梦里的清醒和清醒的梦幻彼此互换。"她度过了漫长而平淡的一生"，"当她回首往事，便常常以一种十分清醒的口吻对身边的孩子说，人的一生真的是一个梦"。试图掌握梦想的写作总是徒劳的，尽管这种语言是最真实地忠实于我们身体的语言之一，或许它还是唯一进入我们亲密网络的秘密语言，但如果没有苏醒的提示又如何显现呢？梦始终似有似无，而提示的梦想总是抓住我们不放。主体始终看不到梦在哪里，他只是跟随着。他甚至会分离自己，提醒自己那是一个梦，但无论如何，他在梦中无法自己用笛卡尔"我思"的方式来领会自身。他可能会对自己说，"那不过是一个梦"。但是，他不能领会自己，如同某个人对他自己说——"毕竟，我能意识到这是一个梦"。但对叙述来说，梦里梦外总有坚如磐石的主体，它不会因讲述一个梦而丢失主体。

  梦想发展了一面巨大的镜子所拥有的魔法，这面镜子本身由无限的闪烁面构成。而现在的、世间的镜子不同，当黑夜来到我们身上时，它们清晰地返回给我们的是我们的影子。即便如此，如果梦能折射出生活的真实面，那么现实生活的怪异之人，也同样能从变异的角度揭示出真实面。可怕的是，生活于自欺的人们却被误读为正常之人。所谓本真大概指的是一个人在面对种种外在的限制、压力和影响的时候，仍然真实地把握自己的个性表达或展现出来，或者更简单地说，原原本本地、不加掩饰地把自己内心的真实状态表达或展现出来，哪怕这样做会招致怪异的负面评价和非议。当墙上又出现另一个怪物的影子，影子的命运又该如何呢？当你用眼睛看待世界时，山用什么看你？山有眼睛吗？那些一度缠绕着萨特的"凝视"，同样在东君的叙述中闪现它的身影。庄周梦蝶是古老的梦呓，它支撑着人的想象的翅膀，并曾多次进入西方人的视野。人类现已登上月球，但月亮上放下的梯子如何引发我们的梦依然是个问题。现代科技已日益拉近人与人的距离，但你和她之间的困惑依然存在，一不小心，距离反而会越来越远。生命中难以预料的事情，生活中走向反面的东西不时会出现，梦幻之城很可能有太多的现实写照。事情往往就是这样，如同那个老房东，"不喜欢做梦，但每晚偏偏有梦前来叩访"，"不相信自己快要瞎掉，他每天都要把镜子擦了一遍又一遍，但他还是没能照见一个清晰的自己"。"老房东死了之后，他常常问自己，我在狗的眼睛里看到一个彩色的世界与狗在我眼睛里看到的黑白的世界,究竟有什么不同?"

五

在《梦的解析》第六章中,弗洛伊德将梦及象征说成"常常含混而多义,正像中文文字那样,只有语境才能使它们得到正确的阐释"。弗洛伊德还将歌德的作品说成"一个伟大自白的片段"。而片段的自白和反讽有着天然的联系。反讽就像寓言又像妙智,因为这三者都是言此而意彼,维系着伟大传统的迂回之策。它们使语言发生扭转、转移和变形。但对德国浪漫主义之魂来说,它们之所以意指他者,却是混沌的疯狂与愚蠢,混沌是不可企及的开端,或是变形的原初之地。

对表面温文尔雅并在大河畔长大的东君来说,骨子里有的是"雁荡山白垩纪火山流纹岩的质地"。这位曾参与编写《乐清人文编年史》、把自己迷人的叙事献给东瓯之地的诗人,却有着令人吃惊的国际视野。恰如弗罗斯特《窗边的树》中的诗句,"你那么关心外面的风雨雪霜/我只关心内心的天气"。"卡夫卡家的访客"以向《史记》致敬的手笔,讲述九位诗人的小传,他们之间的传承以及跨越东西方的共同境界。它告诉我们,只有那种杳渺无稽的绵延不息的素材,以及它们对时间耗散的顽强抵御,才使得它们臻于不朽的境界。《面孔》让我们更好地了解那些桀骜不驯的人是如何看待自己的,他者的回眸是折射自我的一面镜子。对莫里斯·布朗肖来说,写作是中断话语和自我结合在一起的联系,中断这种联系——它让我向你说话,并以这话语从你那里获得理解让我说话,因为这话语在呼唤你,它就是在我身上开始的那种呼唤,因为它是在你身上结束的。

奇谈怪论,却饶有兴味。音讯全无,召回的是不在场。谈论往事,要求不在场的东西出现,然而这些东西又是存在的;对可能的东西抱着怀疑的态度,又不全然拒绝不可能的东西。东君的话语总在这一条红线之间来回游走。谜一般的片断,悖论性,前后并不总是那么统一。展示某种情绪、不经意的一瞥、稍纵即逝的瞬间、司空见惯的疏忽。读《面孔》,人们总会想到过去历史中的杂记和随笔、人物列传以及形形色色而又万变不离其宗的禅宗公案,它们是一种文体的回眸,一种观察新事物的旧器官,又是寻访古老人性的新测试;它们皆是偶然打开的探头,等候已久的偷窥;既是无意间的邂逅,又是精心谋划的讽喻;既是短路故障带来的停顿,又是长途跋涉中短暂的歇息。这里充斥着一种空间的音乐特性，空间仿佛被设为有力量的音域，敏感之弦的游戏以及赋格式的回声声量。东君的叙事空间是铺展的抑或是极度压缩的时间，是时间的一种特殊的、具有欺骗性的范畴。而这些简短的离奇叙述，瞬间即逝的图像，来去无踪影的意念和思绪成就了诗意必要性的展现，它们均在运动中构建了一种空间，一种因为我们害怕它将带来的致命压力而通常不愿意接受的空间。

古已有之的街谈巷议、道听途说，属于文化品的"小道"，不知来由的奇谈怪论，文体形式的"残丛小语"：志怪、传奇、杂录、丛谈；辨析、箴规、编记、逸事、琐言、杂记、家史、地理书等等。小说如海，并不拒绝任何形式，其疆土辽阔，但小说终究还是有其边界。东君时而在小说的本源之地小心翼翼地求证，时而又在界碑不明之处大胆假设，无所顾忌地越界。我们确实很难断定《面孔》中的大部分叙述究竟是不是小说，但无论如何，他的求证和探索都会引起我们对小说本体的思考，牵动我们对小说体裁起源的考古兴趣。也许，《面孔》的文体意义正在小说与非小说之间，在于对边界的逾越和无法逾越之间的裂痕与鸿沟。

这让我想起著名的T. J. 克拉克在其《告别观念》中

谈及的，"以小说家斯塔夫·福楼拜1852年的作品《包法利夫人》的开头为例：稍稍提及他所选择的形式，他就感到不快，他曾经梦想着'一本无关任何事情的书，一本不依赖任何外在事物的书，由其风格的内在力量使其成为一本整体的书……如果可能的话，一本几乎没有主题，或者至少是主题隐而不见的书。'福楼拜的例子真正让我们感到印象深刻。难以理解的，与其说是他为自己勾勒出的规划——尽管作为一本小说，而不是六节诗或日本俳句的抱负，它具有自身的悲怆感——不如说是他想象的书和他实际创作的书之间的差距。没有一本书像《包法利夫人》那样充斥着外在世界的所有内容，也就是资产阶级世界的所有内容。我意在指出，在作品的核心，它的实质内容和它赋予词语自身的重要性方面，都关涉了更为丰富的外部世界。这就像资产阶级艺术家越是强烈希望放弃表面之物和清晰度，就越是强烈地坚持作品的节奏、结构和其自身的客观性的观念。或者我们可以说，使'资产阶级'一词成为对《包法利夫人》恰如其分的描述的东西，正是它内部的一个困境：一方面，语言是如此精妙和冷漠，以至于在它刻画情感时，希望彻底消除这些情感；另一方面，语言完全屈从于这些感情，屈从于它唤起的令人憧憬的世界。一种深刻的情绪，一种没有缓解，反而因对语言持伤感的态度而进一步恶化的伤感——我们称之为信奉符号的随意性。"[6]

一个作家想象的书和实际创作的书之间总有着难以意料的差距和几乎神奇的反差。从1980年代十分迷信作家本人的创作谈到今日对创作谈保持高度警惕，于我而言是一个重要的转变。就《面孔》而言，当作者强调向远古文体致敬时，我注重的是对当今生活中人相的贴近观察；当作者向我们叙述过去时代诗人的传承时，我读到的却是对当代精神缺陷的辛辣反讽。这多像吃石头人的宿命："那是1958年，东瓯城闹饥荒，人的脑子里想的就一件事：吃。没饿死的，形如骷髅，唯独那吃石头的人，吃得身宽体胖，活像庙堂里的弥勒佛。"而"东瓯城里的人过上有吃有喝的日子之后，那个吃石头的人忽然就瘦了下来。"

六

象征派艺术与印象派艺术最明显的差异是：象征派艺术追求哲理性，有冷峻感；印象派追求瞬间性，有修饰倾向。文化史上一个比较常见的现象是，我们能够分辨出若干时期风格上的一种波动，即理性占支配地位的世界观和无理性或是主观性的时动时止的努力之间的兴盛和衰微。

如果我们看到这些精神能够交错和融合的话，那么就会有助于我们理解现代主义。遥想二三十年前的浙江文坛，又有多少青年作家不是深受现代主义的创新精神和先锋文学的探索壮举之鼓舞和召唤，夏季风、艾伟、王彪、杨绍斌等等，还有数不胜数的诗人和散文作家，而东君就是其中的一位。略显不同的是，他总与运动的中心保持一定的距离，但这又不妨碍他对探索之前沿持有敏锐的洞察。他努力把小说写得富有诗意，但有时又把小说写得不那么像小说，如同"面孔"一样；他有一颗平常的心，但对怪异之人和奇异之事有着超乎寻常的兴趣，如"异人小传"；他向往光明热爱生活，但又不妨碍他如奥登的诗句说的，"对黑暗充满激情"，如同"拾梦录"一般。韦勒克在其巨著《近代文学批评史》中指出："从终极意义上说，对精神事物作因果关系上的说明是不可能的：原因和结果是无法用同一标准衡量的，特殊原因的结果未可预料。所有的因果关系都会导致无休止的回顾，一直回溯到世界的起源。"同样道理，对文学作品作地域上的探究也会引起无休止的扩散。书中的《卡夫卡家的访客》便是明证，东瓯的诗人不止属于东瓯也属于世界。

《卡夫卡家的访客》是东君近年来最为重要的小说，它代表了一种充斥着诗意且富于挑战精神的回归，把孤独诗人之间的传承解读为对循规蹈矩的秩序和依附权势的"正典"的挑衅。最有力的悲剧诗人是一个没有答案的问号。被视为理所当然的那些身份、信念和规则对他们而言都是失效的，因为本性只存在于自我实现的观念。这也是社会秩序为什么经常粗俗地厌恶艺术的原因。艺术可以看成这种毫无意义的现实镜像，这也是为什么艺术在现代发挥了惊人的道德力量和粘合作用的原因之一。

《卡夫卡家的访客》既写人也写诗，既是诗的反思也是人的反省；它既写古也写今，亦中亦外。东君骨子里是个诗人，但几十年来的写作也造就了他训练有素的叙事意识。他对传统的敬重和向往使他的文字有着尚古的典雅，但他依然无法摆脱其潜藏内心深处的先锋意识。先锋意识不是口号，也不是时尚，而是穷其一生也无法丢弃的本色特征，就像其家乡地域随处可见的"山石"和"流水"，就像其作品中随处可听的"琴声"和可见的"剑影"。读东君的作品，我们不止必须去了解其言语和故事，还要探寻其内心的波动；不止看脸部表情，还有行为举止，甚至牙齿和舌头。如海德格尔在《尼采》中那段为人熟知的话："历史不是一连串朝代的延续，而是同样的人同样的事的一种独特的复制，它涉及多种关于终点的模式，多样又善变的思考，伴随着不同程度的直接性。"

九位诗人的命运告诉我们,"这样一座由火热的情感与冰冷的智慧砌成的神秘建筑,可以让我们在门外流连领略若干世纪前的异国孤独"。这座"城堡"式诗学光芒所诞生的"世界文学"交流,使得我们有幸保存了九位诗人的《俊友集》。无论是蜗居故乡的沈鱼,还是四处漂泊的许问樵;无论是"喜欢写丑恶的事物,喜欢用一些看起来不雅的词语,不讲究古法"的病态诗人李寒,还是远离党争,立志做一个清静散人的陆饭菊;无论是体质羸弱,生来与古人唱和和对话的杜若,还是前后判若两人的司徒照;无论是洁身自好,而又以猥琐、恶俗闻名,年轻时写过不少艳诗和一本奇书的曹菘,还是他那共度一生的诗友、曾为妓院头牌的何田田,还包括那"一生写过千余首诗,很少示人,死后家中发生一场火灾,将他所有的诗稿都化成了烟灰"的徐青衫。他们都因一本漂洋过海的诗集而向我们徐徐走来。

九位诗人虽不生于同时代,但他们彼此推崇、互相依附。生不逢时,仕途失意,被科举所排斥是他们共同的命运。他们的诗名无法攀附功名和权势,适得其反,他们都是名利场的冷眼旁观者。对社会而言,他们既是不满者又是病人和不合时宜之人。在卡夫卡看来,生活的苦恼就是我们对未来的一种想象,那不是懂得善恶或恐惧的更高级的生活，而只是对上升到更高级的生活抱着恐惧的自我，就好像即使摆脱了恐惧，自我也将遭受巨大的损失。卡夫卡的本领是将荒诞事件的怪诞性质都写得极其自然。这无疑是贯穿卡夫卡作品的一条红线，具有显得真实又同时十分荒唐的力量。他直截了当地说出了一种事态。这一事态既不受时间的影响，又显得十分现代，正如它既极其抽象，又具有社会意义；既是心理状态，又与政治有关。诚如马克斯·布洛德说的，卡夫卡具有一种天赋，能把超现实的想象化成实实在在的东西。

不管怎么说，东君的小说能用一种机缘巧合的结构让中国的九位诗人的命运和卡夫卡相逢于共通的文学世界，让并不相同的诗学走到一起来，它产生了一种神奇的叠加效应，让我们浮想联翩且妙趣横生。不管他们之间有什么不同，是"焚书"两字让他们走到一起。尽管同是一个"焚"字，于卡夫卡是本人的遗嘱，于九位诗人则是外力的作用，或是天灾或是人祸。卡夫卡的遗嘱是一个不解之谜，要不是遗嘱执行人的违逆和固执己见，其结局是不可想象的。《俊友集》得以流传虽有离奇之处，却也是一次万幸的旅途。作为幸存的文本，他们的结局都是一样的。恰如彼得·布鲁克斯认为的，一切叙事本质上都是讣告，它们的意义只有在死后才能呈现。他说："我们对结尾的问题讨论得越深入,它就越要求我们讨论它与人类的结局的关系,我们要赋予经历(包括涉死的经历)以意义,而叙事提供了他所谓相当于结局的虚构事件,这种虚构事件能够以我们自己拼却一生也无法掌握的方法去完成这一任务。"

七

至此,我们已经从多个方面涉及界限的问题。作为文体的越界,作为"面孔"与"卡夫卡家的访客"的互掐,作为小说的诗意和诗的小说等等,甚至包括作为想象的虚构和现实世界之间的界限。界限的存在总是心照不宣的问题,但是要把界限讲得一清二楚明白无误又是无法做到的事情。如沃尔夫冈·伊瑟尔在《虚构与想象——文学人类学疆界》一书所说:"虚构画面与'真实世界'之间的屏障并非是密不透风的,因为在相对成熟、相对复杂的作品中,它通常是不动声色地隐含着。然而,如果绝对没有意识,只是心照不宣,或者相反,是确定了范围的,想象一下它是什么样子,很可能是在绝对的虚构画面里。现在不会说,'这部小说有这个,没有那个',因为区别虚构与非虚构的界限是不可知的。从这个角度来说,当完全把小说当作与'真实世界'有关的虚构去读的时候，就不会总能意识到界限所在处，因为对它的意识通常是心照不宣的——而不知何故，我们知道它，却无须有意识去意识我们知道它。"一种认识的困局如同本文一开始就提出的"眼睛看不见自己的面孔"，于是，借助认识他者的"面孔"和"镜像"之途成了认识的途径。鉴于此，沃尔夫冈·伊瑟尔还花了很大的篇幅引用了其他理论家关于双重化和两面性的暗指功能。即便如此，他还是不得不承认："这里，如果虚构被看作虚构的话，就应当明确虚构与现实的界限，无论界限是什么样的。然而，我们并未对界限来自何方作出讨论，也许虚构的双重化结构最终会给我们一个答案，因为它既穿越界限又在界限上留下痕迹，但却没有消除界限。"[7] 也许，这一模棱两可正是界限的真实处境，或许是我们的认知途径未抵达真相之处。孰真孰假，还真是个问题。

对于艺术的认知，总会产生我们难以预料的这样那样的难堪或惊喜。诚如特里·伊格尔顿所说："对于另外一些人来说，自我在被牺牲于其上的祭坛，并不是社会而是艺术。从福楼拜到乔伊斯，艺术家成了世俗世界的神职人员，日常生活的亵渎性质料被他们淬炼为某些珍稀之物。因为艺术家是仅为其艺术本身而献祭自己的存在，他是神职人员与受害者的双生体,在这一层面上他形同殉道者。这就像耶稣一样,沉沦于斑驳的裹尸布与石冢之中,溺于人类的卑劣与信仰的丧失之中,只是为了将其熔入一种永恒的炼化,将其中可憎的质料内化入一种不朽的光辉之中。这就是一种自我剥夺的想象形式,即自失于对象之中。不过同样也正是依靠这种恒常的涌动,这种想象形式才能超越其身,使自我得以切切实实地强化。"[8]

以上是特里·伊格尔顿最近出版的《论牺牲》中的一段话,录此备参。

2021年5月30日于上海

注释

1. [加]马西莫·韦尔迪基奥著,史菊鸿译,《予物以名:克罗齐美学、哲学以及历史思想研究》,中国社会科学出版社,2020年,第67页。
2. [法]托多罗夫著,蒋子华、张萍译,《巴赫金,对话理论及其他》,百花文艺出版社,2001年,第24、25页。
3. [法]罗兰·巴特著,怀宇译,《声音的种子:罗兰·巴尔特访谈录（1962—1980）》，中国人民大学出版社，2019 年，第 215、216 页。

4. ［法］克洛德·列维－斯特劳斯著，张祖建译，《面具之道》，中国人民大学出版社，2008 年，第 11、12 页。

5. ［英］特里·伊格尔顿著，王健、刘婧译，"镜像之魅"，载《上海文化》，2013 年 5 期。

6. ［英］T. J. 克拉克著，徐建等译，《告别观念——现代主义历史中的若干片段》(下)，江苏凤凰美术出版社，2019 年，第 476 页。

7. ［德］沃尔夫冈·伊瑟尔著，陈定家、汪正龙等译，《虚构与想象——文学人类学疆界》，吉林人民出版社，2003 年，第 314、315 页。

8. ［英］特里·伊格尔顿著，林云柯译，《论牺牲》，上海人民出版社，2021 年，第 33、34 页。

三扇门

——黄孝阳的十年六部长篇（2010—2019）

当我给卑贱物一种崇高的意义，给寻常物一副神秘的模样，给已知物以未知物的位置，给有限物一种无限的表象，我就将它们浪漫化了。

——诺瓦利斯

对读者来说，一切均有待开始，然一切又亦已完成。

——让—保罗·萨特

门，掩盖藏在它内部的事物，给人提供想象。偶尔，它打开自己，让想象成为现实，让我们理解现实与想象之间的差距……或者可以说：墙是一堵不可逾越的障碍，门是一种包括障碍在内的灵活。

——黄孝阳《人间世》

一

黄孝阳的创作时间肯定远不止十年，这里截取的只是最近十年，而且数量上除了六部长篇小说外，还有另外两本中短篇小说集外加一本文论集，本文只取长篇六部，为的只是一种文体上的便利。平均两年写一部长篇，此等速度也可算最快之列了。

相对黄孝阳的创作速度，批评的反应则要迟缓得多，甚至可以说态度是暧昧的。这种情况下，评论黄孝阳是有风险的，风险皆缘之于不确定。早在1831年，处于批评生涯鼎盛期的圣伯夫在为维克多·雨果的《秋叶集》撰写"文学肖像"时便指出，批评有两种，一是"在那些伟大的艺术家后面追随他们光辉的足迹，整理他们的遗产，用所有能让他们光彩焕发的东西装点他们的丰碑！"圣伯夫称这种批评为"在静谧的图书馆中，面对半遮的雕像的批评"；另一种则是面对还未得到公众认可之前的"诗人们"，圣伯夫认为这是"一种更轻快，更参与现实的纷争和问题的批评，它在一定程度上更轻率。给现代人一个信号。他们没有现成的事实来引导他们做出选择；是他们自己选择、猜测、即兴演绎……"圣伯夫判断这种批评即使"不为现代诗人的成功添砖加瓦，他们也能实现自己的价值，我并不怀疑，但会更慢，也更曲折。"[1]

二

十年前，黄孝阳在其长篇《人间世》开首自我指认道："这份手稿看上去更像一部小说。文本中充塞着大量虚构、寓言、思辨，是荒诞与梦的堆积，是现实与内心的交锋与碰撞——现实是重的，是一个人的五十年光阴的歔歙之声；内心是虚的，是一刹那，无限长，且被种种思虑拓展开其广度与深度，就像《尤利西斯》中那个都柏林人的一天。词语被打开，成为认识之门。"词语是认识之门，那么又如何认识词语呢？究竟是我们支配词语还是词语支配我们？还真是难下定论。与黄孝阳对语词的迷恋和信赖有所不同，作家温特森在《给樱桃性别》中写道："语言总是背叛我们，我们想撒谎时它说实话，我们非常希望精确时它却乱七八糟。"温特森还有些疑惑让人印象深刻，比如"每一个我开口讲的故事都是隔着一个我无法讲的故事在说话"。又如，"我明白痛苦会跳过语言，落在时间之外的无声的咆哮上"。

当然，叙事归根结底是一种实践而非对语词的讨论。重要的是词是"多音调的"，而不是意思的冻结，词永远是一个特定的人的主体对另一个人的主体的言辞，而这种实际的背景会决定和改变它们的意思。结构主义者们不仅痴迷于语言所具有的制度化特征，也痴迷于语言无限的生成特征。在所有为相互沟通或自我沟通而使用语言的过程中，我们至少都要不可避免地放弃自己的部分特性，因为如果我们的语言完全是个人的，人们就无法理解这种语言。每每沉浸于精心设计的"迷宫"的黄孝阳对此还是有清醒认识的。2015年3月，作者在为《众生·设计师》写就的"后记"中说："半月前，一个读者加我QQ，读完了我写的《乱世》，感觉后脑勺被打开，很兴奋，然后一口气提了几十个问题。我一一给了回答，然后告诉她：这是我的回答，是我构思的草图，但它不应该是唯一的，你可另觅答案……在问题与答案这两点之间，有直线、曲线，还有折线。"实际上，青睐于迷宫设计的叙事，远非"两点一线"所能比拟。

《乱世》在六部长篇中有些另类，不只是时代背景的差异，更为重要的它是唯一一次摆脱第一人称的叙事。那个顽固且阴魂不散的"我"的叙事，对黄孝阳来说是何等的重要和"尊贵"，要想摆脱它又是何等不易。这一点，我们下面还会有所论及。对黄孝阳来说，一方面是对语词的依赖和信任，另一方面又沉醉于设计的迷局。左右逢源的和谐自然皆大欢喜，而事实却是事与愿违的碰撞。相信言辞的力量，我们就会在内心驱逐沉默的力量，而一旦查封了无以言说和难以言说的空间，言辞的生存空间就会受到挤压。相信语言的"迷局"绝非人为设计而生，相反，正是由于言说和沉默构成的悖论之网才诞生了叙事的文本。这如同弗兰克·克默德在《结尾的意义》中所说的："文本需要它的影子，这影子有点儿意识形态的，有点儿表征的，有点儿主体的……颠覆必须产生其自身的反差对比效果。"

每个人都随身携带着一组语词，来为他们的行动、他们的信念和他们的生命提供理由。我们利用这些词语，来表达对朋友的赞美，对敌人的谴责，陈述我们对外界的认知，以及最深层的自我怀疑；同时，我们也利用这些语词，时而前瞻时而回顾地述说我们的人生的故事。我想，黄孝阳和其笔下的人物命运皆不例外。

三

黄孝阳是一位不安分的作家。《人间世》雄心勃勃，一展其叙事宏图。一个叫李国安的俗世人生，五十年来随着时代的变迁而变化成长，包括家庭出身，学校生活，官场履历，名利角逐与欲望沉浮……"我"的叙述是如此强势，从不拘泥于现实和超现实，随意游走于过去与现实，甚至明天的思绪。还有那些不时进进出出的激情思辨、随意联想，脱口而出的八卦、民谣、传闻和史实，四处飞溅的文化符号，楔入的板块，不辞而别不请自来的点滴阅读等等，凡个人事、家事、天下事，相互之间都传递着影响的焦虑，拷问的不安。

除了《乱世》，第一人称的"我"是黄孝阳难以摆脱的叙述主体，我们不妨在此体验一下《人间世》中的典型例子：

> 李万铭案发后，一九五五年七月，公安部长罗瑞卿向艺术家们发出倡议，希望文艺界里出来一个中国的果戈理，也写一部《钦差大臣》，对一些部门存在的官僚主义和不良的作风进行讽刺。老舍先生随即以李万铭为原型，于一九五六年创作了五幕话剧《西望长安》，轰动全国。我那时小，在母亲怀里吃奶。后来也未有机会欣赏这部由著名的舞台表演艺术家于村、金山、吴雪主演的话剧。
>
> 二〇〇七年二月，我在北京保利剧院观看了由娄乃鸣导演、葛优主演的话剧《西望长安》。

娄乃鸣说："老舍剧本里写的是一个骗子，但他把大伙全能骗了其实就是一个表演大师。"坦率地说，我对该剧的感觉并不大好，感觉是春晚小品。有血有肉的人物变成道具……前半段混乱，后半段冗长。那些有关于长灵魂的词语并未登上舞台。它们浮现于观众的脸庞上，在一张张口鼻之间悄无声息地挣扎。平缓上升呈扇型展开的观众席如同一条隐秘又壮阔的影像之河，在穹形的剧院下方发出神秘的回响。他们为舞台提供一面自我观照的镜子。我望着他们，打量着那些从他们内心深处浮出的默默的词语，感觉身体在缓缓下沉，意识到自己脚底下出现一个看不见的深渊。我屏住呼吸，在幽暗下坠的空间内中想象着那个取得令人炫目的表演成功的李万铭的心情。

这应当是黄孝阳典型的叙述方式：不受时空局限、视点始终是跳跃且开放的，放荡不羁的文本、具有实验性的超文本随意放肆，随之而来的是晦涩和扑朔迷离，被表现的意思是词或表现符号的一种暂时对立物，展示的总是变化莫测，隐显之间，语言成了一种摆脱不了的偏爱。黄孝阳第一人称"我"又类似于巴赫金推崇的"独白"，"独白"舍我其谁，"独白"佯装成终极话语。以上的例子之所以典型，那是因为此类方式，在黄孝阳的长篇叙事中是再普通不过的东西，比之过分的段落随处可见。十年过去了，此等作派从来都是有过之而无不及。

四

如果说，个人成长的"自传体"和社会变化的"编年史"相叠加是《人间世》的主文本，那么，关于"榉城"的叙述则是与之交相辉映的亚文本或副文本。"榉城人的数目不多，也可能是二百零一个。他们生活在森林与沼泽的交界处，额头很低，皮肤是绿色的，眼珠子是蓝色的，大海深处的那种蓝。"这里或许是虚幻的存在，或许是遥远的过去，是终极也是原型，是鬼魂抑或是"雕塑"，"更多的旅人相继来到榉城，不乏艺术家、哲学家、医生、教徒、麻风病患者、商人、政客。他们马上在雕塑群中看到了灵感、死亡的意义，完美的解剖标本，将在未来复活的肉身、神迹、庞大的财富、可怖的权势。他们的目光不约而同地集中于巫师往死者身上涂抹的药膏。几个月后，巫师被人逮入石牢、被拷打，并逐一失去他的左眼、右手、两条腿与生殖器。第七天，奄奄一息的巫师用仅剩的舌头交代了药膏的藏匿处，就咽了气。可他残缺的尸体在众目睽睽下慢慢地变成了一座不可被损坏的雕塑。"椰城使石膏化为血肉，异想天开地谈天说地。追根溯源，它们又是空洞的符号流，在解构的意味中，却又以不甘的执著冲动地流淌。正副文本的交替运行，作者以一种大胆的叙述混搭，纠结于个体世俗善恶和群体盲目之"乱伦"，其中掺杂着人性难测的惊悚与形而上的沉思。这可真是一次成败未卜的冒险创意。要撰写清楚明白的原因与集体无意识的原欲绝非易事，要赞美面具的诗学和揭示真相的艺术和平共处也不是胡乱摆弄就能对付的。现世不过像一件披在身上的"斗篷"随时可以扔掉，"命运"却注定这斗篷将变成一只"铁笼"。

议论性释义在黄孝阳的小说中犹如一种超文本的东西。它来去自如，防不胜防，消失也在不经意之间。不遵循秩序规则是其特性。《人间世》议论到"门"时说："门，掩藏在它内部的事物，给人提供想象。偶尔，它打开自己，让想象成为现实，让我们理解现实与想象之间的差距。"此处的言谈关注的是"门"的功用和可能性，于是"门"和窗与墙就有了一番比较。我关心的则是"门"的不同形式和种类。取题"三扇门"指的是前门、后门和侧门，关乎的是进进出出的结构关系。就像称谓上的我你他，也像文体上的文本、副文本和超文本。如果把文本看作是相对独立的房屋的话，那么前门便是其脸面和招牌，由正门而登堂入室，便是顺其秩序的进入；后门则并不明目张胆，走后门就是一种不便张扬的进出，而且之所以称之为后门，那是因为它对应着前门，无前便无后。相比之下，旁门就不那么正规了，独立之院落均有边门和侧门，不那么独立的也可演绎出更多的进出方法，所谓破窗而入翻墙而出，更具破坏性和隐蔽性的便有地下通道等等，旁门左道也，它花样迭出不拘一格。我称旁门为超文本，它无所顾忌，不守顺序，或建构或解构均视情形而定。旁门好出奇制胜，奢望蝴蝶效应。

《人间世》体现了黄孝阳"三扇门"的结构性诗学。十年后问世的《人间值得》更是印证了这一点。一个人的叙述模式总是沉淀在内心深处不会轻易离去，随着时间的推移，它会以一种更加绚烂的姿态出现，即使是变形也难离其宗。

五

黄孝阳是崇尚自我原创、个体性优生论的。但在存在的最深也最真实的层次上，自我也难以排斥一种模式的类型，那是一种与生俱来的方式。但当一种模式不断重复时，自我便会产生一种抗体和生厌的情绪。问题是，那种仅仅满足换一种口味的排斥能否摆脱深层的结构就难说了。面对层出不穷而又无处不在的叙述模式或类型，我们既可以将个性化创造性看作是必然的抵御，也可以看作是无法回避的焦虑。如同面对现实无所不在的恐怖，我们既可以将虚构看作是英雄主义的回避，也可以看作是无奈而懦弱的谎言；既可以是人文主义的投射，也可以视作逃避主义缺乏勇气面对事实所生发的幻想。难以抉择的诗学双重性曾经激发和催生了自我意识与假想的话语，成就了诸如史蒂文斯那样的伟大诗人。

弗兰克·伦特里奇亚在其《新批评之后》中雄辩地指出："想象对世界的否定还是得到了萨特的充分肯定，因为这种行为能够将现实设想为一个合成的世界，证明我们可以不受现实的制约，并可以在自在之外鸟瞰现实。站在虚无的角度观察和感觉本身就是一种自由的'超越'，因为如果意识不是自由的，这种超越就不会发生。因此将世界设想为世界或者'否定'这个世界成了同一件事情。否定的结果，制造不真实的结果就是意识可以从'在世'中暂时脱离出来……这对想象来说是必需的条件。因此正如康德和他众多的追随者所想，正是想象使我们超越了日常，'使我们从现实、我们的忧虑、我们的无聊……以及我们俗世的局限中解脱出来'。正是想象使我们从现实的'倾轧'和'碾碎'中解救了出来……"[2]

"三扇门"既是一种模式又是一种创造,既是一种秩序又是一种超越,它告诉我们,认知和想象世界的途径是多种多样的,但隐藏于深层次的结构又是难以摆脱的。意识总是从矛盾和对立中醒来,人的精神活动更多地得益于他的敌人而不是他的朋友。

2015年黄孝阳在《钟山》杂志发表了《众生·设计师》(发表时题为《众生》),在这个篇幅不长却极为重要的作品中,叙事与元叙事分庭抗礼、互为阐释。佯装真实的叙事,号称只有鬼魂才知道的事实,需要跨越彼岸才知晓的真相,回到叙事自身性的虚构,这恐怕也不是"设计"两字所能应付的。家事、单位事、国家天下事到"从月亮望地球,从太阳望地球";从灵魂的视角到人们对社交和知识的需求,从"图书馆"意识到人类集体的无意识等等,古怪和异质均是叙事者的诉求。"宁强说得不错,人都有病,病得千奇百怪,治病的法门也稀奇古怪。"小说中,叙事者自评:"我们这个作者的主旨就在于通过建构彼世界系统,找出一个多重维度意义上的叙事结构,来呈现出人性的理性与非理性,找到它的总和,据此剖析出隐藏在云谲波诡之人性后面那个可能存在的、真实不虚的规律，从而为智能人5.0版本的升级提供一个可靠的情感模块。"这是典型的黄孝阳式的言说，包括其一度引发众多议论的"量子文学观"在内。科学发展究竟是否能够图解人性之复杂情感之曲折，这可另说，但作为一种探索无可厚非。

《众生·设计师》全书分成两部分，讲故事与释故事分处两个时代。开头令人着迷，看得出叙事者也颇兴奋。"我的死是一个意外。当我忧心忡忡地离开办公室，准备赶去向集团领导汇报工作，一只灰鸽落在窗前锈迹斑斑的铁栏杆上。""当指尖触及灰色羽翼时，我发现它就是我魂灵里的一部分。它可能是一个雌性。但荣格的原型里有一个非常重要的阿尼玛原型，指男性心灵中的女性形象，通常来说即是屌丝男人心中的女神图像，纳博科夫笔下的洛丽塔。"我们注意到，《众生·设计师》叙述"我"的离世和《众生：迷宫》叙述"我"的来世一样，作者追逐"灵魂"叙述的步伐从未停止。灵魂相对肉身而言，就如同那永远带不走的一缕颜色，因为太遥远而无法展示、无法触摸；过于细腻而无从诉说、难以理解。圣人拉扯灵魂，罪人则攀附肉身。当议论完"家鸽"和"野鸽"的不同后，"他爱上这具肉身，以至于完全不在意这具肉体里住着一个怎样的灵魂。""时代变了，女性从未像今天这样勇于发现自己的天性……在这种天性面前，母性与妻性退居其次。'何小婉'两年后的冬天，吃掉兜里的安眠药，又往兜里塞了几块石头，纵身入水。她的死有点像伍尔芙，皆根源于自我憎恨与自我放逐。"就这样，跳跃、奔放、谈天说地追逐一种诗意的叙事，无所顾忌，哪怕拖泥带水也要来点知识性联想和文化符号的嵌入。诸如什么霍桑小说的开头、《一代宗师》里的台词、《教室别恋》之类的影片、毕加索的《梦》、桑塔格的《疾病的隐喻》、日本电视剧《血疑》、方方的小说、余华的《许三观卖血记》乃至崇祯版的《金瓶梅》和中国人绘的《清明上河图》……

六

纵览黄孝阳的六部长篇，我们不难发现作者是重荣格而轻弗洛伊德的。但崇尚科学的黄孝阳是否发现，根据弗洛伊德的观点，宗教应该也可以为科学所取代，而对荣格来说，这绝对是不可能的。人一直都需要，并继续需要某种赖以生存的宗教或是神话。如果这样的话，那结果必定会存在关于上帝本身的"实际的意象"和"心理倾向"，它们仍是人先天所具有的。我们也知道，作者之所以青睐荣格，自然与女性有关，女性之于黄孝阳小说的重要性在《人间值得》表现得尤为淋漓尽致。在荣格的《回忆·梦·思考》的术语表中曾引用:"阿尼姆斯和阿尼玛行使像桥或门一样的功能,带领意象进入集体无意识,就像人格面具是通往外在世界的桥一样。"而阿尼姆斯和阿尼玛的功能是与心灵深处建立连接。男女两性都在他们的无意识中保留着"对方性别的特性"。"每个男人心中,"荣格写道,"都有女人永久的意象出现,这并不是指这个或那个特定的女人,而是指作为整体的女人意象,这个意象本质上是无意识的,是原始时代就已有的遗传因素留传在男人生理器官上的一种痕迹,或者说,打上女人所有印记……原型……"[3]

荣格心理学有时候被称作"深度心理学",或者是"情结心理学"。值得注意的是荣格和弗洛伊德都说无意识,但两者之间并不具有相同的作用,也不具有相同的特征。简单地说,弗洛伊德的无意识就是"不是意识的"。它由那些被压抑之物构成,也就是说,由通过意识的禁止和检查,那些被排除在意识之外的东西构成。夸张一点来说,无意识就是意识的"垃圾桶"。而对于荣格则完全相反,无意识是永不枯竭的内容之源。它具有创造性,它是一种预见,并且,正是它创造了意识。荣格说:"无意识是意识之母。"更为重要的,对荣格来说,存在着两种层面的无意识：一种是个体层面的无意识，另一种是集体层面的无意识。

"我的一生都是关于无意识的故事。"这是荣格自传的开场白。荣格接着说："无意识中的所有都在寻找外在的表现，（我们的）人格也是如此，渴望从无意识中成长起来并作为一个整体来体验自身。"这道出了荣格之所以成为荣格的奥秘。对荣格来说，至关重要的并不是我们能否压抑自己的欲望，而是要去发现那些在我们身上还没有诞生的东西。因此，对过去的回忆并不居于首位。在我们每个人身上，有些东西沉睡着，而重要的是让这些东西"出现"！为了与它们相遇，我们必须向自己的内心深处和无意识的地层深处进发。之所以在这里唠叨这些，是想表明，黄孝阳小说更多地表现出对荣格的知识兴趣而不是叙事意识。事实也证明，要弄懂荣格没那么容易，何况大多数自认为荣格主义者的人都未意识到荣格的思想随着岁月的推移曾有过巨大的改变。

小说最根本的审美特征之一是守望世俗。在这一点上，想要逃避弗洛伊德也难。不同于其他理论家，荣格不关心诸如父母子女一类的社会关系，而是关注个体心理的发展，强调内在的成长。但弗洛伊德则不同，他的理论强调外在的成长——个体怎样和其他发展关系。反观黄孝阳小说中的个人成长，又有谁能离得开家庭和社会关系，即便是那个没有血缘关系的继父，也因为其地位而影响着"我"的求学工作和升迁。还有那个紧扣时代变迁的个人成长，中国式官场的潜规则，欲望沉浮和男女生计等，都不是荣格主义所能阐释的。

七

在某些地方信奉荣格主义，有意识地去接近"母亲"这一深不可测的神秘根源，也是所有开始和所有结束的寂静根基；而在更多的地方不可避免地我们都在追随弗洛伊德式的压抑、欲望、死亡驱动和关系原则。黄孝阳的叙事就是在一种矛盾和冲突中铺陈。就像那个五十年前，梨桥县无人不知的李秋霞一样，她是一个谜一样的人物，前后不一，表里相冲，有些事实真相，"恐怕也只有我这个鬼魂知晓"。人性的难解和善恶的游移有时真让人不知所措。在我们这个时代，自然虔诚必须经受强权的诱惑。自然科学尽管有益，但也呈现出可怕的全景：基因是糟糕的利己主义者，只想传递自己的遗传信息，不管花什么代价。还有动物界凶残的伤害：猴群互相间进行真正的战争，狮群新的头领在幼狮中大开杀戒，蚂蚁群互相灭绝对方。

黄孝阳关于众生的"设计"和"迷宫",使我们想起歌德《浮士德》中的梅菲斯特,他几乎就像一位现代人类学家进行论证:人是怪僻的生物,他身上有太多的天堂,不能完全变成世俗;又有太多的世界,不能完全变得神圣。他的世界联系是成问题的,他无处真正为家。梅菲斯特想引诱人们入世,答应一种没有干扰人的形而上学的剩余的、彻彻底底的入世。他去拜访浮士德,后者正对自己形而上学的要求感到绝望。针对这种绝望,梅菲斯特推荐通常的欢乐。浮士德和梅菲斯特是一对矛盾体,被歌德联系为一体,认为这是一个人的集体名词,由同样姓名的多人组成。浮士德道出了这种矛盾的统一:"我心中活着,啊!两个灵魂,／一个想同另一个分离;／一个以粗俗的爱的欲望,／用以攀附的器官,抓住世界;／另一个奋力挣脱尘俗,／来到崇高先辈们的原野。"

回到黄孝阳小说难以摆脱的"我"。自身叙事或许会把握住一些关于我们是谁的重要东西,但他们能够抓住自身的全部复杂性吗?将我们的自身性削减为那些可被叙述之物,这是否合理?为了形成一个自身叙事,我们必须做得更多,而不只是简单地回忆和复核某些生活事件。人们必须同时反思性考虑这些事件,并且对它们的意义加以权衡以决定它们如何结合在一起。说话的方式也许是重塑自我的工具，是自我处理与外部世界交往的工具。我们渐渐地明白了，那些被认为是"真实"的东西，作为"实在"接受的东西，其实是由人们谈论它的方式决定的。第一人称的"我"始终是悖谬的自我困局，难以摆脱的矛盾体，无论是指涉性和自身性皆无例外。这也是为什么说任何小说，其中都有两种声音在诉说，有两支笔在写作。在有些段落，一种声音会比另一种声音显得更为强烈，而在另一些段落里则相反，就好像身体与遮掩身体的衣服之间。例如，"我不清楚我为什么知道这些。我清楚这种'知道'短暂且有限，也没有意义。众生犹如游乐场的孩童，天真又愚蠢。这不是什么了不起的发现，甚至谈不上是发现，不过是一个心照不宣而视而不见的事实"（《众生·设计师》）。又如，"我看见了。像看见水面下的游鱼。一只，两只，三只……脊背青里，鱼鳞上闪着微光。还有很多鱼在水的深处，那是我看不见的，那不重要"（《众生·设计师》）；"他是男人，要像一个男人那样去战斗。他选择去兜售思想，剖析自身失败的内因与外因。他的讲座大受欢迎。这个出身草根没读几年书的浓眉男人，短短数年，转身成为诸商学院争相邀请的金牌讲师"（《众生·设计师》）……这个言说中的"我"都干了什么：介绍、议论、思考、所见所闻、转述、自言自语甚至发飙等等。还有在《人间值得》，由我陈述那个叫张三的"我"更是变本加厉。像"自我介绍一下。我叫张三，不少人叫我老大，少数人叫我'三哥'"；"这是可耻的，我是张三，我目前还算是这个城市隐秘秩序的半个主宰。我必须是狼王。我可不希望我头上长出一只能被人割去当壮阳药服用的犀牛角。江中行舟，不进则退。这道理我懂。所以，我必须长嗥……"

我们逐步地明白了，我们中的任何一个人都是以"我们"，而不是以"我"而存在，正如我们在生活中受到诱惑，草率地封闭我们的声音一样，为了使事情简单化，为统治世界，作者都普遍地体验了一种无法抵挡的诱惑，将独白性的统一强加于他的作品。黄孝阳的叙述简直就是一首有着桀骜野心的诗，毫无节制地言说，想干什么就干什么。不管这一切是令人沮丧还是招人喜欢。有时候，它更像是一条囫囵吞食自己尾巴的蛇，总是游戏嘲讽般、半严肃半开玩笑地试图回到那貌似天真的时代。

八

对莱昂内尔·特里林来说，道德现实主义并非指对道德本身的意识，而是对道德生活的矛盾、悖论以及危险所产生的意识。霍桑曾全身心地投入对道德问题的处理中去，以便理解无法解决的善恶交织状态以及道德行为的危险性。福斯特认为，自己的特征之一就在于自己"所知道的不是有关善与恶的知识，而是有关善—恶共生状况的知识"。左拉的《娜娜》一味追逐真正赤裸的身体，即真正物质的东西，这是徒劳的，因为它剥光了女人的衣服，不过我们还是被限制在半遮半掩的语言里。裸体是文化而露体则是自然。《人间值得》讲述了张三和七个女人的故事。这是否有点过分？但它终究行使的是虚构的权力，喜欢数字文化的黄孝阳是自由的。有人认为："这世上有很多尺度，大小不一。唯有钱，才是衡量世间万物唯一的尺度。可量化的，且精确到元角分。人在这个尺度下，无不原形毕露。"只能是反映"存在论"视线中那"阴森森的真实之光"，才能告诉我们，阿多诺曾说过的那句话，"一切物化都是忘却。"张三的人生告诉我们，我们有时候只能是那个跟随在真诚的堂吉诃德身后的真实的桑丘。这个真实的伴侣没有任何戏剧成分，他懂得生命的寻常坚硬，懂得常态的生活是甘苦杂陈，祸福相依，错对交织。

遵循道德现实主义就是不能将善视为独立存在的东西，我们不能因某种能量而无视另一种能量的存在。正如特里林告诫的那样，唯有出现了社会需要我们扮演的"角色"之后，个体真诚与否才会成为一个值得追问的问题。我们所要忠实的自我究竟是什么？它在何处藏身？它是随着社会的变化、文化的熏陶、制度的规训、自身努力的改变而不断变化呢，还是具有某种生命的坚硬性？如何避免我们出生时乃是原创，死的时候成了拷贝？这些问题都是黄孝阳长篇小说不断思考追索的问题。特别是《人间值得》，通过张三这个人物的自我审视和自我拷问，塑造了一个集善与恶、高傲与卑鄙、才智和愚蠢的混合体。这个分裂、混乱、自我嘲讽的形象是他所生活于其中的装腔作势、疯狂扭曲人性的社会的牺牲品，他的存在，他的成功与失败均是对社会伪善的抨击。

"我是一个满脑子荷尔蒙的退伍兵，小瘪三，阴沟里的泥鳅，连当地痞流氓都没有资格。""我是王八蛋，是狗尿。我是邪恶的。我知道。我早在娘胎就知道了。""我很伤感。人的生活就是这样，充满了他所不知的种种痛、裂缝、欺骗与自我欺骗。""我的精神已是花场老手，我的肉体还是处男。这种煎熬让我闷闷不乐，对整个世界都充满着仇恨。""在这个混沌体系里，一个人的恶，连'无足轻重'也不是，根本可以忽略不计。""我身体里有怪兽的，我与体内这只怪兽彼此豢养。""人在阴影里流连忘返，磕下等身长头。浑然不知这些'局部'不过是一群来自深渊的异兽，它们因人的目光得以凝形显现，被众生顶礼膜拜，又以这种无足无羽生物为食……"在张三长长的人生中充斥着这种自我怨怼、不满埋怨，责备甚至仇视、诅咒和鞭挞。它们是忏悔吗？又不像。它们是对荣格主义关于阴影和深渊的追溯？也不完全是。张三，这个为这座城市提供冰冷且无人性的水泥的老板，把抒情推向极致，然后又对之冷嘲热讽。重要的是，这一切皆因反讽的介入而五味杂陈。地狱就像象征派诗人笔下的空白页面一样，是语言所不能及的地方。它代表了那些十分真实之物的不解之面。那些纯然自我之物，不小心从语言之网中滑脱了出来，再也无法被提及。而心中的怪兽则和肉身如影随形，是一种摸不透的冲动，盲目的欲望，无意识的存在。《人间值得》致力于撕下面具的倾向，直面善—恶共存的深渊和现实。前者追寻人类共同的"遗产"。神话中最为神话的就是雌雄同体的传说，一元的雌雄双修通过分裂变成了二元存在，神话中的人类史的起源几乎就是这么开始的。我们能否在小说美学的领地中完成此课题，如同米尔恰·伊利亚德所说"人类学的根本命题是神圣又色情"的命题。关键还是后者，面对现实：关于记忆的记忆、展望未来的当下。试图二者兼顾、大开大合、大小通吃，到头来让我们时有顾此失彼之感，阅读中不知所措的情况是经常发生的。

九

阅读性批评最大的困惑在于，你不能无视对象文本的存在。你可以在远处观望，也可以进入其中探询。你可以而且也不可避免地带着你的视域，但你又不能无视叙事者的视线。你可以从不同的角度进行审视，但关于视角的视角又无法丢弃。你可以从不同的门进入，但前后门和旁门的秩序性结构依然无法撼动。要想完全彻底地灭掉指涉对象不太容易，因为否定它时便是在谈论它，于是对象的指涉成为不可或缺的条件。

《旅人书》让词条充当"主体"，有将后门当前门的嫌疑。"亚文本"升帐，让阅读坠入云里雾里，难读和难懂成了其获罪的证词。加上《众生：迷宫》，到处是未被结构的碎片，刻意被阉割的叙事，随意冒出的议论，互不相干的画面，提升为抽象化和普遍化的意象，随处可遇先锋派旧梦的重温。你稍不留意，重大线索便会从指尖溜走；你一不留神，结构组织的线索便会消失，迷宫依然是迷宫，碎片仍是碎片。尽管小说最后有缝缝补补的提示，但为时已晚。此类作品提供的是"门"的幻觉，错将此门当那门，进出自然是方便了，错觉依然存在。

"迷宫"的设计最终并不在于让人摸不着头脑，而是人类深陷两难处境的难以自拔。我们今天将语言视为一套人造的符号，将历史视为仅仅是过去的事件，其原因在于，我们毫无疑义地将一种非历史的人类主体当作一切事物的根源和参照点，从而尽管我们用了"客观性"一词，而借以确定方位的中心却仍然是主体性。当人类主体性成为诉诸的最终标准时，人除了更为全面地控制他的世界中的"客体"之外，别无选择。在罗森茨维格看来，"历史就其本质而言是未完成的。这不仅仅是由于生命与死亡的时刻不断地交替，而且首先缘于每个时刻均由两种敌对倾向之间的张力所组成。这便是生命的最终胜利始终不能得到确定的原因；同样，没有任何东西能保证人类的历史以善的最终胜利而告终。的确，这是铭刻在人类所有基础上的希望；然而这希望的实现却不可避免地、日复一日地被推迟，好比当我们渐渐地接近地平线时，它却永远地远离我们而去一样。"[4]

与永远无法接近的地平线相对的是救赎，与前者不同，后者的突然出现与我们期待的内容相背离，呈现出一种不可预见性的事物。强调否定性，尊重经验，始于对自我的漫长且深邃的思考。真正有经验的人，他拥有智慧而不只是知识，他懂得一切期望的长度和限度。经验教给他的，不是储存的诸多事实，以便他下次能够解决相同的问题，而是如何预料之外的事，如何向新的经验开放。黄孝阳笔下的"父亲"总是处在被贬的地位，不管是生父还是继父。独独《众生：迷宫》不同，这是以父亲的名义进行的一次自我救赎，给我留下了难忘的印象。在这座由"父亲"所建的迷宫中，"我能找得出父亲所留下的这些词语的痕迹。有些是发生过的事实；有些是还没有发生的，但必定要发生的；有些是在某个人内心深处盘旋的寓言与隐喻；有些则发生在某个人大脑深处的梦里；还有一些既是事实又是潜意识。""我猜不透父亲葫芦里卖的啥药，又隐隐约约觉察到一些东西就隐藏其中。"

故事已被打碎，或许还有另一种抽样排列或索引的秩序，《旅人书》与《众生：迷宫》虽有所不同，但其互文性是明显的。就提升"词语"的叙事地位所做的探索这一点上是一致的，不同的仅是手段而已。"我的目光随机望到的词语（馈赠）是一个非典型的阿尼姆原形的故事。（路人甲）是一个英雄原型。（骗子）与（挚爱）是人格面具。""作为男人母亲情结的（归零），表现性爱对象的（司汤达综合征），展示爱恋中神性的（拯救），以及象征性内在创造源泉的（雕塑）。"整个就是一副塔罗牌的解读。叙事者顽固地坚持："能否把这些词语，视作 DNA 的碱基；所谓故事只是这些词语在某时某刻某处的一次随机排列,一次由概率支配的 DNA 结构的呈现,并据此构成芸芸众生?""或者说,这些词语是由荣格所提及的原型,是潜藏在我的心灵最深处,由数千年光阴沉淀下来的,那些与无数逝者灵魂有关的若干个具有某种倾向的密码。它帮助我们理解人这种物种的奥秘,人与他者的关系。"老实说,我佩服作者的勇气和探索精神,一种绝对的出发点和叙事观,但我的疑虑无法去除。把无限延伸的地平线落实于词语,把无法言说的深层无意识归于词语的表达,最终也只能是无法言说的言说,不可言说的言说。

十

就文学而言,"恶"的问题确实难缠。对上帝来说,邪恶堪称最为关键的问题。对于千百年来无数的人而言,邪恶在崇信及信仰上帝方面都是行与思的最大障碍。面对如此众多的痛苦、腐化和邪恶,一位创造并维持着这个世界的慈爱的上帝仍义无反顾地为了一切受选者在世界上保持积极的态度,这在道德上不仅让人难以置信,甚至让人觉得荒谬。邪恶问题不只属于上帝的信仰者,它也是任何哲学体系或世界观的基本问题。在黄孝阳小说中经常开列的书单上,有一本《恶——或者自由的戏剧》,作者吕迪格尔·萨弗朗斯基在书中一开首就写道:"为了理解恶,人们无须烦劳魔鬼。恶属于人类自由的戏剧。它是自由的代价。人未与自然融为一体,如尼采所说,'人是尚未定型的动物'。意识让人坠入时间:坠入逼迫他的过去;坠入自行消逝的现在;坠入能成为威胁背景和唤醒忧虑的将来。倘若意识仅仅是意识的存在,那么一切就简单得多。可它挣脱自身,给可能性的一条地平线让开通道。意识能超然存在于已有的现实之外,而又发现一种令人头晕目眩的虚无或一个上帝,在其身上一切归于安宁。它将无法摆脱这种怀疑,怀疑这种虚无和上帝也许是同一者。无论如何,一个口说'不'字和了解虚无经验的生物,也会选择毁灭的道路。就人的此种尴尬境况,哲学传统谈论一种'存在的匮乏'。宗教大概也是源自对这种匮乏的经验……对此格尔奥尔格·毕希纳说,'我们缺少一种我们不知其名的东西。可是既然这东西在五脏六腑里根本找不出来,为什么我们还要彼此剖开我们的肉身?'"[5]黄孝阳的长篇叙事步步逼视"恶"的存在,以自我反省及惩罚的手段和方法,开通的却是一种结构性存在:"个人无法为由之而来的罪恶直接负责,但却以复杂的方式被牵连其中。"他的小说提醒记忆,过去无法回避;同时他也审视当下的变化,提醒我们:人类已经集体性地对无人能够控制的种种一发而不可收拾的力量负有责任，包括势不可挡的技术、无法收敛的气候变化、难以预料无法阻挡地制造各种文化的信息体系和媒体。我们依然生活于困顿难断之中：对经济繁荣的良心追逐与唯利是图的这条"底线"之间，踏下哪一步是越了界呢？饥渴的想象真是难以追赶"恶"之隐性的步伐。

1980年代，让·鲍德里亚就提醒我们："而真正的问题，仅有的问题，就是'恶'去了哪里，答案是：恶无处不在，因为恶的各种现代形式可以无止境地畸变。这个社会，推广预防、消除它与自然各种关联，漂白暴力，消灭所有病菌和受诅咒的部分；整容改变否定因素，它所关心的只剩下如何去精细管治，去讲述'善'。在这个不可能再谈'恶'的社会里，恶变形了，融入各种病毒性和恐怖主义的形式来纠缠我们。"[6]

作为文学形象典型的张三，他既有邪恶的一面，又有试图认知揭示邪恶的一面；他既是自闭的主体，又是"我思"的幽灵。在言语化身的诗学将其呈现于戏剧舞台之前，他的心中就住着两个灵魂。膨胀之心使张三对一切都置若罔闻，他被书写文字的自由所涵盖的诗学法则支撑，他崇拜女性，以绝对抒情之手段为她们翻案：从低贱中发现高贵，从污浊中提升纯洁。这种被书写的书面文字动摇了言语，影响了叙述，影响了承载言语的躯体，以及言语所描绘的对象之间的合理与不合理的分配。所有这一切，只有通过滑稽的模仿，自我的审视和分裂，伴随着"化身"的原则，"影子"的行踪，以及与再现原则所对立的成为肉身的言语原则，"破坏"才产生作用。

"我给刘启明的书稿里讲述的都是这样或那样的故事。我不知道我为什么写下它们。这些句子像一个放浪形骸的人，一个随时都要把自己扔进垃圾场里的人。书写这些句子的人到底想说什么？"除了张三和七个女人的故事，还有诸如奶奶的人生，一贯的对父亲的爱恨情仇，政府院中疯老头的轶事，我和胖警察的传说，父亲的官场生涯，刘启明的诗意，孙大可的行为艺术，废物男的赌途，与我同桌数载余招福的命运等，还包括疯子棋篓子，怠懒年轻人，母亲之死父亲之罪。

《人间值得》野心了得，试图穷尽人性的曲折离奇，掏空欲望的无穷沟壑，如同垄断这座城水泥供应一直到吞食天下人的"庞氏骗局"。"人性是贪婪的，人性是好逸恶劳、渴望不劳而获的，基于此两个基本性设计出来的庞氏骗局永远不会消失，人类在，它必定在，区别只在于包装手法营销噱头，以及那些与时俱进的概念与名词罢了。关键不在于这个体系的建立与运营，而在于善后，在于大厦将倾时能否以一个最优雅的姿势抽身而退。"随着骗局的实施,张三和其最后的女人朱旋攀上了贪婪之巅,也同时坠入了那无底的深渊。黄孝阳在"后记"中自我总结道:"这部小说是恶棍的成长,是一个自我认识的焦虑史。"

十一

"自我认识的焦虑史"昭示了:生命在表达自己时,又如何将自己对象化,而生命在对象化自己时,又如何阐释那些能够让另一个超越其历史意识的历史存在者去复述和理解。一个存在者的生存就是对存在的理解。虚构主义内部存在的矛盾就是虚构最大的长处。虚构要将事物的真相找出,并随着意义的要求的变化而变化。它有时并不遵循前后门的规则,并时时利用"旁门"的视野而随意移动自己。虚构主义者愿意将活着的留给外人,但不会因为自己拥有鲜活的事物而尊重自己。这种姿态或可称之为存在主义美学,对萨特来说,也许罪恶美学更恰如其分。在一个驻足"冥想",拒绝"实践"的"仿佛"世界里,在一个很难逃过各种假象的世界中,自我意识的地位是举足轻重的。自我意识的焦虑不仅在于它既在虚构与现实间架起了"冥想"的桥梁,而且更是幻象和存在这种内在矛盾的最佳例证，它深陷其中而无法自拔的困顿给了文学以一线生机。

"我的身体里有龙。龙是什么？是怪兽。"这是作者书写《人间值得》的主旨，是对人性恶的认知。特里·伊格尔顿在其《论邪恶》一书中讲得更清晰："对我们来说，绝对的知识就是彻底的蒙昧。那些试图跨越他们的有限性境况，看得更远的人，最终只能两手空空。那些渴望成为上帝的，比如亚当和夏娃，最终毁灭了自己，变得比野兽不堪——他们时刻被性的原罪所折磨，甚至还需要借助一片无花果叶来遮掩自己罪恶的身体。尽管如此，这种恶仍旧是我们的本性的一个根本部分。这对我们理解的动物性来说是一种永恒的可能性。"伊格尔顿继续论述道："我们或他人在过去自由所为的事情，最终有可能融合成一个不知其始作俑者的含混不清的过程，而后突然变成一个命运之难解力呈现在我们面前。在这个意义上，我们其实是自己的造物。因此，一种不可避免的自我疏离必然内嵌于我们自身的状况之中。阿德里安·莱韦尔金在托马斯·曼的小说《浮士德》中发现，'自由'永远臣服于辩证法的逆转。这就是为什么，在传统意义上，原罪总是和某种自由的行为（例如吃下禁果）相连，尽管在那个时候，我们并没有特意选择一种状况，并且这根本就不是任何人的错。这是

'罪恶'的，是因为它本身就包含了罪行和伤害。但是，这种'罪'并不是有意为之的。比如浮士德的欲望。在某种程度上来说，并非一种有意的行为，而更多的是一种我们生来所共有的东西。"[7]

和大多数小说家有所不同，黄孝阳自有一套文学理论，他高举"科学主义"的大旗，大谈熵的法则和量子文学观。"众所周知，熵的法则是能量保存法则的一种变态。""为了解释其他生活领域——社会的、经济文化的领域，援引熵的法则已经足够具有提示性。哪里有社会，哪里就有社会的热带丛林，音乐变成噪声，思想变成闲话。人会变成泥土，而宇宙变形为它自身的废热。此外，熵的法则也是某种落体定律：世界是堕落的一切，因为它从复杂结构的高处重新落到伟大的简单。"还是萨弗朗斯基的言谈，他继续说："熵的理论自然不谈论'恶'，但它——此外也如同混沌理论——也进入关于恶的阈的意识的讨论，在那里古老的恐惧和不安重新进入话题。这些恐惧和不安牵涉到戏剧性地超越个人生命期限的事件。一如人们在同生态问题打交道时每天都能发觉的那样，现代文明已经庇护了最终消费者的行为。那么为什么宇宙的熵或者太阳的熄灭会特别令人不安？"[8]

关于"量子文学观"，我以为无非是一种借用的说法。黄孝阳的那篇《我对天空的感觉》，说到底，讨论的还是不同于传统的时空观，如同"混沌"一说乃是纯粹的隐喻，表明一个深渊正在开裂和张开大口，不必为它定位，也不必描述它的宽度和深度，它仅仅是诸种形式借以出现的模糊空间而已。记得1980年代，有同行大声疾呼提出关于"熵"的文学观，结果应者无几，至今也少有人提起。文学有文学的言辞，有些东西形象的说法也能解决问题。比如现代主义最为辉煌的1913年的最后几个小时，在维也纳圣司提反大教堂前的广场上，在教堂塔楼的巨钟敲响时，人们用一种更具现代意义、更时髦、更具自我意识的方式：把男人的帽子摘下来戴在女人头上，把女人的帽子戴在男人头上，来纪念新年的到来；又比如20世纪关于"自指"的陈述，一种形象的说法：并非始于理发店相对的镜子中无限后退的面孔，而是始于"理发师能否为自己理发"这个问题。

1947年至1948年，理查德·费曼和另外三个年轻的物理学家通过绕开考虑到原子的"自身能量"的旧方程所引起的无限性，建立了量子力学。20世纪中叶，德·弗里斯的基因被发现可以自我繁衍，不久后首次发现了逆转录酶病毒。电脑程序可以将递归循环植入循环中，但是出人意料地，它自身变成了一个循环。当20世纪刚开始时，庞加莱花了很长时间试图找出牛顿三个或三个以上相互吸引物体的方程的确切解决方法，但以失败告终。然而，人们最终发现，庞加莱的失败又转变为一种成功：诞生了一种新的递归和"敏感地依赖初始环境"的非牛顿数学，即混沌学，以及描述随机规则的"奇异吸引子"。以上这种经由科学的不断发现而陷入自指性悖谬并非局限于科学，文学艺术哲学也不例外。像作家开始描写写作本身，艺术家为艺术而艺术，而语言只描述语言本身。哲学家从维特根斯坦开始，逐渐理解哲学所相信的每一个普通的命题，都会通过自指危害自身——而这句话本身也同样如此。

写到这里，此时朋友圈都在转格非的那篇人物印象《吞下命运》，题目很吸引人，但仔细想想，包括文章中的一连串"吞下"，还是难逃自指性的法网。

十二

关于作品，黄孝阳有着太多的自我阐释和剖析。请看自我分析：我是一个很复杂的人。我说过一句话："对传统与现代性的分别阅读，对科学与文学的同时热爱，对儒释道乃至于基督教与伊斯兰教的好奇，这些不同的知识结构都在形成'我'，不同的'我'。它们在大多数时候互不兼容，会在我脑海里大打出手。我的写作动机究竟出自于哪一个'我'的意志，或者是哪些'我'大打出手的结果，我不能确信，我不是神，我也不想发出这种确凿无疑的声音——尽管它们能煽情，能在这个消费社会俘虏着许多颗迷茫的心灵，犹如口号，但它们是鲁莽与轻率的，我只是言说可能。"（第270页）[9]请听其对小说的理解："小说是什么？它有什么样的传统，是否已经耗尽了自己，沦为'被遗忘之物'？我们现在谈论小说，当抵制激情的诱惑（人基本上是激情的囚徒），摆脱傲慢的偏见与陈腐的经验陷阱，千万丈高空中审视这条苍茫的文字之河。"（第110、111页）"故事是热闹的市井生活，声音的广场，是形而下属于大多数；小说是孤独的天堂沉思，一个人的殿堂，是形而上。"（第112页）。"长篇小说就应该是对河流的完整呈现，不仅有河面上的滔浪排天，浪遏飞舟以及两岸猿声啼不住，还包括河底所有的秘密。"（第146页）

关于语词，作者反省道："我个人就偏好繁复。关键是，繁复要有生气，不能是词与物的堆积，不能弄成五光十色的垃圾场。或者可以这样表达：如果说简洁是一种力量，繁复无疑是一种艺术，缓慢又优雅，晦涩又绮丽，就像一滴石钟乳，从亿万万年的老岩层间渗出，此间也不知经历多少缠绵悱恻，终于夺造化之奇。"（第9、10页）黄孝阳关于语言的追求是明确的，自我评价大致也是对头的，而和简洁的对比有些牵强。需要补充的是，我之所以看重这一点，那是因为现今小说叙事，对此的追求太少了。

在伽达默尔看来，词是最纯粹的通知。它不是自然发出的痛苦或欢乐的声音。词以约定俗成为基础。对于词，我们永远只是进行商定。只有通过商定，词才成其为词，而且只有在语言的使用中才不断地获得生命力。简约也罢，繁复也罢，都是一种生命的礼赞。在雅克·朗西埃看来，凡事都有两面：印象是纯粹感受和被书写之间不可能的融合。结构是章节的平衡和象征符号的架设，是德鲁伊特的教堂和石子。于是，它是所有被呈现的文学的布景，或者是"诗中之诗"。问题还在于精神生活既不在内也不在外，它在写作中无处不存。它在门窗之间进进出出、四处游荡。它又是独一无二的隐喻，呈现出繁衍着打破惯例和信念束缚着的纯粹感知的"一"。隐喻肩负着双重职责。隐喻其实统治着秩序和混乱。"三扇门"也管不住它，它将遥远的客体放在一起，让掩藏在最深层的无法言说的东西起死回生。它无视四周之围墙，让建筑呈现出开放的姿态。

"繁复"和黄孝阳喜欢谈论的数字一样，它们都并不局限于具体意指的东西，它总是在昼的苍白和夜的漆黑之间游移来回，只有在暴露其矛盾和不协调，并把不协调的冲突变成作品建构的准则时，变成无限延伸繁殖的言谈之间，通过它们的分裂才能产生联系。大门紧闭的表象一旦敞开，"繁复"一旦进入其无穷的运动、无限否定的宿命，它才能到达其真正"简约"的彼岸。

十三

"世界有三个。一个是现实的，一个是想象的，另一个是实在的。"黄孝阳认为，"想象的世界是充满狂风暴雨、呓语、少女的情思，那座通体银白的通天之塔。"（第132页）最近，又在手机上读到黄孝阳的创作谈，他回顾道："写了二十年的小说，初心倒是大致记得，最早只是改变，渴望走出小县城，见识那个传说中的风暴大海，而写作所打开的，无疑是比日常现实要广袤阔大的存在，直接对接着人类群星灿烂时。接着，很多个接着……慢慢觉得写作是一个认识自我、摆脱自我的过程。"对黄孝阳来说，小县城既是故乡又是飞翔之地，他不喜欢大都市那张被科技主义与消费主义规训后的面庞，也弃绝"故乡沦陷之类的抒情与古典挽歌"。"中国有二千多个县城，它构成了一个正在发生变化的广袤现实,如同风暴。"

不止于此,写作者都有一张"盲目的嘴","盲目的嘴"不仅自己说话,而且还喋喋不休地谈论自己的"盲目"。语言是我们用来思想的东西,而不是把思想翻译成语言。"语言"这一概念本身的含义就是运用的符号。文学是一种言语,它使人听得出言说之外的东西。"因为只有谈论,我们才能看见头顶的星空,看见那一扇门。/所有的门,或有大小,皆是'方便'两字。/门是我们要进去的地方。/上帝说,羊的门。"在《文学有什么用》一文中,作者如是说。还是在《众生:迷宫》中,作者构筑了这样一个场景,那里一个男人出现在一个裸露出大块红壤的陌生小镇里。那里有男人女人、城堡国王、海水岛屿,还有飞翔的海鸟。作者感叹道:"如果把这些海鸟比喻成词语,那么我纵耗尽一生,也无法穷尽所有,找到那张由这亿万万只海鸟所共同构成的谜底。所有的词语都可以被随时的置换,就像这些鸟正在我们眼前干的一样。"

语言范式坚持世界总是通过语言来开启的观点,并且因此让行动中的人在语言中消失;主体范式则坚持人的行动是开启世界的力量的主张,认为语言只是其媒介。这两种范式没有一个是对的,也没有一个是错的,每一个都代表了一种看待世界的方式。但问题是,当有人试图让这两种范式并轨或共存,那结果又将如何呢?两种不同范式为争夺一个文本的主权而彼此缠斗,情形又将是如何呢?词语的主人与仆人之间不知所措的情况也是经常发生的,何况,文本中还拥有一种自救功能的可能性。当人们质疑文本内容时有回应的能力,并且希望在指引的灵魂中,能变成一颗鲜活的种子,最终能结出果实。黄孝阳的十年六部长篇小说,自有其一贯的不懈努力,也不时地反映出或左或右、左顾右盼的倾向与张力。

为了炼金术,荣格曾记下了自己在1926年所做的重要又经典的梦。在梦的结束部分,他穿过几道门来到了一座庄园,并走到了园子里。当他来到园子中间的时候,门突然关上了。一个农民从马车上跳下来,说:"我们现在被困在17世纪了。"荣格将这个梦和炼金术联系到一起,他已经在那个世纪中达到了高点,因此他认为自己应该从底部研究炼金术。最后,荣格将余生都奉献给了这个世界。我一直很怀疑这种"关上大门"的研究与小说有什么关系。再说,永远关上的大门与墙又有什么不同。门之所以为门,最终是要打开的,即便是本末倒置的文本,旁敲侧击的碎片组合,最终也得经虚拟想象的"重启大门"才行。比如《旅人书》,比如《众生·设计师》和《众生:迷宫》。

说到底，不管几扇门，都无法舍弃其"开"和"关"，"进"与"出"的功用，不然的话，书写与阅读都无从谈起。与功用问题相关联的便是：一个叙事者对自身为何的理解。"我是谁"不是可有可无的问题，也不是我们不探究它就不存在的问题。我以为，黄孝阳十年六部长篇基本上选择"我"的叙述方式，并非只是对一种选择题的回答，而是一种叙事上的"宿命"，一种冥冥之中的指使，是对"客观主义"的抗拒。所以，当《人间值得》进入最后阶段，当朱旋和张三的博弈进入白热化的阶段，"黑暗中，朱旋的双眸幽幽发亮。"发问道："为什么要用第三人称写这段事呢？这是你的亲身经历，为什么不老老实实，一笔一画，平铺直叙。这样或许会更具感染人的力量。解构、颠覆，或者纯粹是享受作为旁观者的恶趣味？又或者说，是故意通过对时间和空间的打碎，制造阅读障碍，以便让读者停留盘桓？"张三没有直接回答，而是借酒发挥，继续行使第一人称的"我"绕着圈子作答。

事实上，并不存在纯粹的第三人称视角，就像不存在任何毫无来源的观点那样。对这类纯粹的第三人称视角的存在抱有信念，即是屈从于一种"客观主义"的幻象。当然这并不意味着没有第三人称的视角。它是一种我们可以对世界持有的观点。它建立在第一人称视角之上，或者更确切地说，它产生于至少两个第一人称视角的相遇，即它牵涉到交互主体性。这也是茱莉娅·克里斯蒂娃秉持的观点。

十四

克里斯蒂娃继续分析："人的建构必然有异质成分的参与，包括语言，包括与不同文化的相遇。'我'的身上不断有'他'的存在，'我'的内心深处对'他'既好奇又害怕，'我'越想了解'他'，'他'越是让'我'抓不住，于是'我'越是想逃开……弗洛伊德向我们揭示了这样一种心理构造：我们的内心就是一个奇异的世界，是我们'自我'的故乡，我们不断地建构它，又不断地解构它。"[10]

正像笛卡尔所开创的那样，对主体性的强调，反映出人们试图发现一种毋庸置疑的出发点，从而达到更可靠的"客观"知识的出发点，从而达到更可靠的"客观"知识的努力。在现代哲学化的用法中，"主体性"或"思维实体"往往主要作为理论意识（甚至是先验意识）的一个同义词语而出现，因为人们把它解释为一个认识论的前提。

为了获知我们是谁，了解心中潜藏的灵魂或住着的那头怪兽；为了获得一个健全的自身理解，单单从第一人称的视角知道某人自身还并不够。将某人自己认识为一个"我"并不充分，我们仍需要一种叙事和种种故事，就像张三和七个女人的故事构成了人生的七个阶段、七层隐喻；当我们面临"我是谁"这一发问时，我们将讲述某个故事并且强调其中的若干方面，哪怕是四十年或五十年的成长史，哪怕是出生前和死亡后之虚幻。在我看来，这些方面构成生活之旋律，定义我们是谁，我们因认识和赞同之故而展现给他人的东西具有特殊的意义。

问题还在于，如果我们思考"我思"，那么就必须先观察我们自身内部是怎样的情形。"自我"是某种我们在思考的过程中才呈现出来的东西，而与此同时，这种将自我呈现出来的力量正是我们自身中那个之前无法想象出来的自我性本身，进行着思考的自我与作为思考对象的自我两者被封闭在一个不断自主行为的循环之中。不存在什么我们与之有关联的固定存在，有的只是这种事先无法想象的行为，正是这种行为同时让我们产生思考，世界正是凭借这种有所为而不断上升，而我们称之为"自我"的那种东西也凭着这种"有所为"而同时上升。

《人间值得》之所以可贵就在于他写了张三这么一个"恶棍"的"自我认知的焦虑史"。这是一个不多见的人物形象，他是一个称得上"当代英雄"的"恶棍"。他在书写中诞生，如同作者在"后记"中说的："我的身体里面有一头饕餮怪兽。我知道。如果我不能降服他，我迟早要被它吃掉，连渣都不剩。舌尖有龙的血。极腥。我越来越意识到，写字是我降服它的唯一手段，只有写，不断地写，才能让我与它彼此豢养。"关于这一点，彼得·毕尔格在其《主体的退隐》一书中是这样分析的："因为在写作中，一个观察的我从痛苦的我中分裂出来，并由此而将痛苦与自身拉开距离。写作时，他仔细分析那些它作为痛苦者所遭遇的机制，从而使自己从致命的自我专注中逃脱。写作的缓冲作用，就在于这种我与自我的不一致中。"有关"我"的书写，借鉴"自传契约"的条例。更重要的是这个"我"必须经受住自我的撕裂过程，犹如写作者毫无保留地暴露自己的自欺欺人那样。毕尔格并以福楼拜为例进一步阐释："福楼拜不是将厌世理解为我的刚性化，而是理解为我的去实现化。生活似乎从他的身上流走，并且在他自己身上看到的，只是自己的影子（'行走的影子'）。但是，犹如他的自我从他身上剥离那样，他的感知也发生了同样的变化。最简单不过的事在他看来变得令人费解。于是，他开始用另一种眼光来看世界。厌倦松动了自我中心化，它为一种能在日常生活中发现奇妙的眼光创造了可能。"[11] 毕尔格之所以以此为例，是为了证明，曾经撰写《内心日记》的本雅明·贡斯当急于摆脱"我在其中紧紧攥住自己不放的厌倦"，恰恰成就了福楼拜的伟大。"福楼拜治疗厌倦的方法仍是写作。在写作中，自身的自我分化成了许许多多互相矛盾的自我形象。"福楼拜的伟大之处正在于其揭示了审美地看待世界的奥秘。这一奥秘对于我们理解黄孝阳近十年创作的追求，理解其中的成败得失是有帮助的。

十五

平心而论，这是一篇偏离原有航道的评论。最初吸引我的是前不久出版的《人间值得》，老实说，张三这样一个"恶棍"形象有些让我激动，当今小说这样的类型太少了。张三并不是一个纯粹的"恶棍"，他的身上有着善与恶的结构性矛盾，并且他那不时与"自我"缠斗的自我认知史吸引着我们。小说在揭示人性的深层次隐秘的同时，又与当代中国城镇巨变休戚与共；在抒发情色共舞的罗曼史时又不忘为特定语境中的女性"翻案"。黄孝阳的小说勇于探索，坚持己见，不拘一格，结构瑰丽奇特，不同文体的穿插叠架让人入迷，偶有迷失也不失为一绝；他那小镇上的广场意识令人赞叹，渴望"走出去"的执念和恋恋不舍的"乡愁"令人扼腕。当然，我们也该承认，"怀乡病"的实质就是对未知东西的渴望。在某种意义上说，黄孝阳称得上是当今小说中的"浪漫之子"。

原本打算，在浪漫主义的谱系上对黄孝阳小说做些批判和阐释。浪漫主义本性上是最富有激情的个人主义者，触景自发的创造者，对于他们，任何规范准则都令其深恶痛绝。困惑在于，浪漫既用来贬斥，又用来褒扬，既用作历史的美学术语，又归于心理学的范畴，既描写男女的情感又表示纯粹智慧的行为。难怪德·曼感叹："对浪漫主义的讨论总是特别困难。"

问题还出在写着写着，总是被"自指性"所勾引，关于"自我""自我指涉""自我分裂""自我视角"等一系列问题纠缠不休而无法抽身。结果，浪漫主义谱系全然未涉足，文章已然行至尾声。当然，我也可以自我解释一番，"自我"问题对浪漫主义来说，也是至关重要的。"自我就是这个世界的心脏"，费希特曾经回忆道，这一发现对他而言就像一道闪电划过。诺瓦利斯更是呼应到，"费希特的'我'，是一个鲁滨逊。"

2020 年 5 月 26 日于上海

注释

1. ［法］圣伯夫著，马俊杰译，《文学肖像》，北京时代华文书局，2015年，第183、184页。
2. ［美］弗兰克·伦特里奇亚著，王丽明、王梦景、王翔敏、张卉译，《新批评之后》，南京大学出版社，2017年，第69页。
3. ［英］温森特·布罗姆著，文楚安译，《荣格：人与神话》，新华出版社，1997年，第426页。
4. ［法］斯台凡·摩西著，梁展译，《历史的天使：罗森茨维格，本雅明，肖勒姆》，华东师范大学出版社，2017年，第55页。
5. ［德］吕迪格尔·萨弗朗斯基著，卫茂平译，《恶——或者自由的戏剧》，云南人民出版社，2001年，第1、2页。
6. ［法］让·鲍德里亚著，王晴译，赵子龙校，《恶的透明性：关于诸多极端现象的随笔》，西北大学出版社，2019年，第105页。
7. ［英］特里·伊格尔顿著，林雅华译，《论邪恶：恐怖行为忧思录》，湖南人民出版社，2014年，第60—61页。
8. ［德］吕迪格尔·萨弗朗斯基著，卫茂平译，《恶——或者自由的戏剧》，云南人民出版社，2001年，第290页。
9. 黄孝阳，《这人眼所望处》，安徽教育出版社，2017年，第270页。本节文章引文凡出现页码处均引自此书。
10. ［法］茱莉娅·克里斯蒂娃著，祝克懿、黄蓓编译，《主体·互文·精神分析：克里斯蒂娃复旦大学演讲集》，三联书店，2016年，第131页。
11. ［德］彼得·毕尔格著，陈良梅、夏清译，《主体的退隐》，南京大学出版社，2004年，第212、213页。

＊黄孝阳十年六部长篇小说目录

《人间世》，青岛出版社，2010年。

《旅人书》，长江文艺出版社，2012年。

《乱世》，《钟山》2013年"长篇专号"（发表时题为《民国》），北京燕山出版社，2013年。

《众生·设计师》，《钟山》2015年3期（发表时题为《众生》），作家出版社，2016年。

《众生：迷宫》，《钟山》2017年"长篇专号"，北京十月文艺出版社，2017年。

《人间值得》，北京十月文艺出版社，2019年。

对视、对话以及热衷于拆解的对峙

——读李宏伟小说笔录

每个人在另外人眼中都闪耀着错觉的光,每个人都钦羡着别人,也同时被别人钦慕。

——丰特奈尔

为了看世界和把握其悖谬性,我们必须中断我们对其习以为常的理解,而且……从此中断我们得以只获悉世界的非动机化的涌动。

——梅洛—庞蒂《知觉现象学》

上帝死了,但是就人类的本性而言,洞穴大概还要存续好几千年,人在其中指着上帝的影子——而我们——我们还得战胜它的影子。

——尼采

一

李宏伟接二连三的长篇总是让时钟拨向明天和未来，那可是科幻小说的伎俩，是乌托邦无法丢弃的意念。是啊，我们如何理解时间与我们的关系，我们就将如何生活。一不小心我们可能就会淹没于现代世界的匆匆步履，只从时钟走过、日历翻新的痕迹中感知时间，然后把最雄心勃勃的愿景聚焦未来，却忽视了当下对我们的塑造。

想想《一九八四》的命运，2050年的诺贝尔文学奖事件又能如何？1999年，为纪念乔治·奥威尔的名作出版五十周年，世界上来自法律界及其他人文领域的十余位大师级学者共聚一堂，讨论的话题却是"《一九八四年》和我们的未来"。讨论会过去已二十二年了，会上的论文集中文版在我的书柜上也已躺了整整八年。我记得很清楚，当年报纸上有介绍，世界著名语言学家乔姆斯基谈及此书时说道，未来监控无所不在，很可能我们身边飞过的苍蝇蚊子都是无人机。这句当年令我震惊的话，今天想想也不是什么稀罕之事。至于李宏伟小说中念念有词的意念植入、记忆储存、灵魂移植、心灵替代等，也不会是什么太遥远的事。

二

天才科学家、科幻小说家亚瑟·C. 克拉克曾说过："任何足够先进的技术都与魔法脱不开关系。"《灰衣简史》虽科技含量少了些，但也够魔法的。影子可以换来无尽的财富，这故事太熟悉了，神奇的倒是那拒绝无影之人入内的园子和那个没有名字的老人。李宏伟的创作谈是那么与众不同：《雨果的迷宫》后记"几种现实或一种真实"，写得比小说还流畅；发表在《文艺报》上的"《灰衣简史》十二喻"，那是不谈还好，谈了反倒让人更为迷惑难解。比如，"《灰衣简史》里，灰衣人、本尊、影子是术语，独白、旁白、对白是条块，舞台、宫殿、园子是塑形"；又比如，"外篇是包装是抽象，内篇是实物是药片，两者无法兼容，各有各的溢出"。其中谈到园子和老人："园子将是灰衣人凝神的世界完整投影。""老人先于影子看到灰衣人，先于命名说出那句话，这是依据，他因此先于这部小说，挥了挥手。"

人类认识世界总是要经历熟悉代替陌生，以解释代替神秘，以命名代替无名。无法想象还有其他途径。汉斯·布鲁门伯格认为："通过一个命名而得以辨认的东西，就是通过隐喻的手法让它从神秘之物里脱颖而出，进而通过讲故事的办法按照其意蕴而得以领悟。恐慌与麻痹，焦虑行为的二极，就随着那些必须被应付的可以预测的巨大事物之出现而被那种协调的应付方式化解了……"[1]

人间一切信托始于名称，而与之联系，才能讲故事。而如今我们却在李宏伟的故事中听到了老人的说辞，当九个影子各自说自己的理由时，老人说："你们搞反了。在你们说的那些事之前，在你认为有人应该操心那些事之前，这个园子就有了，这个园子里的一切都有了。如果你们的那些重要，园子又一直没有，园子早就消失了。不过，你们提出这样的要求也不奇怪。"老人叹了口气，"因为你们没法真正懂得这座园子。""正因为不懂得这座园子，你们四散开去，仿照着我，给迎面而来的每一样事物都取一个名字，你们根本不考虑，赋予一样事物以名字意味着什么，更不考虑在这座园子里取名的真正后果，你们只想着，这座园子里你们命名的事物会归属于你们，你们只想着，这座园子里你们命名的事物越多，你们占的比重就越大，就越有可能从我们这里把园子夺走。浑然不管，有些事物永远都不应该赋予名字。"一场名字之争由此展开，没有名字的老人自豪地宣布，在这座园子里，人们将见识到本原而非投影，他们将知道事物的原初之美，他将有可能让影子回到他们身上，从而和园子里其他事物一样，是其抽象也是其具体。

三

老人的说辞出自李宏伟的长篇《灰衣简史》，此小说原本有个书名"欲望说明书"。一般的评论重点都会放在那场与魔鬼的影子交易。毫无疑问，《浮士德》的确是歌德的一个生命主题。这个主题始于玩皮影戏和阅读一本破碎的古代民间故事的儿童时代，他在那里认识浮士德，这个与魔鬼的签约者，一个童话人物，滑稽又可怕。这是真正的对儿童的恐吓，特别是他最后要被魔鬼带走。相较之下，吸引我的依旧是老人和园子的故事。

至少有两个问题，首先反对命名的老人到底有没有真实姓名？他创造的园子究竟是脱离尘世的乌托邦，还是人类那无法摆脱影子的洞穴？这些都是秘密和不解之谜。汉斯·布鲁门伯格提醒我们："《圣经》传统培育了这么一种观念：上帝想让他的子民认识自己和确切地理解自己，虽然他本人也认为重要的是只为一个目的，因而只让祭司知道他的名字。故此，就有一些莫名其妙的附加称谓，以及代用的解释名称，以便让我们保护真实名字的秘密。秘密的名字首先是一个独一无二的单名，仅当这个名字再也无法妥善地隐藏，它的认识地位才被另一种戒律取而代之，而被认为是外来人无法确知以及更容易地保密的，以至于如果我们希望充满善意地靠近他，对他施加成功的影响，那么就必须对上帝的全部名字有确切的认识。在这里，名字的积累究竟是如何发生的，是通过形象的块聚，是通过以神界的方式去征服外来民族的神圣，还是将众多的偶像传统叠加起来，这一切都不重要。重要的是，这种对秘密知识的渴望以一种持久的方式轻而易举地同一种原则结合起来了。按照这一原则，只有知道了一切名字的人，才能实现指向神圣的意愿。"[2]

布鲁门伯格的提醒是否起作用，不是很清楚；老人何方神圣，也不是很明白；令人神往的园子在何处落地，也并不具体；而那拒绝命名的原初之美，究竟是可见还是不可见的，那更是个悬案。而这一切均出现在小说中，它们引领着《灰衣简史》那不是结局的结局。

四

名实之争自然会引出对象和性质以及我们周围的各种对象的本体论问题。我们试图为之寻求答案的上述问题，实际上是作为人类主体的我们是如何有意地向我们自身以及我们周围的各种对象发生关系的问题。

　　心灵和世界之间的关系则基本上是个认识论的问题。我们可以暂且搁置指称理论的种种陷阱不论，回到实在论和唯名论这一老问题。世上存在各种不同的现象，因此便有各种不同的言说方式，于是我们需要知道事物的本质，这是为了像维特根斯坦所说的那样，知道在既定的情境下应该玩哪一出语言游戏。多元论和本质论如何才能走到一起？什么样的人类处境既特殊到无以言表，事实证明又是可以理解的？不可化约的特殊性是通过理智反思去理解，还是只能对其光辉现行的直接把握来实现。是像实在论宣称的那样，普世或者一般性概念在某种意义上是真实存在的，还是像唯名论者坚持的那样，普遍性或一般概念是我们强加于世界的，那些不可化约的个别事物才是真实存在。对唯名论阵营而言，对事物的抽象在个别事物之后，它是一种从个别事物派生出来的概念；实在论却认为，想象先于个别事物，是一种使个别事物如其所是的力量。伊格尔顿认为：一旦创世完成，上帝也只好将就。上帝是实在论者，不是唯名论者，人也被他所创造的那些本质存在束缚住。那么，创造园子的老人呢？一旦园子完成，园子外的世界将不再在其视线之内，而园子内的一切是具体还是抽象之物呢？反对命名的老人肯定举双手赞成个别事物先于一般性概念，而又哪来"是其抽象也是其具体"的事物呢？

没有名字的老人好大的胃口，跨越时空、气吞具体抽象，是终点也是原点，连灰衣人也难有立锥之地。乌托邦使我们意识到，我们拥有的未必就是我们想要的，我们想要的也不一定是我们能够拥有的。

五

值得担忧的是，这样拉扯下来，是否会越扯越远？李宏伟的小说就是这样：一次自杀、一桩买卖、一次奔波旅途中的刺杀，结果都和阅读悬疑文本的期待相反。一种对情节的去魅，朦胧地预示着人类自我溯源和指涉的想象和忧思。要同时生活在可见和不可见的两个世界中是多么困难，一个世界总是竭力使你离开另一个世界。身份的游戏，面具的迷惑，影子的奴役，超越人类的困境，自我指涉的迷局，不同欲望的玄机，凝视的迷失等等，一切都出没于李宏伟的叙事之中，你想要不扯也不行。

虚构不断在事实之上展开，确定无疑的真相却飘忽不定。那些简单的场景，重复展开漫无节制的对话，总能将你带入意料之外的领域,以意料之外的方式使用并能展开意料之外的意念。互文不是简单的交流,重复中的背叛总能让人惊喜不已。

热衷于拆解的李宏伟,在其结构的背后总携带着一种未加扬弃的正论和反论,一种悬而未决或摇摆不定的自我抵消和缠斗。诸如国王与抒情诗人、影子与身体、个体与集体、丰裕社会与匮乏社会、旧文明时期与新文明时期等等。回溯与预期也是如此,他的小说总是纠结着现在影响着过去的回溯和未来影响着现在的预期。科幻小说并不是李宏伟小说的本质特征,尽管人们谈论李宏伟的小说都会涉及科幻。作为幌子,作为结构元素的"科幻",对李宏伟而言,说到底还是人性之贪婪、生存之无法避免的悖谬。还是方岩说的:"《月相沉积》这样的作品除了以'科幻'的名义表明故事发生于未来的某个时空外,其故事的构成要素、进程、旨趣再没有与所谓的'科学'发生任何逻辑联系。恰恰是我们熟知的各种现实状况、因素的变形和组合造就了这个新的故事。小说中提及的资源匮乏、环境污染等社会问题不正是遍布全球的当代世界基本症候吗?"[3]

康德曾经最希望"批判"的读者首先研究"二律背反",因为它似乎是大自然本身提出来的,以便使理性对自身的过分要求提出质疑,并迫使它自我检查。这是个异常复杂的问题。它为哲学摆脱独断论的迷梦,并且促使它从事一项艰难的事业:对理性本身进行批判,发挥了极为巨大的作用。多年以后,康德在 1788 年 9 月 21 日给克里斯蒂安·伽尔韦的信中还最后一次强调:"我的出发点不是对上帝的存在、灵魂不朽等问题的研究,而是纯粹理性的二律背反,世界有开端,世界没有开端等等,直到第四个二律背反:'人享有自由,以及相反的,没有任何自由,在人那里,一切都是自然的必然性。正是这个二律背反,首先使我们从独断论的迷梦中醒来,使我们转向对理性本身的批判,以便消除理性似乎与它自身矛盾这种怪事。'"

记得几十年前,韩少功有篇短论,谈论文学中的二律背反,以后便很少有人谈及。将文学扯到哲学总有过界之嫌,更多的作家反对在小说中谈论哲学,因为这有违文学之本质。当然也有相反的,比如劳伦斯就曾感叹道:"柏拉图的对话录是一些奇怪的小说。在我看来,把哲学和故事分割开了是世界上的最大遗憾。它们曾经是一体的,从神话时代开始就是。在后来的发展中,随着亚里士多德、托马斯·阿奎那,以及走到极端的康德的出现,它们就分道扬镳了。因此,小说变得枯燥无味,哲学变得抽象干瘪。两者应该再次结合起来,成为小说。"劳伦斯的奢望能否如愿？难说。

　　李宏伟的小说对哲学和心理学的关注，为人类的溯源和终结问题带来了一股清流。而且他利用类型小说元素的无所顾忌，也为其个性化叙事带来了诸多特色，这些都值得关注。与此同时，他的小说也为阅读阐释带来诸多难题，让我们容易走上枯燥无味的歧途。难怪有人感叹，李宏伟的小说难评。

六

　　贡布里希在他的艺术史论著中反复提及，马蒂斯画了一幅肖像，一位妇人看过后告诉他说，她觉得画中那个女人的手臂看起来太长了，马蒂斯回答说："夫人，您弄错了，这不是女人，这是一幅画。"这个故事告诉我们，李宏伟的小说归根结底是小说而不是其他。如同时间由过去、现在和将来构成，但过去已经不存在，将来还没有到来，所以唯一真实的时间是现在。但是，除了是现在什么都不是的并不是时间，而是永恒。所有抽象的、非完整性的经验都是对完整的、个体的、具体的经验的一种限定，而我们如果要确定前者的特征，必须要参考后者。思维或判断并不是经验的一种形式，它们本身就是具体的经验整体。如果"他者"最终超出了我的理解力,那不是因为文化的差异,而是因为他最终对于自己是不可理解的。

李宏伟的小说是对科技"冷脱邦"的质疑,是对人性"恶托邦"的反抗。"应然"与"突然"之间的彼此猜忌,也是人类愿望和欲望间的缠斗与不和。拆解之物总是如同解剖之物一般,让我们在瞬间仿佛看清了事物,但是一不小心就会产生错觉,会丢弃张力、中介和活生生的细胞组织,成就虚假的统一和对立。"一分为二"容易相互消解,互做鬼脸,仿佛是镜前的彼此相望。拆解回应了事物的矛盾和两面性,却遭遇了自身的劳而无功。如果帝国的意识共同体真能如愿实现,诺贝尔文学奖的作品能提前预测制造,那么虚构的死亡也为期不远了。

虚构是被他者(比如情感等)所触及的知性,是被表达主体剥夺了严肃性的表述。在心理分析领域,虚构变得可利用,因为"情感"触及并伤害了它。因为失掉了严肃性,虚构反而重获可操作的能量。这就是小说的理论地位,承认情感就是找回被科学理性"忘却"了的语言,找回被社会规范压制的语言。这种语言在不同性别和童年时代里生根发芽,以不同的面貌流淌在梦、传奇和神话里。罗兰·巴特认为,现代神话的特点是歪曲"能指"和"所指"的关系来改变、削弱甚至破坏对我们这个时代的理解。现代神话改变了那些本应是真正的符号（交换、关联）使之成为一种它错误地吸收进来的静态的、人为的、武断的、商业化的"能者"，而它并不想了解其根源。符号学代表的是被结构语言学改变了的文学批评，它被变成了一种更多戒律和更少印象主义的事业。我们理解世界的模式依赖于语言，语言本身被理解为组织有序的记号系统。

可怕的还是那数字帝国，当国王率先打破沉默对黎普雷说道："谢谢你的这番话，让我确信你是新国王的不二人选，等你执掌这个庞大帝国，明白它十多万员工的运作，看到这世上数十亿人如同漫天星宿，看似毫无规律，实则精密地围绕着帝国的'主脑'旋转、汇聚、奔流，等你体会到我今天和你说的每一句话都是运思推演的结果，而不是妄念与狂想控制下的信口开河，你会明白，这是另一种抒情，与你的抒情实为人类之两翼。至于这两翼合力飞向何方，我有我的确信，但我不后悔，不惧怕任何结果，这不是赌一把，这是帝国的抒情。"帝国的抒情到头来成了欲望的阐释。

浮士德在巅峰的体验，用他自己的话来说，就是万物中可怕的虚无主义。面临深渊的眩晕，曾经击垮帕斯卡尔，而今浮士德却浑然不觉："我们可以满怀好奇之心却又摆出一副超然之态注视着这一深渊。"深渊和隐士，构成了虚无主义的隐喻，而这就是现代主义的形象。现代，面对一个问题而束手无策。这个问题破天荒地以赤裸裸的形式被提了出来，而且还禁止使用任何一个教义式回答和神话式回答。这个问题便是存在的理由问题，所谓帝国"抒情"的峰巅体验实际上正是面临深渊而浑然不觉。

七

小说具有令人战栗、深不可测的视角：对空虚的恐惧，害怕无聊，怀疑我们仅在自以为能发现的地方才能有所发现，信仰和信仰的消失，形而上学的无家可归——这一切游戏其后被用以游戏。早在浪漫主义的滥觞阶段，浪漫的虚无主义问题已经显示为自我亢奋的阴暗面。恰如加缪感叹的："如果这个世界是清晰的，那么就不再存在艺术了。"

大多数阐释学侧重于研究真实性，而不是严格的经验论者的论证，也就是侧重论述人们从不同视角观察的，并且能够轻易被确认是真实的现实。这就是所谓"真实的虚构"之关键所在，包括一些论述在某些历史条件下被认为是不真实的，但在更多的事实材料面前又听起来是真实的。符号学的核心正是这样一种认识：全部人类经验无一例外地都是一种以符号为媒介和支撑的诠释性结构。因此，也许毫不奇怪，当代符号与最无力的许多进展都是沿着现代意义上的古典观念论的轨迹和路线取得的。而恰恰是记号的多义性、不稳定性导致了规范的结构主义符号学的垮台。所以，帝国的规制性运行接受抒情诗人的挑战是必然的，而老人的理想园子中的制约也难以排斥园子外形形色色的懈怠和不以为然。

五年前，李宏伟曾在和刘大先的对话中谈到："我对现实有迟疑，现实又和如何定义真实密切相关，现实的真实性在多大程度上真实，都有可以质疑的地方。""在写小说时，对现实的怀疑在压迫我，需要我做出反应，甚至可以说，我对现实有自己的愤怒，如何不至于被愤怒所裹挟，把作品变成事情的机械记录，简单的情绪宣泄，需要自我控制。"[4]机械的记录总流于简单，宣泄容易直奔单义，所谓自我控制实际上是一种迂回的叙述处理，一种关注症候的、处理表象和外围显露的艺术。

八

刘大先最早发现李宏伟的小说存在大量"看"与"被看"的现象。后者回应说："确实，在我的小说中存在着很多'看'与'被看',因为'看'是我们处理现实的最主要方式。""一个写作者,站在什么地方看,往哪个角度看,这基本上决定了他能看到什么,能看到多少。"[5]确实,"看"与"被看"的情景在李宏伟的小说中随处可见。如果你的时间有限,那就选择短篇《瓶装女人》:一个瓶子里的女人和瓶外的男人,"看"与"被看"的故事,没有言语,只有观看之道,整个小说瓶内与瓶外构成了场,有限制的看成了沟通的方式,当然也是唯一的。例如,"月光好不容易从盥洗池、水龙头上挪开,看向地面。房间中央是四四方方的地毯,和房间的各个墙边等距地铺在正中央,地毯外面是暗黄色的木地板。女人不指望地板上已经开始出现变化;她以目光为检测器为放大镜,筛选、排查地毯上的每一寸面积、每一根纤维。漾出瓶内的液体照样落在地毯的东南角,洇湿了一个长条形的面积,像一条鱼……";又比如:"现在,地毯落在空旷的地上,置身于繁华的城市,借助城市的灯光,可以看到瓶中的水已经有一多半被黑暗浸染。这黑暗还不那么彻底,视线穿过它也不会被完全挡住,只不过给经由它看见的世界垫上一层浅浅的黑底。"李宏伟的"看"与"被看",或者说"对视",并不是目光的交流,他坦承受拉康的影响,这是值得注意的。

对视、对话以及热衷于拆解的对峙

拉康讲述过这样一个故事,他年轻的时候,和一个叫贝迪·让的职业渔民一起去钓鱼。年轻的拉康来自不同的地区,还是一个学者,他在很多方面都生活在一个完全不同的世界。他觉得无所适从,希望获得某种承认。这时河面上漂过一只沙丁鱼罐头盒。贝迪·让问道:"你看见那只罐头了吗?你看见了吗?不过,它可没有看见你。"拉康补充道:"他觉得这件事非常有趣。而我并不觉得。"拉康指出,他不觉有趣的原因在于,沙丁鱼罐头的凝视之所以不能够看见他,是因为他并不属于那儿,他并没有存在的权利,他的主体性受到了质疑。拉康关于沙丁鱼罐头的故事中最惊人的一个观念,是客体也像人一样,会有一种凝视,一种可以辨认主体的视点。

在研讨班中,拉康发展了梅洛-庞蒂的思想,亦即一种先在的目光从外部凝视着我们。对梅洛-庞蒂来说,这一目光从一个全视的先验主体那里发出,但是在拉康看来,则根本没有这样的主体存在。根据拉康的观点,我们原先并不是观看世界的意识主体。相反,我们已经是"被注视的存在"。在眼睛和目光之间,存在着根本性的分裂。当"我"仅仅从一个地方来观看的时候,我就受到了来自四面八方的注视。有一个目光先在于我的主观视野——亦即我所遭受的一种全视。齐泽克概括说,观看对象的眼睛处在主体的一边，而目光则处在对象的一边。当我注视着一个对象的时候，这个对象也总是已经从一个我无法看到的地方在凝视着我。

在拉康之前，萨特也谈凝视。对萨特而言，"凝视"即允许主体认识到他者（他人）也是一个主体的东西："我与作为主体的他者（他人）的根本联系必须能够回溯到我被他者（他人）看见的永久可能性。"当主体遭到他者（他人）的注视完全侵袭的时候，主体便会沦为羞愧。萨特把目光与观看行为合并在一起，而拉康则将两者分离开来，目光变成观看行为的对象，或者更确切地说，是视界冲动的对象。"你永远不会从我看见你的位置来注视我。"当主体注视一个对象的时候，这个对象便总是已经在回望着主体了，只不过是无法看见它的地方。眼睛与目光之间的这一分裂，无非就是在视觉领域中表达出来的主体性的割裂本身。就叙事而言，分裂本身就令我们着迷，因为它是一种力量。我想，"瓶装女人"的叙事魅力正在于此。说到底，视觉是理想的距离性感官，也是唯一的距离性感官，是空间的赋形者。观看行为置于一种互动关系之中，并同时关注这两者之间的对抗、动态和非同一性过程。对结构主义和后现代主义来说，凝视并不仅仅是一个关于感觉的概念。它涉及的问题并不仅仅是观看机能，或是在某种物质层面上的映象过程：既是呈现于眼前的事物，同样也是进入或是离开此种视野（或者说是主观）区域的事物。

九

在歌德的《浮士德》中，魔鬼逐渐缩小为一个老熟人形象，变成了奋斗英雄的"影子"。崇尚理性与自由的新教育，在一定程度上，根据时代的要求废黜了魔鬼，此后，魔鬼作为"零余人"退入了基督教天国的背影处。于是，古老的原则以教会乐意接受的方式得以重申："一切善来自上帝，一切恶来自人。"魔鬼作为心理的附属物继续存在。而荣格的心理分析学长期以来都坚持，要重视魔鬼和阴影问题。在荣格看来，阴影一旦被激活，就通常以投射的形式出现，它将充满情感，并且有自主的生命，超越自我的控制。和李宏伟的《灰衣简史》有类似之处，荣格也谈到分裂和交换的问题。荣格以为，神经症是一种内在的分裂，也就是一种内部与自己交战的状态。个体进入这种状态的原因是两种敌对力量，也就是阴影和自我存在的冲突。为了说明这一点，荣格引用浮士德的说法，即他心中住着两个灵魂。如果个体不能使这两个部分和解，那么它将会导致人格出现神经症式的分裂。

在荣格看来，个体会陷入各式各样的陷阱中，其中一个便是认同阴影。这样的人总喜欢给人留下不受欢迎的印象，在没有人的地方给自己设置障碍。但相反的方式同样也是陷阱，也就是认同人格面具，它就是呈现给世界的外表。如果个人过分依赖自己的身份，那么这个人会被认为活出的是虚假的自己。但认同自己面具的诱惑非常大，如荣格所言："人格面具通常会以金钱的形式得到回报。"灵魂的特征是从一个东西到另一个东西的移动。与心灵不同，灵魂不能够拥有存在的全部，而是部分。现在部分灵魂化身为灰衣人、本尊和希望完成理想的草根导演：灰衣人提出用权力和金钱与人类交换影子，交易之后本尊将心想事成获得财富和成功；导演王河因缺乏资金没法完成自己理想中的戏剧而拿影子与冯先生交易。冯先生以影子换来金钱和权力，成功后又以金钱换回王河的影子，可谓欲望无止境的轮回。老人的园子则成了摆脱影子的理想之地，它和王河的舞台、本尊的玻璃宫殿都成了追求者的幸福之源，欲望之希望。

欲望问题说来既简单又复杂。因为这不仅是一般人情不自禁考虑的问题，也是哲学家心理分析学家不断思考的问题。欲望既是现实可见的欲求，又是关系幸福追求的根本问题。在《自我与自由运动》(1936年)中，霍克海默坚持无条件的幸福不可能存在——只可能存在对它的渴望。这种渴望拒绝了商品形态和工具理性将决定性转变为定量的以及将神圣的转变为世俗的所有尝试。我们每个人对于不朽、美、超越、救赎、上帝——或霍克海默最终提出的对"全然他者的渴望"都有本能的欲望。他不作任何承诺，不描绘任何仪式，也不提供任何宗教。然而，它对否定的依赖结合了它对天堂的希望以及在经验上肯定自信的运动。

一般而言，我们想得到却没有的东西即是我们的欲望对象。不止是《灰衣简史》，李宏伟的另外两部长篇也和欲望有关。集体意志、意识共同体和个人抒情，人类征服自然、征用资源的历史，甚至包括对李宏伟小说的阅读、认识文本及其解密，由表及里的欲望就是转变成另一种欲望的过程，就是想要掌握文本的象征体系、快感和意义之创造的关键。一句话，无论个体或集体，都无时无刻不处于寻觅欲望对象的过程。

十

黑格尔认为，欲望在于被他人认可，可在拉康那里，这样的欲望属于想象域，因此它是要求而非欲望，欲望只能在无意识中找到自己的安身立命之处。这种言说中的他者的欲望不会是真正的需要。于是，拉康才会说，"欲望往往产生于要求之外"。这是欲望的真实出发点。"欲望在要求的层面上取代了消失的东西。"巴塔耶说，欲望的秘密就在于欲望不可能的事情。而德里达则说，欲望是受到他者那种绝对不可还原的外在性的召唤，而且它必须无限度地与这个他者探索不切合性。在拉康的哲学领域中，人的欲望总是虚假的，你以为是自己有需要，其实从来都只是他者的欲望。人的欲望就是一种无意识的"伪我要"。愿望是人有意识追寻的东西，而欲望则是无意识发生的。愿望可能通过幻想得到满足，而欲望却永远不可能满足。拉康说："在与意象的遭遇中，欲望浮现出来了。"欲望熄灭，文本归于沉寂。不知道李宏伟的欲望说明书和拉康的欲望说有何异同。

关于欲望的对象，我更倾向于弗洛伊德的解释，即外部对象只有被自恋式地爱着，恋成一种回归自我的心像，才能被转变为内在的对象，"要我注目对象时，我看到的不是自我"。无论如何，弗洛伊德的欲望对象，其实就是自恋的对象。其实人永远是自恋的囚徒，根据自己的模式切割和雕琢他遭遇的一切。如同国王为帝国选择接班人，说到底就是自恋式的自我选择。

欲望以其极端的无限逃脱了哲学的把控。如果说欲望是无限的，那么它也是永远不会被满足的，为了追寻常常被失落的无常而从一个枯燥无味的对象跳转到另一个，到最后只能休停于自身。就像歌德笔下的浮士德，它必须用这个无尽的生成过程来满足自身，而非依靠任何可终的产物。特里·伊格尔顿在《文化与上帝之死》一书中提到："黑格尔对欲望的解决方式是爱。不是在一个客体中寻求满足，主体必须要承认它只能通过另一个同类才能兴旺，当两个自由、平等的个体相互承认之际，欲望就能超越自身从而更富教化意义。叔本华对人类欲望的回应就是将其消灭。一种被审美所完满例证的涅槃式的中立之情况。艺术是欲望的终结。对弗里德里希·施莱格尔而言，欲望最终栖息于美，继而在艺术作品中发现了自己的缩影。艺术是欲望的提炼和升华，将其提升到普遍性地位，同时去除了它的破裂性，它的作用就是将激情转为平和。"[6]

我们注意到，李宏伟最近的长篇小说《月相沉积》以并不浅易明白的题目，成就的却是叙述方式上某些退让和转移。旅途小说加上刺杀的悬疑为可读性作出了贡献，以往结构上的繁与涩一扫而光。但是未来的时间标配依然如故，小说借未来之图像绘就了现实之忧与思。一不小心，我们又回到浪漫主义的老话题。还是伊格尔顿说的:"在浪漫主义思想家看来,自然并非总是易于亲近的。席勒认为它是破坏的、非道德和冷漠的,而费希特厌恶自然的必然性的概念。两者都认为这个太过稳定的质料是对人类自由的威胁。非我对我而言或许证实为一种必要的出发点,但是它无益于提醒我的世界上并不只有全能的主体。其他思想家则渴望消解自然与文化之间的对立。自然本身是宏伟的艺术作品,而文化构成了一个有机的整体,像一个业已完工的审美制品一般。自然的世界结合了真、善、美。对斯宾诺莎来说,它是上帝自己的身体。人类和自然领域都遵循着某种伟大的进化律,而我们的自身承担风险违背了它。谢林在自然研究中发现了原初的创造力量或创造自然的自然,它具备一名艺术家般的演化万物、随意赋形的能力。某些浪漫主义艺术家在自然和想象之中都发现了某种幸福的暂离历史的休憩。两者都可以作为超验存在的世俗形式。作为宁静的、和谐的、普遍共享的自然世界同时还可以表示一种政治形势。'自然是永恒占有的敌人',诺瓦利斯写道。"[7]弗里德里希·施莱格尔甚至明确划清道:"古人的诗歌,是欢愉的诗歌,我们的则是欲望的。"

在《月相沉积》中,李宏伟以未来为场景,勾勒出在科技发展的引领下，人类面临资源枯竭、环境恶化、核能祸害所造成的"恶托邦"景象。就像在行进途中，为了赶时间，女人说："离开这里，去东十七区，我们安排好快艇，你们乘它渡过五号湖，也就是死湖，在东五十八区上岸，由那里往西线去。这算条捷径，能把之前等的时间赶出来。"

"为什么我们之前不走这条路？"

"这是条死亡之路。你知道五号湖为什么叫死湖吗？它容纳了巨多的放射性物质，任何人靠近它，想要穿过去，都需要穿戴厚厚的防辐射服。更恐怖的是，多年沉积，湖中湖水腐蚀性巨大，人掉进去没命不说，通常的钢铁机器，浸泡超过一定时间也会受到严重腐蚀。要是你穿着防辐射服，驾着船走着走着，船熄火了，只能待在原地等着它迟早沉没，这是什么样的感受？"此等述说在《月相沉积》中通过可见和对话，显得幕幕惊心。

十一

欲望的实现是对欲望本身的一种威胁，就像用影子换来的结果最终又要为寻回影子作为代价。然而，若以无限的名义来拒绝某些特定的事物，它又将冒一无所获的风险。但是，如果欲望生硬地回绝所有的追求者，那同样是因为它害怕自己消失而显得六神无主。就像济慈面对夜莺，它怀疑它的实现就意味着它的死亡。

绝对的自由，像欲望一样，恼怒于填塞到它肚子里各种零零碎碎的东西。给它这些东西，貌似满足它，事实上却可能阻碍它。背地里，欲望就像苦行主义者一般禁欲，它将任何到手的东西洗劫一空，只是为了握紧拳头来对抗这种无限性。正是目标的缺乏使这种无限性痛苦地记起自己的存在。它非常准确地知道它是什么——即，与它所遭遇到的一切事物相反的事物。正如莎士比亚作品中，俄底修斯在他著名的关于秩序的赞美诗中最后所发出的警告："一定要到处寻觅猎物，最后吃掉自己。"绝对的自由与浮士德的忧郁从来就没有什么区别——他的成就在他的嘴里化为灰烬。只有在永远实现自由的边缘摇摇欲坠，它才不会因为自由的实现而感到幻灭。极端荒谬的是，我们使我们的欲望得到满足，却又不喜欢满足是我们欲望的东西。

李宏伟的小说总和明天未来有关。一个是有明确日期的未来，可预期可描绘的未来之现实；另一个则是无可明确预期的乌托邦式的图式，无论是意识共同体的帝国意志，令人无限恐惧的冰冷的玻璃宫殿等等，都类似于绝对之物。这使我们想起欲望来源于的两个场所,这也是拉康理论中非常根本和重要的部分。第一是引起欲望的场所,这时的欲望先于主体,主体从根本上并不知道这一欲望的存在,随后欲望在主体上登陆;第二个场所是指欲望通过幻象的方式在那里挂钩,并试图重新创造原发的主体统一性。

当然,我们也没有必要过度纠缠拉康的概念而对李宏伟的小说进行生吞活剥或随意肢解。用伊格尔顿的话来说似乎更切合我们的理解:"我们到处在寻求绝对。"诺瓦利斯写道:"却永远只能找到有限之物。"荷尔德林也同样否定绝对基础。对唯心主义者们来说,绝对就是担任了世俗化的神。现在,即便那个也证明是难以捉摸的。一个本质上的对无限的宗教追求遗留了下来,但是这个欲望的客体却是费解且模糊的。对一些浪漫主义艺术家来说,上帝所遗留的仅仅是对能够与上帝合一的渴求。就此而言他们预想了精神分析,一个处理对不可实现之物的类宗教欲望的无神论。[8]

十二

李敬泽在为《雨果的迷宫》所作的序言中,从科幻小说的特征不经意地提到外在的超越性危机和视觉的问题。不经意的发现证实了一个职业性批评家的锐敏。人类内心确实存在某种超验，但这种超验始终是执拗地无法相容。主体性是我们最无法自我言说的，我们的力量趋向于恶化也并非仅仅由于它的压抑、异化和片面性，相反，它们在源头上就被某个特定的疾病所渗透。欲望没有止境，欲望就是缺失，欲望是一种精神现实，抑或欲望是堕落的、半病态的力量，它以一种自我撕裂的快感期待着自身灭亡的前景。过去是一种负担，这对先锋派来说，可谓是关键的关键。一百四十年前，易卜生《群鬼》中阿尔文夫人的话，至今回荡在后来的文学作品中："在我们内心走动的不仅仅有我们从父母那里得到的遗传，还有许多过时的观念和种种陈旧而被人遗忘的信仰……整个国家肯定有鬼魂存在……"鬼魂不散，它悄然升空，成就的是某种超越性的东西。如同许多东西，在认识它之前，我们便能够与它相遇，在认识之后，它又变成某种其他东西。而乌托邦则使我们意识到，我们所拥有的未必就是我们想要的，我们想要的也不一定是我们能够拥有的。摒弃过去所带来的另一个问题是，新事物本身需要多长时间就会遭到抛弃？现代主义能维持多久？

　　劳伦斯在美国版《新诗歌》的前言中写道："时间之

所以如此神秘，那是因为我们对时间的瞬间性还不了解。时间的即刻性和瞬间性是我们还未察觉的超级之谜。时间匆匆而过正是因为它的瞬间性。而天地万物的稍纵即逝和所有创造的短暂性却源于我们肉体的自我。"劳伦斯的明白会继续让我们疑惑，因为时间从来就不是绝对的或外在的，而是附着肉体和语言，充满了回忆和幻觉，断断续续且含糊不清。问题还在于，李宏伟标明具体日期的未来自有其不靠谱的地方，随着时间的推移，未来也很快会成为当下或过去，如果2050年过去了，有人还在读《国王与抒情诗》呢？充分叙事的圈套恐怕还是难以摆脱。恰如让－保罗·萨特认为的，理解这种令人伤感的充分叙事的关键，在于理解这种叙事其实就是在用过去时态叙述当下的经历：它暗示着一个脱离了因果关系而无法预告的未来，迫使我们将时间作为一个封闭的连续体系来加以体验。读者因此成为"一个师出无名的帮凶"，他无力改变什么，内心却充满着"耻辱和不安"。对萨特来说，充分叙事是一种灾难，是一股不可阻挡的没有未来的潮流。

　　《国王与抒情诗》围绕2050年诺贝尔文学奖得主宇文往户的自杀而展开。自杀可是加缪的哲学话语。《西西弗斯的神话》指出，唯一严肃的哲学问题是自杀。《反抗者》

说,"唯一真正严肃的道德问题是谋杀。""我反抗故我在",加缪对笛卡尔"我思"的公式作了更新。他还声称:"如果我们意识到虚无和无意义,如果我们觉得世界是荒谬的,人类的条件是无法忍受的,那么这并不是终了,我们不能停留于此。除了自杀,人的反应是本能的反抗……因此,从荒谬的感情中,我们看到出现某种超越性的东西。"加缪在1942年8月末的日记上记录:"局外人描写的是人类在面对荒谬时的弱点。鼠疫描绘的是同样在面对荒谬的时候,个体的立场同样重要。"这个进步在其他作品中更为显著。《鼠疫》的故事是以丹尼尔·笛福的格言开始的。"一种监禁形式通过另一种来加以表现是非常不明智的,因为这如同用不存在的东西来展现真正存在的东西。"

十三

李宏伟自称写作受到加缪的影响,除了其他因素,我想戏剧元素是个重要的原因。看过李宏伟小说的人不难明白,除了对视、拆解性对峙外,不多的场景、无尽的对话可以看作其小说的基本构成。同样,加缪也对戏剧进行过深入的思考。他将演员身份与"荒谬的命运"等同起来,一方面演员存在于短暂之中，另一方面他们生活在自己的名誉之下。舞台无疑表现了"三个小时的路途"，在那里将一个人的整整一生拼接起来。加缪再次引用了尼采的观点——人生时间的质比人生时间的量更为重要：人类追寻的不是永恒的生命，而是永恒的活力。但加缪明确指出，他所引述都不是用于道德目的，而是用于说明或指出某种生活方式。应当看到，人类的生活方式和生存方式也是李宏伟经常思考和表现的东西。

巴赫金强调，语言要被看作内在的"对话"：语言只有按照它不可避免地要对另一个人而言才可以领悟，符号不应看作一个固定的单位，像一个信号那样，而应看作语言的一个积极的成分，由它在具体社会条件下凝聚在本身内部的可变的社会情调、评价和含义，在意思方面进行修饰和改变。哈鲁德·布鲁姆推崇的批评家本杰明·贝内特认为，小说是保守的文学体裁，而戏剧则是革命性的，不管剧作家个人的政见如何。贝内特认为剧作家"……始终用两种语调说话：一种是个人的语调，它也发出声音……但我们不能直接听到：一种公开的语调，其音色和内容完全由情境决定"。我以为聆听分辨两种语调是重要的，这也不是剧作家所独有，小说家也同样需要分辨两种语调。相较之下，也许后者更难，那是因为小说叙事中间还挟带着不可或缺、似真似假的叙事者。而之所以由李宏伟小说联想到戏剧性，是因为其小说中很多段落的对话，更接近情境剧而已。

随便举《国王与抒情诗》中的一段对话：

"你们警察也需要这么谨慎吗？"等刘强在对面坐下来，黎普雷问。

"对啊。现在人人的视角随时都是开通的，指不定谁无意间就把咱们见面这事给扫进意识共同体。我们虽然有渠道让帝国把这些内容从上面撤下来，可总归麻烦。再说，也保不准有谁在此之前就看到，一番瞎猜乱说，连会惹出什么乱子咱们也无法预估，你说，长期这样我们能不谨慎吗？"说归说，刘强还是伸手在桌面上拿了一杯拿铁。

"那你光确认里面没用啊，说不定外面就有人一直跟着你们偷拍，早就把信息传到意识共同体里了呢。"黎普雷开了个玩笑。

此类对话受情景所制，难以察觉个人的语调。不妨看看另一段谈话："如果骑士是明智的，这样假设书中人物可能不合适，换个说法，如果是我。如果是我，只是为了见女孩,绝对不会寻死。为什么?既然我穿越了时间之河,不管是有规律还是随机,反正被时间甩在了一个地方。这至少说明,时间是可以选择的。时间之河干涸消失并不代表没有其他办法,假如只是为了回到过去,寻找那个女孩,骑士最理想的做法是找到穿行时间的办法。他是去了各种科研机构,这些机构也告诉他还没有可行的办法。"同样是谈话,这里的情景有所淡化,自然会隐隐约约地流露出一个人的语调,但由于个人语调隐匿于公开的语调之中,其面目依然模糊不清。说到底,任何文本,都会有两种不同语调的对话,不是面对面的那种,而是显和隐的对话。

十四

一个人不能基于他自身而是自我,只有在某些对话者的关系中,我才是我:一种方式是在那些对我获得自我定义有本质作用的谈话伙伴的关系中,另一种在那些对我持续领会自我理解的语言目前具有关键作用人的关系中。张一兵在《不可能的存在之真》一书中这样解释:"真正和真实的人是他和他人互动的结果,他的'我',以及他的自发点是通过承认'被中介化的'。所以,人的欲望，不是一个既定的对象，而是'指向另一个欲望'，或者叫欲望着另一个欲望。用拉康后来的话语表达则是欲望着他者的欲望，此处的他者等于另一个自我。科耶夫甚至说，'在众多欲望彼此相互产生欲望的时候，社会才是人类性的。''我'渴求另一个欲望对自己的对象性承认，或者说，'我'的欲望本质是'我'想成为欲望的对象。"[9]

雅克·朗西埃在《沉默的言语》中曾试图为"现实主义"做一些翻案工作，他指出："小说的问题并不在目光令人厌倦的平淡无奇上。'现实主义'完全建立在预知和观看之间的距离上，在不看自明的可能性上。问题在于'预知'本身。预知其实是一种观看的能力，它不再服务于再现，但会为了自身需要而显示，并作为寓言寓意贯穿于叙事逻辑。象征的原则于是转过身来：象征使万物说话，在四处埋下意义的象征也在自身保留了这一意义。它没有意义再进入叙述。'象征'在布朗肖的术语中成为'图像'：被看见的图像，缺席的语言，转向外在性的内在性。"[10]

李宏伟的对话使我想起《拉摩的侄儿》，后者曾受到许多思想家、哲学家、心理学家的青睐和赞许，但时至今日，就我个人阅读而言，令人信服的评论少之又少，这说明有些作品的评论是有难度的。不管怎样，狄德罗的著作曾激发了司汤达、巴尔扎克和波德莱尔的灵感。埃米尔·左拉将自己和巴尔扎克小说中标志性的自然主义手法的基础归功于狄德罗对社会的"活体解剖"，社会理论家也同样为狄德罗的先见之明着迷。卡尔·马克思从狄德罗对阶级斗争的思考中深有借鉴，并将后者列为自己最钟爱的作家。西格蒙德·弗洛伊德先于自己的精神分析同行，认可了这位法国思想家对童年时期无意识性心理欲望的发现。即便很多批评家依然因为狄德罗过于无神论，过于悖谬和过于放肆而对他不满，但他仍然成为19世纪先锋派偏爱的作家。

李宏伟的桀骜不驯也使我想起了贝克特。1931年，贝克特从圣三一学院辞职，就此结束了自己短暂的学术生涯。此后数年——直到《等待戈多》意外成功——他靠笔杆子谋生，但一直入不敷出。1932年回到巴黎后，他开始创作长篇小说处女作《梦中佳人至庸女》，虽说当时他甚至对小说这一形式的活力有所怀疑。因此，在对主人公贝拉夸爱情历险的流浪汉式叙述中，美学思索贯穿始终。他笔下的匿名叙事者编造了一个中国故事，试图把小说禁闭在封闭系统中，却发现那些人物拒绝圈养。最桀骜不驯的是贝拉夸，他本身是一个倾心于沉默的笔坛新人。对于自己想写的书，贝拉夸沉思默想，并因其"分裂的标点"而将它比作贝多芬的音乐。

十五

自我总结一下，这似乎是一篇未完成的评论，故称作笔录。写作过程中，我一直被一些问题所困扰：当你对众多问题及其影响淡然处之时，你很可能会觉得强度已然缺失；当强度存在其中时，视角又有可能缺失，其他各种强度也随之有所贬损。正如托多洛夫所言："我们可以超越无效的二分法，即专家批评了解作品不去思考，和道德批评家不了解所谈的文学作品却发表言论的二分法。"拥有完善的批评手段却没有目的的境况变成一场疯狂的追逐，没有任何结果。正如格雷厄姆、霍夫对它们的描述："装备齐全大功率的知识机器，车轮在空中徒劳地旋转。"[11]

值得欣慰的是，空转的情况下，也有例外。话说公元约150—216年，亚历山大港人深受诺斯替教派影响，尤其采用寓意去解读《圣经》，竟然有人从错误的拼写中发现隐含的东西。《圣经》注释学也正是从这种方式开始的。还有另一个例外，在18世纪，传统说教式的规则左右着艺术创造力和文学的形式和类别特征，面对这种规则日益增长的怀疑，对更准确"系统"和条理的批评准则越来越多的要求，矛盾地结合在一起。我们现在仍然生活在这种矛盾之中。

2021 年 8 月 17 日写于上海

注释

1. ［德］汉斯·布鲁门伯格著，胡继华译，《神话研究（上）》，上海人民出版社，2012 年，第 6 页。
2. ［德］汉斯·布鲁门伯格著，胡继华译，《神话研究（上）》，上海人民出版社，2012 年，第 39 页。
3. 方岩，"月球童话和人间幻象——李宏伟《月相沉积》及其他"，载《收获长篇小说 2020 秋卷》。
4. "刘大先、李宏伟对谈：我对现实有迟疑"，载《创作与批评》，2016 年 10 月下半月刊。
5. "刘大先、李宏伟对谈：我对现实有迟疑"，载《创作与批评》，2016 年 10 月下半月刊。
6. ［英］特里·伊格尔顿著，宋政超译，《文化与上帝之死》，河南大学出版社，2016 年，第 110 页。

7. ［英］特里·伊格尔顿著，宋政超译，《文化与上帝之死》，河南大学出版社，2016年，第118、119页。
8. ［英］特里·伊格尔顿著，宋政超译，《文化与上帝之死》，河南大学出版社，2016年，第108页。
9. 张一兵著，《不可能的存在之真》，商务印书馆，2006年，第117页。
10. ［法］雅克·朗西埃著，臧小佳译，《沉默的言语——论文学的矛盾》，华东师范大学出版社，2016年，第105、106页。
11. ［美］詹姆斯·安格尔著，夏晓敏译，《批判性思维的形成——从德莱顿到柯勒律治》，华东师范大学出版社，2019年，第309页。

图书在版编目（CIP）数据

要对夜晚充满激情/ 程德培著. -- 上海：上海文艺出版社，2022
ISBN 978-7-5321-8167-4

Ⅰ.①要… Ⅱ.①程… Ⅲ.①中国文学－当代文学－文学评论－文集
Ⅳ.①I206.7-53

中国版本图书馆CIP数据核字(2021)第219170号

发 行 人：毕　胜
责任编辑：李伟长　张诗扬
特约编辑：黄德海
封面设计：陈威伸
内文版式：燕　红

书　　名：要对夜晚充满激情
作　　者：程德培
出　　版：上海世纪出版集团　上海文艺出版社
地　　址：上海市闵行区号景路159弄A座2楼　201101
发　　行：上海文艺出版社发行中心
　　　　　上海市闵行区号景路159弄A座2楼206室　201101　www.ewen.co
印　　刷：上海盛通时代印刷有限公司
开　　本：889×1168　1/32
印　　张：9.75
插　　页：4
字　　数：172,000
印　　次：2022年1月第1版　2022年1月第1次印刷
Ｉ Ｓ Ｂ Ｎ：978-7-5321-8167-4/I.6459
定　　价：78.00元
告 读 者：如发现本书有质量问题请与印刷厂质量科联系　T:021-37910000